U0024250

吳濁流及其小說之研究

為林衡哲教授稱譽為「臺灣文學史上最有力的歷史見證人」及「四百年來有良知的臺灣知識份子代表人物」之吳濁流，他是如何當此令譽，請看此書之內容與分析。

褚昱志 著

目　次

第一章　緒論 1

第一節　研究動機 1

第二節　研究方法及架構 4

第二章　吳濁流的生平概述 5

第一節　吳濁流的家世 5

第二節　吳濁流的生命特質 6

壹、幼年時期——祖父的教誨 6

貳、求學期——民族意識的覺醒 8

參、公學教師時期——反日意識的萌芽 13

肆、記者時期——社會意識的昂揚 26

伍、訓導主任和機械公會委員 35

陸、《臺灣文藝》時期——沿門托缽的文化人 36

第三章　吳濁流的文學概述 45

第一節　詩 45

壹、吳濁流與漢詩之淵源 46

貳、吳濁流的詩觀 49

參、吳濁流的詩作 60

第二節　隨筆 67

壹、臺灣文壇現象之批評 67

貳、文學理論及理想 70
參、遊記 72
肆、回憶小品 74
第三節　小說 75

第四章　吳濁流寫實小說中的社會環境與人物典型 101

第一節　吳濁流小說中的社會環境 102
壹、日據下充滿日、臺矛盾之社會環境 102
貳、光復初省籍情結矛盾之社會環境 118
參、光復初臺灣亂象之社會環境 125
肆、五、六〇年代臺灣病態之社會環境 128
伍、崇洋之風的普及 132
第二節　吳濁流小說中的人物典型 133
壹、日帝殖民政策下的人物典型 135
貳、國府治下的負面人物典型 153

第五章　吳濁流小說中的象徵手法及諷刺筆調 161

第一節　吳濁流小說中的象徵手法 162
壹、篇名文字的象徵意象 162
貳、情節內容的象徵手法 165
第二節　吳濁流小說中的諷刺筆調 178
壹、篇名文字的嘲諷意象 178
貳、情節內容的諷刺筆調 180

第六章　吳濁流小說的其他問題——政治干涉文學的反思 191

第一節　〈泥沼中的金鯉魚〉改譯中文後與日文原意不同的問題 191

第二節 遠行版〈路迢迢〉遭刪改的版本問題 196

第三節 遠行版《波茨坦科長》及林白版《無花果》之
查禁問題 199

壹、遠行版《波茨坦科長》遭禁之探討 199

貳、林白版《無花果》遭禁之探討
——兼論《臺灣連翹》之批判精神 201

第七章 結論 227

附錄一 吳濁流生平大事記及寫作年表 233

附錄二 臺灣地區戒嚴時期出版物管制辦法 241

參考書目 243

第一章　緒論

第一節　研究動機

吳濁流，本名吳建田，號饒耕，以字行，清光緒二十六年（西元一九〇〇年）六月二日生於臺灣新竹縣新埔鎮巨源里，時為臺灣淪日後的第五年。卒於民國六十五年（一九七六年）十月七日，享壽七十有七。

吳濁流在臺灣新文學史上，是一位相當重要的文學作家，他雖然一生皆以詩人自居，但他在臺灣文壇上所獲致的不朽地位，卻是來自於他以獨特的性格所創作的小說，以及為延續臺灣新文學的命脈而所創辦的《臺灣文藝》雜誌。然而吳濁流又以何獨特的性格來創作其小說呢，此點正如「吳濁流文學獎基金會」為他所撰述的生平事略所稱：

> 公為人耿直，嫉惡如仇，不畏強權，其志浩然，一以貫之。如日據末期，冒死寫《亞細亞的孤兒》正氣凜然，允稱反日抗日文學之代表作，殆亦代表我民族正氣之流露也。其將不朽，自在意料之中。[1]

[1] 吳濁流文學獎基金會敬述，〈吳公濁流生平事略〉，《臺灣文藝》第 53 期，頁 6。

因此，在日據時代即敢於冒死而完成《亞細亞的孤兒》這種充溢民族正氣的小說，吳濁流之所以能成為日據下臺灣新文學最具代表性作家之一，當已無須爭論[2]。但是略為人所不解的是，在這篇類如墓誌銘的〈吳公濁流先生生平事略〉中，對其小說成就的稱述，卻僅止於日據時代。然而熟知吳濁流小說之讀者皆知，他在光復後並不曾輟筆，亦是以同樣嫉惡如仇、不畏強權、凜然正氣的史筆來創作他的小說。且就筆者所認知的，這時期其小說的重要性，決不遜於使他成名的那些日據時代之作品。至於撰述介紹他生平事略的作者，何以未加提及他在光復後這些小說作品的成就，其原因或許是出自於這些仍延續日據時代「批判性精神」的寫實作品，對同時期國民政府所統治下的社會，亦未曾稍假辭色地加以嚴厲抨擊，致使如《無花果》（林白版）、《波茨坦科長》（遠行版）等光復後所創作的這些小說作品，屢遭國府當局的查禁，也致使吳濁流在去世之後，這些仍頗具爭議性的作品，讓那些撰述委員為避免招惹政治上所不必要的麻煩，而有意省略？而那些被國府刻意查禁的小說，內容究竟是否真實地觸及政治之敏感問題而為當局所不容？抑或是吳濁流在陳述之觀點上，原本就違背歷史的真實，而根本不值得留傳於世？筆者認為時至解嚴之後，言論已趨自由的今日，這段公案也該是蓋棺論定地讓這個歷史迷霧解散的時候了。

---

2 據鍾肇政撰〈看！吳濁流文學〉所述：「戰後日本自從完成了奇蹟的經濟復興以後，經濟發展的箭頭廣泛地指向世界各地，尤其東南亞各國首當其衝，引發了一次各地人民的反日情緒，因而在日本國內興起再次檢討昔日日本帝國殖民政策的風氣。在這當兒，吳濁流文學自然而然地被目為最能反映出日本殖民地統治實態的文學作品，於是在日本，吳濁流文學再次受到重視，乃有吳氏舊作陸續被重印發行之舉。近年間陸續上梓者，計有：《吳濁流選集》第一、二卷（社會思想社・一九七二年），及《亞細亞的孤兒——日本統治下的臺灣》（新人物往來社・一九七三年）等三巨冊。」此文曾收入《臺灣文藝》第七十七期，頁 53。

此外，為了恢復日據時代臺灣新文學的寫實精神、傳遞臺灣本土文學的命脈香火，吳濁流在個人經濟條件不寬裕的情況下，仍毅然決然地創辦了《臺灣文藝》。這本文學雜誌的產生，確曾為當時長久低迷的臺灣文壇，注入新的生命。且不僅於此，他還獨資創設「臺灣文學獎」、「吳濁流文學獎」，而為臺灣開辦私人文學獎之先河，先後受其嘉惠的臺灣文壇後進，可謂無數。縱觀他一生為臺灣文壇鞠躬盡粹的作為，無怪乎臺灣文學史研究學者林衡哲會如此地稱譽他：

> 吳濁流是臺灣文學史上，一位最重要的承先啟後的人物，他也是日據時代臺灣文學與戰後臺灣文學的一座橋樑，雖然他沒有像賴和與楊逵那樣投身於民族運動的最前線，做一名勇猛的民族鬥士，但是他站在自己的工作崗位上，成為臺灣文學史上最有力的歷史見證人，同時也成為四百年來有良知的臺灣知識份子的代表性人物。[3]

這樣的讚譽，並不僅止於對他的小說成就而言，也應該包含對吳濁流為臺灣文壇無私奉獻的無悔精神，表示了無限地崇敬之意。然而時至今日，仍有人並未能真正了解吳濁流其人及他創作小說的真實含意，因此誤會或誤解之論調仍難免有之，故本書即企圖透過對吳濁流及其小說總體表現的研究成果，而給予吳濁流在臺灣文壇上應得的正確公充之評價。

---

[3] 林衡哲，〈三讀《無花果》〉，收於吳濁流著《無花果》後記，頁231。

第二節　研究方法及架構

一個人的文學理念或文學表現，應與他先天的性格及後天的成長環境，有著極為密切的關係，這是一個文學研究者所無法輕忽的事實，所以本書的研究方法，即先透過對文學作品的外緣研究，也就是藉由對作者之身世、性格、學習及交遊等各方面的了解入手，再透過這些認知，以進入其作品的內在世界，企盼能因此而更貼切去理解作品中所呈現的主題，並說明其表現技巧，甚至隱藏於其中的意涵。

故而本書便是先求由吳濁流的外緣研究入手，第二章即先了解吳濁流的家世，再深入探討吳濁流如何在其成長的時代環境中，培育他獨特的人格特質，以及從事各種文學創作的因緣。第三章則開始進入吳濁流作品的討論，分別介紹吳濁流漢詩、隨筆及小說的內容，並由此來理解其所以從事小說創作的真正緣由。第四章則根據吳濁流寫實小說的特性，加以析論其小說所反映出的環境及人物典型。第五章則分別由篇名文字及情節內容，來探析吳濁流小說中所最擅長的象徵及諷刺技巧之表現。第六章則是針對當年國府刪改或查禁吳濁流小說的理由，再證以吳濁流小說的內容，尋出這些理由的牽強與荒謬之處，試圖為吳濁流蒙冤已久的小說辯誣。最後一章則為總結，即綜合以上各章的研究成果，以評定吳濁流其人，及其小說的存在價值與歷史定位。

第二章　吳濁流的生平概述

第一節　吳濁流的家世

我們由吳濁流所自撰之年譜【附錄一】得知：吳濁流，本名吳建田，字濁流，號饒耕，以字行，故時人皆以濁流先生稱之，臺灣省新竹縣新埔鎮人，生於日本明治三十二年（即一九〇〇年、民國前十二年、遜清光緒二十六年）卒於民國六十五年（一九七六年），享年七十七歲。

吳濁流祖藉為廣東鎮平（焦嶺），其先祖吳念七派下十七世的吳卓官，亦即吳濁流之高祖，於清嘉慶九年（一八〇四年）率子吳慶榮來臺。先至臺北大稻埕住了三個月後，又搬至新莊住了四年，最後才在新埔的下林排定居。從此父子倆篳路藍縷，全力開荒墾地，經過數年的努力，終於成為當地最富有的家族。

吳慶榮生有五子，其中屘子吳芳信（即吳濁流的祖父），因年輕時好賭，加上個性慷慨，最後把其父親所遺留給他的產業全部輸掉。幸而吳芳信之子吳秀源（即吳濁流的父親）不賭，又肯拼命工作，才將吳芳信輸掉的財產再買回來，使吳家中興，所以吳濁流出生時，吳家仍是地方上的望族。

第二節　吳濁流的生命特質

由於吳濁流曾在其晚年自撰年譜，並將其在日據時代的生活及心路歷程，相當詳實地記錄在他的自傳小說《無花果》和《臺灣連翹》中。這使得我們可以毫無困難地透過他對自己成長歷程的敘述，為其人格及處世之態度作細密地分析。而由此也可以真正了解，吳濁流何以日後會從事小說創作之緣由，以及其小說內容為何始終緊扣臺灣社會的轉變，並進一步記錄本省人生活的諸多樣相。在此為了便於掌握其成長過程中所接觸的人、事、物，對其生命特質的影響，故筆者略將其一生，劃分成幼年時期、求學時期、公學校教師時期、記者時期、大同訓導及機械公會委員時期和臺灣文藝時期等六個時間點，來分別加以論析。

壹、幼年時期——祖父的教誨

由於吳濁流在家排行第四，在他之上有兩位哥哥和一位姐姐，當他四歲的時候，隨著妹妹的出生，他即離開母親和祖父一起生活，因此吳濁流的思想，在家庭中，自以來自其祖父的教誨為多為深。由於他的祖父吳芳信曾經為了替族中參予抗日行動，而事敗躲藏不出的子姪輩吳水德脫罪，在迫不得已的情形下，冒名自首。所幸日軍見吳芳信只是一介讀書人，漢文的教養頗高，所以在做了種種筆談之後，不忍殺他，終將他釋放。有了這段辛酸經驗的吳芳信，對於日本的統治自然不可能甘心接受，但深知日軍軍事力量強大的他，卻也不敢公然地反抗，最後只得在表面的思想言行上，私淑陶淵明，種菊吟詩，以求盡他的餘年。可以想見的是，老人在這樣落寞的心境之下，自然也希望他的子孫都能謹言慎行以避禍，故常以此來告誡吳濁流，他說：

> 臺灣是一個孤島，周圍都被海包圍著，想逃也逃不出去。我們完全和籠中鳥一樣，並不知什麼時候會被殺死。是我們可悲的命運。志宏，你長大了，一定要以「明哲保身」為第一，絕不能因一時的憤怒而衝動起來，無論如何都得隱忍自重。一時的憤怒或慷慨是任何人都會的，永遠的堅忍自重就非大丈夫做不到。處世上，對這一點非好好了解不可。乘一時的血氣行事，不僅會招來自滅，也會連累族人。……志宏，反正已經變成日本人的天下了，只要照他們的要求繳納重稅，以後便做自己喜歡的事，這世間還是可以過得很快樂的。要像你們的父親，不想多餘的事，專心賺錢，在日本人的天下，也可以快樂地生活的。[1]

雖然吳芳信以如此消極的言詞來告誡他的子孫，但是眼見日人對臺人的殺戮與歧視，私下卻又時常有壓仰不住的憤怒表現出來，因此除了不忘灌輸吳濁流故鄉在「廣東省鎮平縣興福鄉盧阿山口排子上」等充滿漢民族意識的觀念外，亦時常講《史記》中韓信跨下之辱，張良圯下納履等忍辱負重的故事給吳濁流聽。從這裏似不難明白他的內心深處，還是期望吳濁流能發揮高度的忍耐心，以等待最佳的時機，來恢復臺灣人應有的尊嚴。

由於祖父的性格，加上時常告誡他的那些話，使吳濁流在晚年回憶起來，仍印象深刻地說：

1　語見吳濁流著，鍾肇政譯，《臺灣連翹》（臺北：南方出版社，1987），頁35-36。

> 祖父稱讚謙讓的美德，是對一切都抱持著無事主義的人，對日本人更是如此。避免與日本人接觸，親近自然，種花吟詩。我從四歲到十三歲和祖父一起生活，受到他的教訓，在我的性格上，也就自然地出現祖父薰陶的結果了。[2]

又說：

> 祖父的思想，如陶淵明的行徑，想超越現實的態度，不重金錢的地方，中庸的處世法等等，至今仍然對我有所暗示似的。[3]

從吳濁流在這些地方的剖白，使我們理解到：何以日後吳濁流在面對不合理政權的壓迫時，始終沒有採取較為激進的反抗鬥爭，而是將其所面對的不公不義的現象，訴諸於筆墨。如此一方面即讓他可以盡到為歷史爭公道、為民族存正氣的使命，而在另外一方面，也因為這種作法，讓他避過了許多政治所強加於人的災難禍患，而終能如其祖父般地活到七十七歲，盡了他的天命。

貳、求學期——民族意識的覺醒

由於祖父對日本政權的消極反抗，因此連帶地對日本之教育，也採取抵制之心態，加上他對吳濁流的溺愛，不忍讓其遠離，於是寧願留他在身邊。直到吳濁流十一歲時，公學校的林煥文老師來勸說，他的祖父才讓他入新埔公學校就讀。在初入公學校時，吳濁流即幸運地遇到他的一年級級任老師林煥文先生，及另一位教漢文科

---

[2] 語見吳濁流著，《臺灣連翹》，頁 49。
[3] 語見吳濁流著，《無花果》（臺北：前衛出版社，1988），頁 56。

的秀才詹際清先生。由於林燦文是當時新埔第一位國語學校畢業的新進知識份子，思想開明，教法寬和，又深懂得學生的心理，常以獎勵的方式來誘發學生向上，加上其為人慷慨善交遊，書法又寫得好，所以很受當地的地方人士之尊敬。當林老師受人之託為人寫大字時，吳濁流還曾替他磨墨拉紙，他也曾寫過一幅「藤王閣序」送給吳濁流，但可惜吳濁流日後在冒死寫《亞細亞的孤兒》時，不慎將其遺失，此事在吳濁流晚年回憶起來，自己仍甚覺得惋惜。而秀才詹際清的教法則相當嚴格，教學也很用心，因此除了日本教育當局所規定的《漢文讀本》之外，自行還補充教讀《朱子家訓》、《昔時賢文》和《指南尺牘》等漢學經典作品。因此吳濁流就在這兩位先生的教導下，接受中華文化的薰陶。

　　而在另一方面，吳濁流也在這時開始體驗到日籍教師無端的優越感，如五年級時的級任老師濱野先生，就為了一隻懷錶而冤死自己的學生[4]，而六年級時的龜井老師，亦時有不當體罰學生之情事[5]。這使得吳濁流小小的腦袋中也開始認知到「日本人是日本人，和臺灣人是不同種的人。」[6]

---

[4] 根據吳濁流的回憶，在公學校時代，他的同學陳勝芳有一天晚上到濱野先生的宿舍去玩，湊巧老師不在，他在無聊之際，把放在桌上的懷錶拿起來看，不小心失手把錶弄壞，於是他急忙將錶送到錶店去修理，但濱野卻向警方報告失竊，因此陳君就成了犯人，被囚禁了四個月，陳君因不承認盜竊，被打得很慘，出獄後不久就死掉了。事件詳見吳濁流著《臺灣連翹》，頁 42。

[5] 事件發生在某一天的體操時間，因同學胡君的立正姿勢不好，受到指責，被龜井老師痛揍一頓，胡君平時身體就不好，因此當場暈倒，同學見了，都同情胡君而實行罷課，那天因校長出差不在學校，第二天調查的結果，以體操不再由龜井先生擔任為條件，把事情化無。詳見吳濁流著《無花果》，頁 58。

[6] 語見吳濁流著，《臺灣連翹》，頁 45。

新埔公學校畢業後，吳濁流旋即順利地考取後來改名為臺北師範學校的國語學校師範部。當其束裝來臺北，甫一入學，即逢到日本為紀念其領臺二十週年，而舉辦的各項慶祝活動。期間他與同學參加迎接北白川宮妃殿下的蒞臨時，當歡迎車隊中的辜顯榮，其所乘坐的人力車緩緩通過他們的面前時，高年級的同學都鄙夷地噓噓的叫著「大國民」和「辜狗」。當時的吳濁流並不了解其中之原委，經向高年級的同學請教，才知道這是嘲諷辜顯榮在日據初期，甘心當一位御用之走狗，出賣同胞以「顯榮」自己之含意。而透過這些同學的行為表現，他也開始感受到同是臺灣人之間的那股濃烈的民族意識。

正式開學後不久，吳濁流又遇到那攸關民族情感的「清國奴事件」[7]，雖然在此事件中，吳濁流仍是站在旁觀的立場來面對這場騷動，但在事件後，他也曾為自己當時的心境作如下的檢討：

> 如果是我被當面罵清國奴，大概我也不會保持冷靜的態度的。可是，在別的學生們興奮地以共同制裁時，我卻超然事外，我也不是為了明哲保身這種利己的想法才保持靜默的，只不過茫然看著騷動而已。從這冷感症看來，我這種人是不是完全缺乏民族精神呢？不是的。那麼是被理智壓仰著嗎？也不是的，我的自我解剖認為，那是受到一種傳統習性所支

[7] 此事件原委是有一天，在萬華新起町的舊書店裏，一個國語學校的學生不小心碰到了書架，使書架上的書掉落下來，看見這事的店員脫口就罵「清國奴」，同去的同學們聽到這種無禮的話，就提出抗議。日本店員不但不道歉，還在一大堆髒話中連說了許多「清國奴」，事情終於鬧到學校，由於舍監是日本人，所以雖作了種種調查後，對罵人的事一點也不加追究，反而怪學生的不注意，事件後，學校的處置卻很嚴厲，事件中參予的人物不用說，連一向受舍監注目的人物，也被誣陷而全遭退學。詳見吳濁流著《臺灣連翹》，頁 46-47。

> 配，輕舉妄動會有危險的無意識預感，在支配著我的行動吧。這意識預感並非一朝一夕所成的。在過去數千年來專制政治之下生活過來的中國人，在自然中養成的。在這先天的習性上，我又在後天大大地受到錘鍊。[8]

文中所言後天的錘鍊，自然是指他的祖父要他凡事隱忍避禍的教誨。然而在此，吳濁流自認為自己的民族尊嚴遭受到屈辱時，他已並非能完全無動於衷，而事件中之所以仍然超然事外，大概還是受到天生的性格及祖父之教誨使然。吳濁流能在此作出如此坦率地反省，顯然此事件對吳濁流的民族意識，並不無更深一層的啟發。

以後又陸續而發生的所謂「怪火事件」[9]，事件後雖查不出任何疑犯，但毫無理由遭學校退學的學生仍有好幾個，這些人只不過是平素受到舍監的注目而已，發生這樣的事情，更令吳濁流自覺今後之處世，不可不更加地小心。但是在現實的環境中，不管他如何地謹慎善處，仍然擺脫不了受殖民者被歧視的命運。因此當吳濁流參加畢業旅行，在抵達東京後所遭遇的種種見聞，終於令他的民族意識徹底地覺醒了。首先他發現在內地的日本人，並沒有像生活在臺灣的日本人那樣，時時地懷抱著無端的優越感，而處處地輕視著臺灣人，也沒有無謂地所謂人種歧視。在東

---

[8] 語見吳濁流著，《臺灣連翹》，頁48。

[9] 在吳濁流念師範三年級的時候，有一天凌晨破曉時分，宿舍一樓自修室的手工櫥突然著火，火勢經同學的合力，很快就撲滅。但因學校當局懷疑是學生故意放火，所以將學生集合起來，一一加以詢問，這種調查延續了三天，仍然沒有查到任何疑犯。但卻有好幾個同學毫無理由地遭到退學，而這些人也只是平素受到舍監的注目罷了。也由於這事使吳濁流更加覺得自己非相當小心處事不可。此事詳見吳濁流著，《臺灣連翹》，頁50。

京住在高砂寮的那三天，更令他大開眼界，根據他事後的回憶，他說：

> 在歡迎會席上，一個忘了他的名字的，有爵位的貴族寮長，以民主主義為題，堂堂演說了一番，使我大為吃驚。日本人也會有這種的人嗎？不覺為之感動。之後，臺灣留學生輪流演說，悲憤填膺，慷慨激昂，所談的都是政治問題，社會問題，都是我們聽都沒聽過的問題，頭腦幼稚的我，驚異之餘，對究竟那是好的還是不好的，也沒有判斷的能力，只是覺得彷彿也有一點道理就是了。[10]

由於受到這樣的刺激，因此自日本歸來的吳濁流，也開始對民主主義這個新思潮熱衷起來。對於這個理念，雖也付諸在不久之後，為爭取日臺待遇平等的昇格運動抗爭上[11]，然此昇格運動一開始，就在有教育良心的太田秀穗校長的努力下，提早讓昇格法令通過，使臺籍師範畢業生得以由丙種教諭昇格為訓導。然而這樣的結果雖能提昇臺籍師範生畢業後的昇遷管道，但是很明顯的，日、臺師範生之間所存在的種種差別待遇仍然還是未獲得解決，因為只要是日籍師範生，一畢業即可以甲種教諭獲得聘任，而臺籍師範畢業生仍只得由丙種教諭任用。可是對於這樣的昇格結果，當時似乎也能令吳濁流及其他參予運動的同學們滿意，而不再持續抗爭，由此可見這時的吳濁流心中，雖有著清楚的民族意識，但顯然仍還未存有積極的反日意識。

---

10 語見吳濁流著，《臺灣連翹》，頁 53。

11 此運動之抗爭過程，詳見吳濁流著，《臺灣連翹》，頁 72-73。

參、公學教師時期——反日意識的萌芽

大正九年（一九二〇年），吳濁流自臺北師範學校畢業後，旋即被派回故鄉的照門分校服務，此後的二十一年（其中除了昭和七年因疑似肺病，休職在家之外）他都在偏遠的照門、四湖、五湖、關西和馬武督等鄉下公學校或分校任教，而在這二十年的教師生涯中，我們又可將其再細分成四個時期來詳加說明。

一、照門時期：（一九二〇至一九二二年）

回到照門分教場服務的吳濁流，因是故鄉中中等學校畢業的第一人，自然相當受到鄉人的尊敬與器重。當時的日本當局為消滅臺灣人的民族意識，所採取的政策是設法打破臺灣人的舊有習慣和傳統。而這樣的政策，對一向懷抱著民族意識的老一輩讀書人來說，似乎還頗見成效，並且由於這些人的不懂日語，以至於更加害怕與日人接觸。所以一旦地方有事，吳濁流就常被請去充當翻譯，這時的吳濁流在故鄉的仕民間，受尊重的程度是可想而知的，但是處在這麼受尊敬的環境中，吳濁流的內心並未感到絲毫地愉快。因為在他到任還不到一個月，就遇到分教場日籍主任因病住進新竹的醫院，然而這事的前因後果，校長及主任均覺得沒有讓吳濁流這位代理主任知道的必要，只因為吳濁流是臺灣人，這一件事更加深了吳濁流對「臺灣人是臺灣人，日本人是日本人，兩者之間有一條鴻溝，自然隔成兩個社會。」[12]的認知。

---

12 語見吳濁流著，《無花果》，頁 76。

因此當第一次世界大戰後的民族自決、自由民主主義的思潮澎湃地湧到臺灣來時，立刻使吳濁流的血液沸騰起來，所以在教學之餘，他也開始閱讀起由東京所發刊的《臺灣青年》和《改造》雜誌。並也在其影響之下，開始意識到「六三法」[13]對臺灣人的無理迫害，而對於與自己有切身關係的差別待遇，尤令其反感，因此渴求自由平等的思想也愈來愈熾烈。然而由於自小祖父的告誡、畏亂的性格以及成長後對日本軍力的認識[14]，終究還是使他不敢採取激烈的抗爭手段。而反在心中異想天開地主張採取穩健的方式，認為對於日本的一切均應「訴諸理性，促使日本當局的反省，日本的知識份子基於人道主義，應予本島人自由。」當然在那時還「不曾認識日本軍國主義的性格，光是基於論理或道德，要求確認本島人的解放及平等看待。」[15]的這種空洞理想，自然是不可能獲得日本政府的任何同情，而給予臺灣人真正的自由平等。

這時對這民族不平等問題充滿無力感的吳濁流，只能埋首於有關倫理學、哲學等思想問題的書藉中，企圖來麻痺自己那原本充滿濟世熱情的神經。但如此一來，不但不能使其思想超脫，反而讓他本來就無十分確認的人生觀，更加混亂而徬徨煩燥，終於令他走入

[13] 明治二十九年三月三十日，日本政府公布了法律第六十三號，臺灣總督在其管轄區域內，有權頒布與法律同等效力的「律令」——是六三法。臺灣的一切惡法，例如匪徒刑罰令、鴉片吸食取締令、游民取締令、保安規律、保甲連坐法等都是這種律令之下所產生的法律。

[14] 吳濁流在就讀師範二年級時，曾與同學至基隆參觀日俄戰爭時，日本的旗艦三笠號。事後吳濁流回憶那次的經驗時說：「第一次見到軍艦時的我，對那大砲之大，十分驚異，依說明，知主力砲十四吋，射程十哩。我在心中暗算，這三笠若在淡水港外向臺北發砲，臺北是會成廢墟的。若從舊港附近發砲，新竹當然不用說，我的故鄉也在射程之內，我也知道，全島的都市都在它的射程之內，也曉得臺灣人是絕對無法對付日本人的了。」語見吳濁流著，《臺灣連翹》，頁 59。

[15] 以上之語，均見吳濁流著《臺灣連翹》，頁 59。

逃避和懷疑的矛盾思緒中而無法自拔。所幸由於鄉下地方人民生活及思想的單純，所以並未有讓吳濁流爆發的機會，處在這種難堪的環境之下，他也只能選擇暫時遺忘自己，而將全部的心力，完全傾注於本省兒童的教學中。

因此，連當時以林獻堂和蔣渭水為中心而組成的臺灣文化協會，正活躍地網羅臺灣民族主義的菁英時，吳濁流也未予以參加。但是對於被迫加入的青葉會[16]，吳濁流倒是藉著這個機會，在每一次的集會中，均慷慨激昂地發表各式各樣的意見，使得御用紳士們膽寒，終於迫使他們修改規則，把照門分教場的教員擯除在外，而如此一來，再度令吳濁流的思想陷入孤立之境。就在這種無處渲洩的苦悶心情下，吳濁流寫了一篇〈論學校教育與自治〉的論文，去參加新竹州教育科所舉辦的徵募教育論文比賽，結果竟被指責內容議論過激而遭退回。原文雖已失佚，不過據日後之回憶，吳濁流尚能記得如下之一節：

> 聯隊長在有一天早晨，因故和太太吵嘴起來，懷著一肚子氣上班去。毫無理由地把大隊長罵了一頓。無緣無故挨了罵的大隊長，一氣而罵了中隊長。中隊長斥責小隊長，小隊長斥責伍長，伍長罵一等兵，一等兵罵二等兵。沒有人可遷怒的二等兵就打了馬。同樣的，視學（督學）或其他的長官，來到學校，只參觀了一個小時或兩小時，就嚴厲地指摘，訓示

[16] 民國十年，以林獻堂及蔣渭水為中心，而組成的文化協會活潑地活動起來，在影響還未波及鄉村之前，日本當局就用奸策，先籠絡村中的知識份子，把中等學校畢業的，及當公學校教員的本島人集合在新埔組成了青葉會，由新埔分室（警察分局）的主任和公學校校長擔任顧問，從中操縱。詳見吳濁流著《無花果》，頁 79。

一頓，這自然是會影響到無辜的兒童，從自由教育的立場來看，甚為不當。[17]

這一小節中，以我們今日了解日據時代教育概況的眼光看來，所論並無不當，而筆者更認為頗能將殖民統治者那無端的優越感，十分傳神地描繪出來。因此這樣的諷喻筆調，落在這些統治者的眼中，自然要被視為是大逆不道之言論而將其退件了。所以僅管吳濁流在實際的教學上，獲得相當好的成績[18]，但當局卻仍以他的這篇論文，及因閱讀《臺灣青年》、《改造》等左派雜誌、並對校長和警察沒有表示敬意等種種的理由，而將他貶謫到苗栗郡下交通最不方便的四湖公學校，以示對其之懲戒。

二、西湖時期：（一九二二至一九三七年，其中於一九三二年曾休職一年）

從照門分教場貶謫到四湖公學校的吳濁流，雖然知道被貶謫的原因，但仍然我行我素，並且在赴任的當時，也極力地表現出超脫的心境，去欣賞鄉間沿途的景色。可是在這樣偏僻的地方，沒有可談心事的朋友，沒有可玩樂的場所，被迫成了一個孤獨的人的時候，久之，自然又會去回想人生各式各樣的問題。因此雖然有天真瀾漫的兒童來減輕心理上的重壓，但是有時仍不免為了不能忍受的寂寞，以及埋藏在心底深處的對於日本不合理之殖民政策而憤慨。而且四湖雖是極其偏遠的地方，可是仍然不免存在著內（日）臺明

---

17 語見吳濁流著，《無花果》，頁 80。

18 根據吳濁流的回憶，當時他所擔任的六年級的級長，被選為郡的日語比賽代表，而全郡同級生聯合考試的結果，他的班級成績也分別獲得六年級生的國語第一名，算術第三名，教學成果可謂相當地突出。

顯的意識對立。所以這時吳濁流雖也開始倣效中國文人，藉著漢詩來寄寓心志，而吟詠出如：

〈綠鸚鵡〉

> 性慧多機振綠衣，能言識主羽禽稀。舉頭宮闕重重鎖，回首隴山事事非。
>
> 舊侶飄零難獨舞，翠衿捐盡欲孤飛。時來幸有開籠日，莫作尋常青鳥歸。[19]

這樣充滿祖國意識的詠物詩。

可是雖然厭惡生長在這種的環境之中，但是他也十分清楚現實的無情，而自云：

> 在這種內（日）臺對立的教育界中，我雖厭惡這種空氣，可也無法斷然辭去教職，因為，辭了之後，就沒有自己適當的工作場所了。沒有經商的興趣，也沒有甘為農夫的決心。因而，除順其自然之外，別無他法。[20]

既沒有下定辭職的決心，也未有其他轉業的打算，如此，只有抱定為偏遠地方教育而犧牲的精神，才是正途。而此時也正逢社會教育的全面開展時期，各地方均以學校、警察、保甲聯合會為主體，設立國語講習會，開始所謂的成人教育。吳濁流雖然也明白這種教育的目的，只是為了讓日本帝國在推行其殖民政策時，更加的方便有效而已，實質上對臺灣人智識水平的提昇，是完全沒有任何的幫

---

[19] 此詩在吳濁流著《無花果》，頁 88。此處只錄前半闕。完整原詩可見吳濁流著，《濁流詩草》（臺北：臺灣文藝雜誌社，1973），頁 195。

[20] 語見吳濁流著，《無花果》，頁 90。

助。然有上述之體認的吳濁流，還是別無選擇地，每晚為日本帝國作兩個小時無報酬的成人教育。

大正十二年（一九二三年），吳濁流被推選參加臺北師範為期三個月的訓導講習會，期間令吳濁流印象最為深刻的，是一位畢業於東京帝大叫本山的講師所說的一番話，他說：

> 臺灣這樣的鄉村，文化人是不容易過日子的，我是為了恩俸而來的，並不是來播植日本文化的。在這裏忍耐七年便可領到恩俸，臺灣對日本人的確是個值得感謝的地方。[21]

聽到這番話的吳濁流，除了感到驚異以外，並開始檢討自己那原已超越現實的人生觀，最後終於說服自己，認為：

> 被安置在叫殖民地的命運之星下，還想和日本人對抗的想法，無論怎麼想，都只是會招來不幸罷。倒不如乖乖的幹十五年教員，便可得到恩俸，領到恩俸，經濟上沒有憂慮之後，再來想想別的事似乎也不遲。[22]

想通此點後，他多年來不安定的心情總算得以平靜下來，並定下用教育來提高臺灣人的教育水準之偉大使命。因此雖然講習會結束回校的第二年，又因校長對他的心存芥蒂，而再度將他貶派到更偏遠的五湖分教場任教。不過這次他倒能平心靜氣地全力投入教育的工作，為學校教育上所必要設立的兒童文庫之費用奔走。而也就在這一年，吳濁流與小他六歲的妻子完婚。結婚之後的吳濁流，不得不更加正視現實的環境了。雖然他偶而還是會想到民族自決、民

---

[21] 語見吳濁流著，《臺灣連翹》，頁 84。
[22] 同上註，頁 84。

族主義和六三法案等問題，但是在心中始終認為，在面對日本的巨大力量時，個人的力量幾乎等於零，愈是抵抗，愈易陷入破滅的地步。因此雖在取結婚照時，民族自尊心再度受到創傷[23]，這時也不得不強忍下這口怒氣，因為「現在不是一個人了，沒有生活能力，只知依賴丈夫生活的妻，那是不能拋棄她的，這是男人的責任。對妻的憐憫之情，使我過激的思想柔和下來。」[24]所以在五湖分教場的這段期間，他似乎不再心懷理想，只是專心熱中於教育而已。

昭和元年（一九二六年），吳濁流因發表一篇〈對會話教授的研究〉的教育論文，而獲得本校新校長穎川的賞識。於是十月中，吳濁流又被調回四湖本校，此後五年半的服務期間，可說是吳濁流當教員時最快樂的時光，因為這時期所遇到的前後兩任校長，都較無其他在臺日人所持有的那種民族優越感，並且均能與吳濁流和平相處。而再就是已婚的吳濁流，有貌美的妻子相伴，生活不再感到孤寂，三則是在回四湖本校的翌年，吳濁流與地方的舊讀書人一起加入栗社。據他的回憶：「入了栗社之後，才知舊讀書人另有氣節，漸覺他們的骨子裏，漢節凜然。而且由此老一輩的舊讀書人學習不少愛國詩詞。」[25]使他得以進一步藉詩詞來抒解紛亂的情緒。因此

---

[23] 根據吳濁流的回憶：「到了寒假，我帶著新婦回鄉途中，在日人開的照相館照了紀念相。……寒假結束，要回學校時，我們到新竹的照相館取照片，把照片仔細一瞧，有縐紋似的痕影，我自言自語：『並不怎麼好。』付了錢，走出照相館，聽到屋裏老闆在問女兒說：『那清國奴，剛才說了什麼？』我一怒之下，勃然變色，握起拳頭來，妻嚇住了，拉拉我的袖子，柔和地說：『車子要開了，不快去會趕不上的。』我忍下了這口氣，走了。上了車後，還是愈想愈氣。一次又一次反問自己，為什麼不勇敢地回去理論。」可見照相館老闆不經意的一句話，即深深刺傷生為臺灣人的吳濁流之自尊心。語見吳濁流著，《臺灣連翹》，頁 92。

[24] 語見吳濁流著《臺灣連翹》，頁 93。

[25] 語見吳濁流著，張良澤編，《吳濁流作品集 5・黎明前的臺灣》（臺北：遠行出版社，1977）頁 47。

雖然在昭和五年（一九三〇年）十月爆發了霧社事件，讓幾乎遺忘了異民族統治桎梏的吳濁流，又在心中投下了暗影。但是「想到花岡的行動和祖父的教訓，我迫使自己對決，我的民族感情和理性，無論如何無法取得一致。」[26]結果，顯然還是理性說服感情，而未讓反動的情感脫逃出來。

昭和七年（一九三二年），吳濁流突然在州衛生課舉辦的教員身體檢查中，被發現帶有結核菌，因而奉命停職一年。雖然事後吳濁流已取得誤診的證明，而且朋友和地方人士都認為這是當局逼他辭職的計策，而為他抱不平。不過吳濁流倒將其解釋為是當局的善意，因為「在那個不景氣的時代，能夠領三分之一的乾薪，悠然自在地過一年，不僅沒有什麼值得心存不服，反倒值得感謝。」[27]而樂意地欣然服從。

休職期滿後，吳濁流回到五湖公學校（由五湖分教場獨立而成）復職，這時，吳濁流又遇到一個小政客型的校長，這位校長深諳權謀術數，汲汲於升官之道。因此也就格外迎合當局所謂「工業日本，農業臺灣」的殖民政策，而致力於推展愚民的農業教育。這使得期望於用教育來提昇臺灣人知識水準的吳濁流頗不堪其擾，就在他忍無可忍即將爆發的當兒，這位校長就因在農業教育的出色表現，而升遷為郡視學，【筆者按：吳濁流這時所經歷的這些經驗，都成為其日後創作小說〈功狗〉的素材】。接任的校長是楊梅農業補習學校的教員，雖然也是偏重於農業教育，但較沒有前任校長的那種極端作風，因此使得吳濁流得以暫鬆一口氣。

不久，因為學生人數增加，學校也增加一個班級，並新調來一位剛從女學校畢業的女教員，這位女教員就是激勵吳濁流從事小說

---

[26] 語見吳濁流著，《臺灣連翹》，頁 98。
[27] 語見吳濁流著，《無花果》，頁 100。

創作，影響他從此踏上文學之路的袖川小姐。由於袖川小姐是出生於臺灣的所謂「二世日本人」，因此日本色彩較為淡薄，她與日籍校長幾乎沒有來往，反而與臺灣籍的教員較為親善，所以每天晚上均到吳濁流家暢談她所喜歡的小說，不覺間吳濁流也受到她的影響，開始閱讀小說。大概是讀出了心得吧，或是在心中早有腹案，因此有一次趁著閒聊的機會，告訴袖川小姐說：「小說是人做的，所以如果我想寫的話，一定也能寫。」[28]可是這樣的表白，卻被這位天真的少女當作自誇的言論而遭到一頓數落。如此更牽動吳濁流那一向不服輸的個性，於是就花了三天的時間，寫成了他生平的第一篇短篇小說〈水月〉給她看，令讀完這篇小說的袖川小姐佩服不已，並力勸吳濁流向雜誌社投稿。吳濁流就試投當時由楊逵所主編的《臺灣新文學》，而馬上就受到該雜誌的採用。

文筆受到肯定的吳濁流，這之後又經袖川小姐的一再鼓舞，於是開始熱中於小說的創作。直到一年後，因為這位導引吳濁流進入小說創作世界的袖川小姐，因與臺灣人論及婚嫁之事，被郡視學知悉後，強將她調離到新竹近海的一所學校，以阻止他與臺灣人的親事為止。此事一方面使吳濁流剛燃燒起來的文學熱，因失去這位文學知音而遭澆熄，另一方面更令吳濁流清楚地意識到日本當局多年來所高喊的「一視同仁」之虛偽性。他說：

> 一視同仁、內臺融和、內臺結婚，口號倒蠻像回事，實則為政者不時都暗地裏阻止著內臺融合，這當然不外是發自民族偏見，日本人那些為政者都認為大和民族的血比漢民族的更優秀。[29]

---

[28] 語見吳濁流著，《無花果》，頁 104。
[29] 同上註，頁 104。

而觀看他這一年所創作發表的小說〈水月〉及〈功狗〉之內容，實不難清楚地看出吳濁流是把多年來鬱積在心中，對日本殖民統治的種種不滿情事，藉小說之情節，將其完全渲洩出來罷了。

三、關西時期：（一九三七至一九三九年）

昭和十二年（一九三七年），吳濁流改調任新竹郡下最大的關西公學校之首席訓導。關西公學校的規模除了本校的二十五班外，尚有分教場六班，農業補習學校二班，因此人事關係頗為複雜。加上這兒內臺教師間的對立，較吳濁流以前所待過的任何一所學校更甚，所以內臺教師間的明爭暗鬥之事，也就無時不已地時時上演。處在這種環境之下的吳濁流，再也不能像從前一樣，可以整天待在教室裏過日子，因此日本人的存在就不能不在意。但是想到再過半年就可以獲得敘勳時，才生起的反抗情感又馬上被壓抑下來。於是只得想出蘇東坡〈留侯論〉中的句子：「匹夫見辱，拔劍而起，挺身而鬥，大丈夫忍小忿而就大謀。」來藉此安慰自己。

所以在逢到同是臺灣人同事向他抱怨日本校長的私心，及日臺間各種不平等的差別待遇時，吳濁流總以剛到任，對校內外都還陌生為理由，來搪塞這種場面。然而這種種不平等的差別待遇，不也是吳濁流自己長久以來所經歷過，而且也是一直極思反抗的問題嗎。因此這次面對殖民地的臺灣的這個切身問題，他再也不能如從前般尋個理由而加以釋懷，於是經細細思量之結果，他說：

> 剛要師範畢業時，曾在《臺灣青年》雜誌上看到過諸如民族自決，六三法問題等的論述，可是那時的不平只是為不平而不平，從未深一層去思考過。後來一直待在山村，自然與這

> 類思想脫節了。縱使偶爾去想想，也不免為過去的苗栗革命或西來庵事件而霍然心驚。面對日本的強大武力，臺灣人等於是雞塒裏的雞而已。註定無能為力了，反抗衹有招來破滅的噩運。但是內心裏依然有時會生起不平不滿之念。這種反抗的感情是與生俱來的，雖明知無濟於事，仍難免時而湧現。總之我發現到自己衹有懷抱著這種矛盾，偷生苟活下去，思念及此，不禁惶然。[30]

從這段描述中，不難理解長久潛藏在他心中的反日意識，實在已達到爆發之階段了。

果然，吳濁流調到關西公學校三個月後，蘆溝橋事變爆發，這次的事件終演變成中日的全面開戰。這時臺灣的為政者為了更有效地利用臺灣資源，控制臺灣人的思想，斷然採取以夷制夷的政策，將臺灣人驅向戰場。而另一方面又向青少年鼓吹對中國的憎惡與敵愾心，並把公學校畢業生全部納入青年團的組織，加以軍隊化的訓練。戰時的在臺日本人，可以說是將民族之優越感提昇至最高點，因而連在學校的教育上，都感染到武士道精神那種殺伐的野蠻作風，於是經常都可看到臺籍學生遭受狠打毒揍，被罰跪在混凝土地上。而將這種情形看在眼中的吳濁流，再也無法坐視如此變相的教育歪風橫流，於是糾集臺籍的教員，團結起來以抵制日籍教員的不當措施。可是情況還是沒有因此而獲得改善，直到有一次一個日本教員打傷了一位地方名流的孩子，被告到法院，暴虐的情形才得以稍微緩和下來。

---

[30] 語見吳濁流著，《無花果》，頁 108。

顯然生活在如此充滿不平等且毫無理性的環境之下，任誰都沒有辦法長期地忍受，於是吳濁流那按奈已久的叛逆精神，終於在與日籍代用教員鵜本的爭執中，爆發開來。當時爭執的焦點，只不過是這位狐假虎威的鵜木，為了動員青年團種植路樹，而想藉機來欺壓臺灣人，結果卻遭吳濁流毫不客氣的拒絕。吳濁流並趁此反譏他曰：「這樣的時候才是應該發揮日本精神的。」這一句話使得那位平日歧視欺壓臺灣人甚甚的日本人無言以對，繼而惱羞成怒地想毆打吳濁流，卻又反遭同為臺灣人的青年團員之包圍，終使他知難而退，不敢造次。而這種事任誰都能看出孰是孰非，可是，第二天校長卻把吳濁流叫到校長室，狠狠地責罵他侮辱日本人教員，然而這時吳濁流亦也不甘示弱地回以：

> 那不是真的，我衹說：「這樣的時候才是應該發揮日本精神的。」如果這也算是侮辱了日本人，那麼校長每天晨會都向學生說要發揮日本精神，不是成了謊言嗎？這是鼓勵的話，如果鵜木老師認為那是侮辱的話，那就表示他是個日本人而不大懂得日本話的。[31]

這番以其人之道，還治其人之身的話，自然也說得這位日籍校長啞口無言。然而積聚胸中已久的鬱憤，一經發作，又豈能夠輕易地消解，於是吳濁流接著又衝口而出，指責校長的私心，他說：

> 校長常說內臺融和，一視同仁，可是事實好像不完全是那麼一回事。請看這教員名牌張掛的情形，這不是差別嗎？日本人就掛在上段，這用得著嗎？青年團訓練，大隊長和中隊長

[31] 語見吳濁流著，《無花果》，頁 111。

都由日本人當，同樣是師範畢業的，本島人的前輩當小隊長，後輩的日本人當中隊長，這豈不是天大的矛盾嗎？[32]

吳濁流索性對這殖民政策的虛偽性質一揭到底，然而如此露骨而切實地責問，當然能為被欺壓已久的臺灣人出一口怨氣，但是所換得的代價，卻是第二學期令吳濁流的左遷馬武督分教場。

四、馬武督分教場時期：（一九三九至一九四〇年）

一九三九年，左遷到馬武督的吳濁流，並未因此而心情沮喪，反而將此地視為是戰時最好的避風港。因為那裏的教員全部都是臺灣人，自然少去了內臺對立的困擾，因此在此可以專心一意地從事學校的經營和兒童教育。但也就在第二年的秋天，郡主辦的運動會如火如荼展開的時候，卻發生了郡視學毆辱臺籍教員的事件[33]。當時吳濁流也是被毆辱的教員之一，受此屈辱的吳濁流，再也無法忍受殖民者毫無理性的統治，終於發出「人在該死時不死，恥辱就終生不能湔雪。」[34]的感慨，並毅然地提出辭呈，以示對殖民者無言的抗議。最後，事件終於演變到雙方都在為維護各自的民族尊嚴而

---

[32] 同註 31，頁 111。

[33] 據吳濁流的追憶，一九四〇年秋天，郡主辦的運動會在新埔舉行，郡內各校的師生都參加。運動會照節目單順利進行，快結束的時候，有個節目是女教員的一百米賽跑，郡視學跑出來勸導女教師參加，但她們都忸怩作態，沒有一個出來。郡視學邊笑邊向女教師一個一個地勸駕。吳濁流看到這種情形，禁不住大聲揶揄：「邊笑邊叫不會出來的！」這話惹得大家大笑起來，也有人附和著喊對啦。視學勃然變色，大吼一聲，「哪一個？」就飛奔到觀覽席，邊問「是你吧？」邊打那兒教員的頭。被打的都是關西、馬武督、照門等校的本島人教員。吳濁流當然也在其中。此事件詳見語見吳濁流著，《無花果》，頁 113。

[34] 語見吳濁流著，《無花果》，頁 114。

作抗爭，因為表面上吳濁流所提出抗議的理由，是要郡視學直接向吳濁流道歉，否則無法維持教師的尊嚴。但是由於被打的都是臺籍的教員，因此不難看出吳濁流堅持郡視學的道歉，其實背後還是存在著為臺灣人維護自己的民族自尊心，而所作出的抗爭心態。

然涉及此事件的那位郡視學，顯然也覺得自己的行為理虧，但他們也是為了要維護殖民統治者的面子，首先由州視學出面傳達郡視學向吳濁流直接道歉，有損威信的訊息，所以希望吳濁流能以教育者的寬宏胸襟原諒他。但又由於吳濁流的堅不妥協，只好透過郡守向吳濁流表達郡視學的間接道歉。雖然此舉仍不為吳濁流所接受，但事件就這樣不了了之。經此事件又讓他再次看清日本殖民教育本質的吳濁流，再也不願待在這個混濁的教育界，做這些殖民統治者的「功狗」，最後以長期請假來迫使日本當局核准其辭職。他的教學生涯，正如他所自述的：「教員生活共二十一年，除去中間的一年休職期間，在職二十年整，左遷又左遷，降調復降調，結果在番界邊緣的分教場告終。」[35]

肆、記者時期——社會意識的昂揚

離開臺灣教育界的吳濁流，本想到臺灣南部去經營農場，但是隨著時局的吃緊，日本當局對臺灣人的徵調也愈加綿密，沒有工作的吳濁流，自然是害怕被動員至海外。而這時心中對祖國的思慕之情又與日俱增，幻想著夢中的故土，有著無限的自由，於是決定要想辦法回到祖國去過那屬於中國人的自由生活。恰巧這時吳濁流的師範同學鍾壬壽，正任南京汪精衛政府的高官，故急於擺脫殖民地

[35] 語見吳濁流著，《無花果》，頁 118。

桎梏的吳濁流，立刻給這位同學去信，希望他能寄一張聘書來，以用它來辦理出境的手續。而事情竟出乎意外的順利，兩個星期後，出國的護照便核發下來，於是在一九一四年一月十六日，吳濁流即獨自一個人跑到祖國大陸去另求發展。

然而因憧憬著祖國的自由而遠涉大陸的吳濁流，卻沒有意料到原來中國大陸也是屬於日本人的天下，在這兒也是聞不到些微的自由氣息。而且因為聽不懂祖國的國語，因此這時雖腳踏在自己祖國的土地上，卻令他感受到有如置身在外國。來到目的地南京後，又由於語言的隔閡，不能立即在汪政府的機關作事，且內心又實在不願在同學家白吃白住，所以吳濁流想先到日本的機關謀職，待祖國語言學通之後，再決進退。而就在這時，恰巧南京的日本商工會議所，為了發刊名為《南京》的書，正在徵求能將中文譯為日文的人才，吳濁流立刻去應徵，並幸運地獲得錄用。但是就在他滿心歡喜地打算今後要傾全力學習北京話的當兒，又發生與議會書記頭市來的衝突[36]。事件後，議會書記頭市來雖也覺理虧而向吳濁流道歉，但已經受夠日本人頤指氣使的吳濁流，自覺在此自尊心受到嚴重損傷，於是毫不遲疑地辭去了這僅任職十天的工作。

---

[36] 事情的經過，根據吳濁流自己的回憶及描述，是在會議所任職的第七天，吳濁流過去在臺灣教過的學生余君到會議所去找他，由於余君當時為汪政權任下的上校軍官，穿著軍服，外表堂堂。因此吳濁流即將他當做貴賓，而將他領到會議所裏最漂亮的會議室中去招待。但不久，一位日本女同事進來轉告吳濁流說，市來書記頭命令指出這裏是不能進來的。這番話實無異使得吳濁流在其學生面前丟臉，受此污辱的吳濁流立刻向余君道歉，並去找市來詰問:「你怎麼可以叫人在我的客人面前說出侮辱人的話？會議室為什麼不能進去？如果不能進去，那就應該在我來工作時就告訴我。就算忘了告訴我，也應該先叫我出來告訴我，或者寫張條子遞給我也可以。偏偏要當著客人面前說，沒禮貌也該有個程度。到底你是日本人嗎？像你這樣垃圾也配大陸來談什麼大東亞建設嗎？」說得這位書記頭手足無措，只得低頭道歉。此事詳見語見吳濁流著，《無花果》，頁 127。

辭職後的吳濁流，由於內心的失望，加上諸事的不順遂，所以乃興起回臺的念頭。而正在考慮的同時，吳濁流與市來的爭執，竟透過與市來事事對頭的大野業務部長之口，將消息傳到大陸新報社。此事乃引起新報的上野重雄編輯部長之注意，並透過關係力邀吳濁流加入報社，於是在吳濁流失業後不久，就又進入大陸新報社，從此開始他的記者生涯。而就在大陸任新聞記者的這段期間，吳濁流幾乎接觸了所有南京汪政府的高官。在對這些人的言行了解中，以及目睹日本愚昧地將戰局不斷擴大，吳濁流乃斷定日本必遭慘敗。為了怕日本戰敗後，臺灣人會被當作日本人而遭到報復，因此在太平洋戰爭爆發後不久，便毅然決定返臺，並於一九四二年三月二十一日，平安地抵達臺灣。

可是，船甫抵基隆，出了稅關，日本便衣刑警就跟上來監視。而回到家鄉的竹北車站，又被派出所的警官傳去問了好多話。進了家門的第二天，照門派出所又來了兩個警官，交代吳濁流今後外出時，一定要先向派出所報告行蹤。並且在此後每隔兩、三天就會有人來打探他，好像想從他的身上問出什麼東西來。殖民統治者這種種對待他的舉動，無異是將其當作間諜來看待，令吳濁流頗不堪其擾。而且日本當局的此種「視察人」之政策，也迫使吳濁流不得不開始積極地去謀職。恰好這時米穀納入協會有個職缺，經人介紹，於是吳濁流便成為該協會的苗栗出張所主任。在此職位一待即近兩年的吳濁流，日後亦曾對這個出張所的職務，做這樣的補述，他說：

> 這出張所也就是米穀局的外圍機構，工作多半是假藉局的名義推行。主要的業務是實施米穀的預備檢查，藉此牟利。[37]

[37] 語見吳濁流著，《無花果》，頁 141。

這種出張所，說穿了，只是日本當局假借各種名義來剝削臺灣人民脂民膏的機構，而這些殖民統治者對臺灣人的種種豪奪巧取，都是吳濁流所親眼目睹、親身經歷的。日後吳濁流在撰寫其小說時，即時常刻意地將這些經驗化入其小說的情節中，不但以此增加其小說的真實性，並期望能藉此而讓後人更清楚於這段史實。而由於這段期間的工作較為輕鬆，因此就在這個職位的第二年，吳濁流開始執筆創作他在日據時代的拼命代表作《胡志明》[38]。

隨著聯軍在歐洲戰區的節節勝利，盟軍在太平洋戰區也開始大規模地反攻。一九四三年十月，盟軍飛機突然襲擊新竹，造成重大的傷亡。害怕在新竹遭受空襲的吳濁流，乃決定辭掉那個出張所主任的職務，準備疏散到鄉下，以靜觀時局之變。然就在米穀納入協會任職的那段期間，他也同時在為《臺灣藝術》雜誌執筆〈南京雜感〉，透過這層關係，使他得以認識該雜誌的和歌欄編輯，而此人也是臺灣日日新報的主筆。所以這時又經這位主筆的介紹，一九四四年元月，吳濁流乃進入臺灣日日新報，再次開始他的記者生涯。

---

[38] 語見吳濁流著，〈回顧日據時代的臺灣文學〉，收入於張良澤編《吳濁流作品集 5・黎明前的臺灣》，頁 63-64。文中，吳濁流曾如此回憶：「回想我寫這本小說的動機，當時臺灣知識份子面臨四大危機：一、可能像歐清石那樣的文字獄。二、一旦美軍上陸，日軍當局可能先處理而虐殺，或驅使前線以供美軍相殺。三、可能被空襲炸死。四・營養不足，可能生病致死。我想到此，碰到此時局，誰都不能苟全性命，白死豈不可憐？不如再冒日警逮捕之險，偷寫一本誰都不敢寫的小說，比白死總比較有價值吧，於是這樣決心不求結果，像做詩一樣，只求自己滿足而已。」由此憶述，可知吳濁流創作《胡志明》這篇小說，完全是冒著生命危險的。此書在光復後得以順利出版，但因書名「胡志明」與北越領導人胡志明同名，為防混淆，故主角改名胡太明，然而吳濁流在命胡志明之名時，原是帶有很多寓意的，他說：「日據時代的臺灣人像五胡亂華一樣被胡人統治，又臺灣人是明朝之遺民，所以要志明，此明字是指明朝漢族的意思，而且這個胡字可通何字，所以可以解釋『怎麼不志明呢？』。」可見他創作此篇小說時，心中仍存在著強烈的回歸祖國之思想。

然而就在吳濁流進入臺灣日日新報任職沒多久，日本因著大東亞戰事的膠著，國內的物資也愈來愈見匱乏，於是掠奪殖民地的物資也益形迫切需要。再加上為便於言論的箝制，這時日本人乃假借擁護國策的美名，將全島報社歸併為一，成立了臺灣新報。報社合併後，吳濁流仍擔任該報文化部的記者。但吳濁流已不再天真地相信日本帝國所發佈的種種謊言，相反地他還時常利用職務之便，邀請臺北帝國大學教授中的反戰論者及厭戰者執筆，藉以暴露出現實的狀況。

而也就在如此機緣中，吳濁流遇到他生命中第二個文學知音——工藤好美教授。曾讀過吳濁流《亞細亞的孤兒》首篇的工藤教授，在激賞之餘，一再地叮嚀吳濁流一定要把《亞細亞的孤兒》完成，並希望他能在文中對日本統治臺灣的時局，提出真實的批判。也因為在這位文學知音不斷地鼓勵與期盼下，吳濁流乃得以排除萬難，並不顧生命危險地創作不懈。故《亞細亞的孤兒》終於能在中日戰爭結束前六個月完稿，以完成它為歷史作見證的神聖使命。

一九四五年八月十五日中午，日本天皇親自透過廣播，宣佈日本無條件投降。此時為躲避臺北大轟炸而假病在家的吳濁流，立刻返回臺北報社，這時臺灣新報社的日本人記者已全部自動退下，由以前興南新聞社的舊人來接辦。興南新聞以當時的羅萬俥副社長為中心，先將陣容整頓一番。於是吳濁流就被叫回編輯部服務，他的工作是將日文譯成中文，或寫一些中文短評。這時隨著光復的來臨，殖民地所有的一切禁梏自然也都完全消失，由於記者們皆能盡情撰寫新聞的緣故，所以大家的心情也格外的愉快。在感悟良深的情況下，心裏也都能興起必須呼籲本省同胞站起來，將臺灣建設成三民主義模範省的偉大使命感。

所以就在臺灣光復後的第一屆雙十節，參加臺北公會堂慶祝典禮活動的吳濁流，在自認連作夢都沒有想到會有這麼一天到來。如今一旦親身參予，於是在心情極度激動之餘，寫下了如下的告白，他說：

> 歷史轉移了。現在，抵抗日本帝國主義的本省人勇敢地叫喊著要建設三民主義模範省。八個月前我曾被召集到這個公會堂來參加「俸仕生活者一日強制勞動」的會議。雖然名義上是會議，實際上是威嚇。我看到坐在我前面一列的五、六個年輕人，為了芝麻小事被日本在鄉軍人辱打。他們事先抱著厭恨感為了要打人而打的樣子。我除了忍不住憤慨而握緊拳頭看著以外，什麼辦法都沒有。然而，現在不同了，已經從日本帝國主義者的手裏解放出來，得到了自由了。想到這兒，不禁又高興起來。曾經在新埔公學校的運動場上被視學打頭的事啦，拼命工作的結果薪水仍舊比同期生少的不平啦，貶謫到僻遠地區的不滿啦，比日本人要努力工作但還有六成的差別必須忍受等等事情通通消失了。整個胸口感到炙熱，於是感激的熱淚涔涔地落了下來。[39]

在如此激動的心情下，他抱定了「從今以後，一定要建設成比日據時代還要美好的臺灣，成為一個三民主義的模範省。」[40]的願望。但是這樣的感動並沒有讓吳濁流持續的太久，因為不久之後，就讓吳濁流親眼目睹由祖國來臺接收人員種種貪污腐敗的情形，以及因此磨擦而引發使臺灣人泣血的二二八事件。

---

[39] 語見吳濁流著，《無花果》，頁 168。
[40] 語見吳濁流著，《無花果》，頁 172。

當臺灣新報被祖國接收之後，隨即改名為臺灣新生報。這時報社的社長已由一位從重慶回來的本省人李萬居接任，而報紙仍舊出刊中、日文兩種文字。於是吳濁流仍然被留在編輯部，其工作性質則改為將中文譯成日文，而本省藉的日文記者也都照舊被留用。然而中、日文的編輯各自分開辦公，雖然是同一所報社，在不知不覺中明顯地分成兩派。這時令吳濁流及其他日文記者所無法容忍的是，讓他們再度感受到待遇的不平等，即同樣的職位，中文記者所實領的薪水，比日文記者要多出一倍，比日據時代的差別待遇還要嚴重。而這種新的俸給制度，不僅是臺灣新生報如此，其他的政府機關也有相同的情形，這要比日據時代那低六成的差別待遇更令人感到痛苦與不解。不是已回到祖國的懷抱嗎，不是大家同是炎黃子孫的中國人了嗎，為何身為臺灣人還要受此待遇的歧視呢？

因此，日文記者便議論紛紛地想盡辦法，希望能消除這種令臺灣人難堪與無法忍受的不平等現象。而就在大家都難按捺心中憤恨地情況下，公推年紀較長的吳濁流去向社長反映。這時善於「以子之矛，攻子之盾」的吳濁流，乃刻意地選擇社長午睡剛起，心情最好的時候去拜訪他。並機智地請教他國父孫中山先生的「天下為公」之道理。當社長滔滔不絕，口若懸河的講述他所認定的天下為公的道理時，他萬萬也想不到吳濁流就在這時，趁機提出他的質疑說：「新生報的本省人與外省人待遇有差別，這也是『天下為公』嗎？」[41]對這突如其來的詰問，使得這位言行陷入自我矛盾的社長，張口結舌地無法答覆，只能狼狽地顫抖著身子，連說這不是他所規定的。

然而雖然新生報有了這次的反映，但差別待遇並未因而有所改善。可是就在一個月後，因為報社校對科長出缺，於是社長就把吳

[41] 語見吳濁流著，《臺灣連翹》，頁186。

濁流提升上這個職位。然而接任這個位子的吳濁流，並沒有因此而高興，因為大家都知道這個科長的位子其實是個「鬼門」。雖然前二任的科長也都是本省人，但兩個人都是因為受不了而自動辭職的。這時要吳濁流擔任這第三任科長，明眼人均知這實為「明昇暗整」的作法。其目的不難想知，也是要令吳濁流幹得不順利而自動辭職吧。然而好強的吳濁流並沒有因此而退縮，首先他將全體校對的工作人員集合起來，把校對的工作做妥善的分配，並促使兩個只領薪水而沒有工作的外省人自動辭職。從此校對科士氣一振，工作也就能順利推行，於是往往需要持續到翌晨三點的工作，吳濁流只監督到十二點，剩下的工作就全交給部下去處理。因為工作的輕鬆，所以白天有了閒暇，吳濁流就為新生報撰寫社論，並偶而在《新新》雜誌上發表小說或隨筆。此外，他在日據時代冒著生命危險而完成的《亞細亞的孤兒》，也在這時得以付梓，並獲得相當好的迴響。

就在新生報任記者的這段時期，吳濁流眼中所見、耳內所聞的，都是接收人員的不法情事，和本省人必須承受因這些不法情形，所造成的通貨膨脹之苦難。對於前者，雖然記者們都能集中力量對貪污加以大肆報導揭發，「但是每當大貪污事件暴露出來之際，雖然曾把陳儀長官在總理紀念週會上常加訓誡的談話發表在報紙上，但是對那些人來說，只不過是馬耳東風，一點效果都沒有。」[42]而對於後者，吳濁流也是與其他本省人一樣地深受其苦。所幸因其故鄉中還有田地，因此得以商請故鄉的佃農拿米來用，三餐才得以維持。但是對於光復後本省人所受到的這種種待遇，看在吳濁流的眼中，自然也就成為其日後撰寫揭弊小說的最有利素材。

---

[42] 語見吳濁流著，《無花果》，頁 176。

民國三十五年十二月二十五日，也就是臺灣光復後的一周年，政府突然宣佈廢止一切日文版的刊物，當時的情形，吳濁流並曾作如此詳細地描述，他說：

> 在光復節前幾天，突然社長叫我去。我以為發生什麼而進了社長室一看，社長就說：「由於奉政府的命令，決定停刊日文版了，因此，很不得已必須裁減人員，對於你的進退考慮很久的結果，因為在公賣局我有朋友，如果你到那兒，還可以高等官任用，所以很對不起，請你到那兒服務。至於離開報社的時候，我們預定給你三個月的遣散費。」[43]

這樣的提議，雖然是社方的特別好意，條件也相當優渥，但吳濁流還是決定拒絕。因為這時社會意識及使命感無比強烈的吳濁流，看到：

> 當時的社會情勢，和光復初期不同，人心已逐漸在變了。因為過於愛祖國而心理上發生動搖了。像失望、悲觀等，再加上議論百出，尤其青年們開始動搖，甚至變成自暴自棄的也並不少。為了想挽回這種頹勢，才設立崇正出版社，打算啟蒙青年。[44]

構想雖好，但終因吳濁流不懂世故人情，籌備事宜很快即遭到種種阻礙及意外，使這份崇高的理想付之東流。其後就在民營的民報社主筆王白淵之力邀下，於是吳濁流第三度成為報社記者。

而在吳濁流擔任民報記者不到五個月的時間，臺灣終於因陳儀的失政，而爆發了驚天動地的二二八事件。這時對臺灣社會脈象知

---

[43] 語見吳濁流著，《無花果》，頁 203。
[44] 語見吳濁流著，《無花果》，頁 204。

之甚深的吳濁流，又正好以記者的身份，在臺北目睹整個事件的經過及演變，並得以瞭解事件背後所隱藏的種種不為人知之內幕，而這些親歷的經驗，亦成為其日後撰寫《無花果》的重要依據。當然民報社也就在此事件後不久，即遭陳儀的下令查封，而吳濁流的記者生涯，也就因此而完全告終。

伍、訓導主任和機械公會委員

民報報社被停刊之後，吳濁流自然也就跟著失業，但在此之前所從事的記者行業，而培育出來的正義感，並未因此而消失。於是趁著這段閒暇的時間，費時二十天，將他對當時臺灣社會情況的觀感，寫成了《黎明前的臺灣》出版。期望透過這本小書，能對當時臺灣所面臨的種種問題，提出因應及解決之道[45]。

民國三十六年八月，有人勸吳濁流去社會處工作。因其賦閒在家已久，乍逢此機，所以他雖沒有任何地官場經驗，也只好走一步算一步地到社會處，去做一個科員。然也就在社會處服務的這段期間，讓吳濁流深刻地體會到中國官僚那種少做少錯的劣根態度。這與期望為國家民族貢獻心力的那股熱誠，是完全背道而馳的，於是又產生求去的心態。恰巧這時大同公司的林挺生董事長，在看過吳濁流所著的《黎明前的臺灣》後，對其呼籲本省人不要光走「政」、「軍」二路，應為工業建國而努力的理念，深有同感。而且他個人也極賞識吳濁流所具有超凡的道德勇氣，於是透過吳濁流師範時期的好友鍾壬壽之陪同，來拜訪吳濁流，有意聘請他到大同工業學校

[45] 吳濁流所著《黎明前的臺灣》一文的內容，最主要是在提倡以工業、科學來救國，並呼籲本省人不要光走「政」、「軍」兩路，應該多為工業建國而努力。

去教書。民國三十七年三月，吳濁流乃得以進入大同工業學校擔任訓導主任，重登杏壇造就人才。

光復初期的大同，可謂是人才薈萃之地，由於教員們都是日據時代的菁英，雖經二二八事件的恐怖也絲毫未畏卻，大家還是一心想將臺灣建設成三民主義的模範省，並且學生也都是當時全省的秀異份子。他們皆以學校為中心，發揮各自的長才，致使學校的名聲如日中天。所以曾經深切體認要建設現代中國，首先就必須培養技術人才的吳濁流，如今有了這個機會，正可以實現其先前的理想，因此真做到「燃燒般的全力投入，貢獻全部的心血，一進學校就職，就和學生們一起住宿，專心辦我的訓育工作。」[46]然而本想將自己餘年完全奉獻給教育界的吳濁流，豈料待在大同職校剛滿一年時，便因大同公司在鐵路局承包的修車工程結束，不得不裁員，於是吳濁流便被調到機械工業同業公會任職。而此後十七年，直到民國五十四年退休為止，他都擔任這個他自己戲稱的「沒有專門的專門委員」[47]。

陸、《臺灣文藝》時期——沿門托缽的文化人

在機械同業公會服務的十七年中，吳濁流不明白自己的立場是什麼，也無法發揮自己的能力，只好順其自然。所幸公會的林理事長很愛護他，而其他的理監事和同事也相當照顧他，所以吳濁流又可以利用閒暇的時間，來從事自己所喜愛的文學創作。民國四十八年，吳濁流過了六十歲時，因肺病而連續四年咯血，當第四年咯血時，曾躺在病床上整整一個月，還差一點就回天乏術。就在這場大

---

[46] 語見吳濁流著，《臺灣連翹》，頁 244。

[47] 語見吳濁流著，〈急流勇退〉，收於張良澤編《吳濁流作品集 6‧臺灣文藝與我》（臺北：遠行出版社，1977），頁 153。

病之後，使吳濁流深深地感悟到人生無常而生命有限的無奈，故如何以此有限的生命，儘量地多做一點有益國家社會的事，即成為他這次病後所極欲深思的主要課題。

而這時的臺灣文壇，正充斥著五〇年代的所謂「反共」、「口號」式之八股文學[48]，及六〇年代移植西方文學理論的所謂「現代文學」[49]。使得發展於日據時代的臺灣新文學之寫實精神，蕩

[48] 據葉石濤《臺灣文學史綱》的說法：民國三十四年臺灣光復後，曾經活躍在日據下以反日、反帝國主義為職志的臺灣新文學作家，立即轉變他們以往的奮鬥目標，開始為「建立富於臺灣色彩的臺灣新文學以能躋入世界文學之林」而努力。然而因為這些省藉作家，絕大多數都是在日文教育之體係下長大，對祖國的白話文自然是十分陌生而無依據的，雖然他們也曾隨光復以來所推行之國語運動，而在學習祖國語文上表現出無比的熱忱。但政府卻在光復剛滿一年之後便開始全面廢除日文版文藝欄，這種舉動無異迫使某些以日文創作的省藉作家，不得不放棄文學創作。緊接著臺灣民眾在面對大陸來臺人士之語言隔閡所產生的誤解，加上陳儀等大陸政客的失政，而終於爆發的「二二八事件」所連帶的政治彈壓，更令其他懂得以中文創作的省藉作家也紛紛閉口及放棄創作。因此造成五〇年代省藉作家在臺灣文壇所留下的文學真空，自然由那些隨政府播遷來臺的大陸作家所填補。然而這些大陸來臺的省外作家，由於多半是為避共禍而來，因此在其心靈上難免要對中共政權報以無限的憤怒和仇恨，在這種心境之下所從事的文學創作，自即缺乏批判性的人道主義關懷，加上政府為配合政策的宣導而提倡的反共文藝，終使這時期的文學淪入令人生厭，而帶劃一思想的「反共」、「口號」式之八股文學。

[49] 在五〇年代這種環境之下，首先對此種口號八股文學發難的，是崛起於五〇年代末期，由臺灣大學的一群師生所創辦的《文學雜誌》，這本雜誌標榜的是胡適所提出的「人的文學」、「自由的文學」之主張，反對共黨的煽動文學，也反對反共的宣傳文學。雖然這本雜誌只維持短短的四年，但它已為六〇年代的臺灣文壇，培育了一批吸收西方文學理論體系的所謂「現代派」作家，這些現代派作家一開始即提倡以「橫的移殖」來代替「縱的繼承」，故他們把西方所流行的存在主義、超現實主義等現代前衛的意識形態，及寫作之技巧引進國內，並標榜以「無根與放逐」為文學的基本精神。但這種文學理念及表現，正如葉石濤所說的：「這種『無根與放逐』的文學主題脫離了臺灣民眾的歷史與現實，同時全盤西化的現代前衛文學傾向，也和臺灣文學傳統格格不入。」此語見葉石濤著，《臺灣文學史綱》，（臺北：文學界雜誌社，1987），頁 117。

然無存。於是對臺灣新文學有著極深期許的吳濁流，乃決定要為臺灣的文壇，創辦一本能夠承繼臺灣新文學精神的純文學雜誌。這次吳濁流已知記取先前創辦崇正出版社失敗的教訓，除了投注其畢生的心力、物力之外，還捐出其多年積蓄的兩、三萬元，使雜誌前四期的經費有所著落。並不忘邀集了當時對臺灣文化有心名士及青年作家們舉行座談會，除藉以尋求雜誌的贊助人外，並揭示雜誌發刊的宗旨與編輯方針。

民國五十三年四月一日，《臺灣文藝》創刊號順利出刊，而這本雜誌的產生，據吳濁流自己的剖析：「(《臺灣文藝》) 創刊號，填起了二二八事件後十七年間的空白。」[50]而這個空白，自然是指發展於日據時代的臺灣新文學之傳統。自民國五十三年創刊至民國六十五年吳濁流逝世為止，《臺灣文藝》共發行五十三期，從其內容可知吳濁流所言不虛，經過筆者之歸納整理，這五十三期所收錄的文章之類型如下：

1. 專輯、特輯（記念人物專輯）共七十二篇。
2. 文學獎（包括「臺灣文藝獎」、「吳濁流文學獎」的揭曉、評選報告、評審感想、得獎感言、領獎活動報導評選辦法等）共一百二十八篇。
3. 詩（新詩）共五百六十四首，其中有八十六首為外國譯詩。（漢詩）八十九首。
4. 小說（包括長篇連載及中、短篇）共四百十九篇，其中七篇為外國譯作。

散文（包括隨筆、遊記、雜文及雜論）共九十三篇。

---

50 語見吳濁流著，《臺灣連翹》，頁 271。

5. 評論（包括文學史、文學理論、文學批評、文學家的生平、書評、書介、座談會記錄及文學座談）共八十七篇，其中十四篇為外國譯作。
6. 外國文學（包括詩、小說、散文作品的評介及作家生平介紹）共十六篇。
7. 藝術（包括美術、音樂、電影、繪畫、創作及燈謎等）共十篇。
8. 歷史、文化、語言（臺灣地理、民俗及臺灣民間故事等）共五篇。
9. 人物報導（一般傳記）共二十二篇，其中二篇為外國譯作。
10. 編輯室報告（編輯感言、編輯室筆記及同人消息）共四十五篇。
11. 臺文信箱（國內、外作者及讀者來信）共十二篇。
12. 其他（徵稿及募稿啟事）共五篇。

由以上簡略的統計資料可得知《臺灣文藝》的文藝取向，是著重在詩及小說，對評論性及有關臺灣本土人物之文學研究亦頗為重視。而我們若再深入一層分析，這些詩及小說之內容，除少數篇幅是登載外國文學作品的介紹之外，大多數都是站在臺灣本土之立場，來表達臺灣同胞的心聲，描寫臺灣人的悲歡苦樂。至於評論性及人物研究的文章，亦多涉及臺灣文學史、文學座談記錄及臺灣文學家的生平、書介等。因此我們可以認定《臺灣文藝》實為是一本臺灣本土色彩相當濃烈地文學雜誌，無怪乎葉石濤要說：

> 《臺灣文藝》雖然不曾標榜什麼意識形態，但是這本雜誌是承繼日據時代新文學運動的基本精神的，主張文學反映人生，特別注重鄉土色彩，較傾向於寫實主義現實文學。因此，

《臺灣文藝》的根，是紮在臺灣歷史的、文化的、社會的、民眾的風土。[51]

雖然《臺灣文藝》確能承繼發展於日據時代的臺灣新文學傳統，而且也能貫徹其宗旨[52]地提供青年作家耕耘的園地，以掃除臺灣是一座文化沙漠的惡名。但理想卻終究敵不過現實，吳濁流在創辦這本雜誌時所堅持的純文藝風格之取向，在其發刊至第四期止，即因吳濁流先前所捐助雜誌創刊的兩、三萬經費用罄，而募款支持《臺灣文藝》的效果又不彰，不得已，《臺灣文藝》從第五期起改為季刊的形式出刊。但是即使是改為季刊，《臺灣文藝》還是期期賠本，然而縱使如此，吳濁流還是不忘創辦雜誌原本的精神和使命，而向現實低頭。他說：

《臺灣文藝》自創辦以來，很多有心人勸導我，七分文藝三分買賣，或是五分文藝五分買賣，也有人主張七分買賣三分文藝等等。換言之以商養文，如果行得通的話，我的苦悶一切也解消了。可憐我是個書呆子，從來沒有做過生意，而且為著《臺灣文藝》，不得不硬著頭皮嚐試，果然屢試屢敗，最後只好退縮。但愛護我者不斷地慫恿我商品化，我表面上

---

51 語見葉石濤著，《臺灣文學史綱》，頁 117。

52 吳濁流曾為《臺灣文藝》訂定如下之宗旨：
本刊的園地提供青年作家耕耘，以期在文藝界培養新的幼苗，進而使其茁長綠化。
本刊希望青年們以青年人的純真、誠實、勇毅和熱情，共同擔負建立有中國文化格律的文藝責任。
本刊不拘形式門戶派別，希望作家以本刊為中心，攜手合作，共同努力以推進中國文化。
原文見吳濁流著，〈大地回春〉，收入於張良澤編《吳濁流作品集 6‧臺灣文藝與我》，頁 142。

雖不便反駁，可是在內心自言自語：『如果商品化，我的使命也完了，又何必我來辨呢？』[53]

由這裏可瞭解吳濁流擇善固執的個性，及對文學藝術生命的重視，故筆者認為如果不是吳濁流這種卓越的見識及堅毅的性格，則當時《臺灣文藝》不可能成為延續臺灣本土文學精神的代表性刊物。而至於吳濁流也藉這本雜誌，發表了許多他對當時文壇及文學的許多寶貴意見，對於這些意見，筆者擬將於本書第三章再加以詳述。

其次從機械公會退休後的吳濁流，除致力於《臺灣文藝》繁忙的編輯工作之外，他也時常利用閒暇之時，到世界各地去旅行，而他的旅遊見聞之廣，在當時其他省藉作家來說，是無人能出其右的。雖然他曾自謙地表示參加世界旅行，只是想看看世界各地的名山勝水，藉以解除心理上的寂寞。但我們從他每次旅遊回來所撰寫的遊記中，可看出他對世界文化的了解，更加地透徹，而對生命的意義，也愈有省悟。由於其旅遊次數相當多，為求方便，故將其出國的時間及旅遊的地點，按順序列表如下：

吳濁流出國旅遊時間表

西元	民國	年齡	旅地及時間	創作之遊記
一九一九	八	二十	參加學生團畢業旅行，旅遊日本十八日	
一九四一	三十	四二	回大陸，留居南京一年三個月	《南京雜感》
一九五七	四六	五八	旅遊日本四十二日	漢詩〈東遊吟草〉一〇二首

[53] 語見吳濁流著，〈文學就是文學，不是工具〉，收入於張良澤編《吳濁流作品集6．臺灣文藝與我》，頁44。

一九六五	五四	六六	旅遊香港、日本四十五日	漢詩〈再東遊吟草〉、《東遊雜感》
一九六八	五七	六九	環球旅遊八十二日，分別遊歷泰國、印度、以色列、土耳其、希臘、義大利、奧地利、德國、芬蘭、瑞典、冰島、荷蘭、英國、法國、瑞士、西班牙、美國、日本、韓國等	《談西說東》
一九七一	六十	七二	旅遊琉球、日本四十五日	《東遊雅趣》
一九七二	六一	七三	旅遊東南亞二十日	《東南亞漫遊記》
一九七四	六三	七五	旅遊南美洲五十日	《南美遊記》
一九七五	六四	七六	旅遊印尼、澳洲、紐西蘭、菲律賓二十四日	《印澳紐遊記》
一九七六	六五	七七	旅遊印度、非洲二十五日	《非印遊記》

民國六十五年三月二十九日，從印度、非洲旅遊回來的吳濁流，還信心十足地向去迎接他的家人表示，今後可再做遠遊而不會有問題。可是誰也沒有料到，就在同年的九月十一日，吳濁流自榮總探視張良澤病情回家後，竟意外地染上風寒。由於其一生中曾歷經多次致命的大病，而皆能痊癒無事，因此此番的感冒，他也未將它放在心上。但是拖到九月二十一日時，感冒不但沒有好，反而還併發了糖尿病、肝硬化、和白血球過多等大病。此時他的家人只得將他送到中華開放醫院去住院治療，但治療了幾天病情一點也沒有起色，於是家人再把他送到仁愛醫院。到了仁愛醫院後，病情更加惡化，拖到九月底，吳濁流已不省人事，且臉上和手腳均出現黃膽，家人見了，認為已經沒有希望了，只好將他帶回家治療。直至十月七日下午一時五十分，吳濁流這位文壇硬漢終於與世長辭，享年七十有七。他去逝時並沒有留下任何遺言，但早在三年前所留下的遺

書中，卻不忘提醒他的文學伙伴曰：「萬一遭到不幸，《臺灣文藝》能辦則辦，不能辦則廢刊，而吳濁流文學獎則一定要辦下去……。」可見他至晚年，仍對臺灣文學念念不忘的盡心而且執著。

同年十月十三日，新生報曾刊登吳濁流逝世的詳細消息，而當天的自立晚報及大華晚報，以及次日的中央日報，也都刊登他逝世的消息。十月十四日上午十時，在市立殯儀館懷德廳所舉行的告別式中，來參加的親戚文友，把懷德廳擠得水泄不通。儀式在悲慟中進行，一篇篇的文友祭文，均表示對這位臺灣一代的文壇鬥士無限的哀思、懷念與欽敬。典禮到十一點多結束，場面可謂備極哀榮，然卻是實至名歸。十月十五日，吳濁流的靈柩歸葬於故鄉——新竹縣新埔鎮的四座屋山麓，一代文學巨人，至此永眠於他所摯愛的臺灣。

第三章　吳濁流的文學概述

縱觀吳濁流之一生，在文學方面可以說創作不輟，其內容亦包羅萬象，為後世留下的有詩、隨筆、小說等，我們雖確認他在臺灣文壇不朽的地位，絕大部分是奠立在小說之基礎上，但是他的漢詩及隨筆也甚為可觀，其中部分更記錄了他對文學的觀點及理想，故本書雖是著重其小說之研究，但筆者認為若可先對其詩及隨筆的內容有所認識，則應有助於對其何以從事小說之創作，獲得更深一層的瞭解。

第一節　詩

認識吳濁流的人，都知道吳濁流喜好漢詩，亦善作漢詩，雖然他在臺灣文壇之成名，是得力於小說，但他本人則始終以漢詩人自居，其一生傳世的詩作，幾達二千餘首，可見他生前是如何致力於漢詩之創作。不但如此，在他逝世之前，亦曾留下一張小箋，囑託鍾肇政在他死後，要在其墓碑上勒題曰：「詩人吳濁流葬此佳城。」[1]有見於此，他的另一位文學知音張良澤，才會在「吳濁流作品研討座談會」上說：「詩是濁流先生的生命，小說是他的手段。」[2]故而在此，我們實有必要先來看看吳濁流是如何以生命來創作他的漢詩。

---

[1] 語見鍾肇政著，〈鐵血詩人吳濁流〉，收入《夏潮》雜誌，第一卷第八期，頁 3。

[2] 該座談會是張良澤在成功大學任教時，邀集其學生所舉辦的，而該座談會之記錄，曾轉載於《臺灣文藝》第五十八期，此語見該期雜誌，頁 174。

壹、吳濁流與漢詩之淵源

吳濁流曾在〈覆鍾肇政君一封信〉上說：「我的文學，不論是詩或小說，都是自習的。」[3]但是縱觀他成長的環境及其回憶性的文章，知他漢詩的習作，仍不免得力於許多老師及文友的幫助。如眾所知，創作漢詩，首須有深厚的漢學基礎，吳濁流出生在日據時代，受日本公學校教育，之前並未入書房讀書，因此照理應與漢學無緣。然所幸吳濁流有一深具民族情感的祖父，時常鼓勵他多吸收祖國文化。且在其就讀新埔公學校時，也曾幸運地受教於秀才詹際清老師，在他嚴格的教導下，打下在日據時代得來不易的漢學基礎[4]。至於真正接觸漢詩，則應是在他就讀國語學校時。他說：

> 回憶我學詩，是在師範學校學生時代，自修室的座位與趙雅祐君相鄰，趙君的父親趙雲石先生是南社的社長，有名的詩人，趙君在自修時間，不時翻詩韻，呢呢喃喃，一有得意之句就唸給我聽，而且鼓勵我做詩，於是不知不覺地被他鼓動了。[5]

---

[3] 語見吳濁流著，〈覆鍾肇政君一封信〉，收入於張良澤編《吳濁流作品集6・臺灣文藝與我》，頁10。

[4] 語見吳濁流著，〈一束回想〉，收入於張良澤編《吳濁流作品集 4・南京雜感》，頁4。文中，吳流回憶詹際清先生時，曾說：「詹秀才照書房的教法，非常嚴格，手執教鞭鐵面無私地對暗誦不來的學生，無論大小一律鞭打，而且他自己很勤勉，漢文讀本之外，加教《朱子家訓》、《昔時賢文》及《指南尺牘》等，因此我想在有一點漢學基礎，都是由他來的。」

[5] 語見吳濁流著，〈我設文學獎的動機和期望〉，收入於張良澤編《吳濁流作品集6・臺灣文藝與我》，頁32。

於是吳濁流就在這位同學的引導與鼓舞之下，學會作詩的規則。但此時吳濁流只是將漢詩當作遊戲之作，真正令吳濁流對漢詩產生狂熱，是在他加入栗社之後，其時所作的漢詩，連連獲勝入選，這確使他對吟詠漢詩的信心大增，日後即將漢詩當作其一生的文學志業而陶醉其間了。

這是吳濁流自述與漢詩結緣之淵源，然筆者認為尚有一因緣，深深地影響吳濁流的漢詩表現，那就是客家山歌[6]。吳濁流是客家人，而客家人習慣在工作或休閒之餘，喜吟一種七言四句的山歌，因此他在成長過程中，必定時常聽到長輩或山姑們吟唱這種接近漢詩的山歌。【筆者按：其實客家山歌與漢詩中七言絕句形似，其所不同的只是客家山歌多用白話作歌詞，且創作時，文義也未細加雕琢，故表現較漢詩淺白俚俗而已。】吳濁流自小耳濡目染，自然也能出口成歌，而且我們也有理由來說明吳濁流漢詩之表現，與客家山歌實有不可輕忽的淵源。

1. 我們在吳濁流的小說，如《亞細亞的孤兒》、《泥濘》及《狡猿》中都可見到山歌吟唱的情節，而且在《狡猿》中，更有數首山歌吟唱的創作：

> 「阿妹愛連就來連，三放四放又一年。再加一年加一歲，不比青草年年生。」
> 「柑子摘了就過年，大家好像水浮蓮。浮來浮去浮不走，浮到潭裏就相連。」

---

[6] 語見吳濁流著，〈有關文化的雜感一二〉，收入於張良澤編《吳濁流作品集5‧黎明前的臺灣》，頁151。文中，吳濁流曾提到：「我們客家從祖先時，早已萌芽，用白話作歌詞，其中也有好的作品，可是到現在，還未列入文藝叢中，仍然被人歧視，稱為山歌。」

「伊！呀！喲！心肝妹，來不來。

柑子掉落古井心，一半浮來一半沈，愛沈沈到井底去，不可浮起弄哥心。」

「伊！呀！喲！心肝哥，那裏來。

柑子好吃總愛甜，半酸半澀像食鹽，甜酸苦味都嘗盡，風流阿妹只驚鹹。」[7]

由此中可看出吳濁流不僅懂山歌，還能創作山歌，只是如前面所言，山歌語句太過淺白鄙俗，難入正統文學之林。因此除小說情節需要外，吳濁流總將山歌的淺白鄙俗，轉化成淺顯平易的漢詩。

2. 由吳濁流所遺留的約兩千餘首詩作中，可看到不論五、七言絕句，五、七言律詩，五、七言古詩，甚至連詞及新詩創作皆有，然論數量，卻以與山歌同形式的七言絕句最多，約佔其詩作的二分之一強。
3. 我們再由此兩千餘首漢詩的淺顯平易風格來看，有些詩甚至可以以「我手寫我口」之語句來形容。

因此吳濁流雖未曾言及其漢詩師承何家，而且我們也知淺顯平易的詩風，雖仍有其他成因，如他所崇拜師法的大詩人李白、杜甫及白居易等皆有此詩風，然筆者根據以上之理由，卻也大膽論斷他的詩作，與客家山歌似也有不可輕忽的淵源。

---

7 語見吳濁流著，《泥濘》（臺北：林白出版社，1971）頁 129-130。

貳、吳濁流的詩觀

吳濁流一生以漢詩人自詡，而且終其一身對漢詩亦創作不輟，然而他所處的，卻是一個漢詩完全被忽略而沒落的年代。在淪為殖民地的臺灣裏，漢詩除了還被少數人視為用來表彰氣節，延續漢族文化的傳統外，多數則已成為「擊缽吟」裏那些舊詩人擊著缽，唱著千篇一律的老調，或更有甚者，淪為御用文人歌頌殖民者以乞富貴的工具。而當臺灣光復後，漢詩不但未見當局提倡，反被新詩界的詩人胡適批評為「走死路」[8]，從此漢詩在臺灣文學界的園地裏，就更加荒蕪了，人人改以能作基本上模仿西洋詩論的白話詩為能事。

將此情形看在眼中的吳濁流，卻未曾氣餒而枉自菲薄，他知道漢詩的沒落與被攻擊，也是其來有自，並非事出無因。所以他首先毫不護短，且真切地指出存在於當時漢詩界及漢詩人的弊病，一開始他即對漢詩人的作風，提出嚴正的批評。他說：

> 我說漢詩有價值，不是說現在做漢詩人就有價值的意思。現在的漢詩人也須要反省，被人視為走死路，不是沒有原因，因為現在漢詩人的無能，忘卻詩魂，欠缺絕對的自由心境，不能超越名利，沒有真的靈感，沒有生命，簡直是文學的排疊，歌功頌德，無聊的應酬，甚至拍死人的馬屁

---

[8] 根據民國五十年一月十一日徵信新聞社的報導，美國駐華大使莊萊德夫人招待臺灣新詩界詩人的席上，胡適以堅定的口吻對大家批評舊詩說：「他們舊詩人所走的路是一條死路，沒有前途，而我們走的是一條新路，有前途，有希望的路云云。」此句話曾引起吳濁流極大的不滿，然卻也促使他對臺灣詩界的重新深思，以及日後對詩界提出種種真切的建言。

以為能。所以被人蔑視以為走死路，也是咎由自取，不是空穴來風的。[9]

又說：

漢詩斷不是貴族文學，其平易等如白話，任何人都可以了解，可以做。漢詩之難，不是漢詩之本質，是因過去的詩人，嚼字用典之罪過也。[10]

而對漢詩發展至今，所延生的問題，也提出他的看法。他說：

漢詩在帝王時代最發達之故，其內容難免帶有貴族味。原來文學之傾向，不單漢詩，都是一樣。帝王時代，多為帝王謳歌；貴族時代，多為貴族而讚美；宗教時代，就為神佛而作；戰爭時代，也不免如此。所以過去的詩，多少總帶有一點時代的氣息。但是這不能誤解是詩的本質。因此我主張，漢詩是值得提倡的。但是詩之本質，要有貢獻人類，不是因時代可以左右，巍巍聳立於超然的地位；可以反映出時代背景，政治之利弊，文化之盛衰，民情風俗之厚薄，社會之動態，具有歷史之價值。[11]

又說：

我國的詩篇形式及其定型，代代相傳，很少改變，積弊之大，早已不合時代了，當然應該要轉變；但不可無分皂白，連漢

---

[9] 語見吳濁流著，〈漢詩須要革新〉，收入於張良澤編《吳濁流作品集 6‧臺灣文藝與我》，頁 74。

[10] 同上註，頁 80。

[11] 同上註，頁 80。

> 詩的好處都摧殘無餘，一切拋棄，而專事模仿外國詩以為時髦，造成文藝攤販，爭相採新集異來販賣國人。[12]

漢詩發展至今，雖然不免有它的缺點和弊病，但有實際創作經驗的吳濁流，卻更清楚漢詩的珍貴之處，及其在中國文學上不可取代的地位。所以他在〈漢詩須要革新〉一文中，極言漢詩的好處，及其不可被取代的理由，筆者分別將其歸納如下：

1. 「漢詩是中國文學之結晶，有傳說，有精義，有靈魂，有血液，有骨髓，可與民族共存榮，豈可置之不問，其寶貴實在此。」
2. 「漢詩之妙處，再拿畫來比擬，不是像寫實派的西洋畫，而是印象畫或是禪畫或是日本的俳畫一樣，是抽象或印象描寫。所以其奧義含蓄甚深，包含萬象，雖隔數千年，任你吟詠千百遍，仍有餘音嫋嫋，不似西洋文學中的寫實主義，明快直覺，索然無味。」
3. 「漢詩的價值，還有一個寶貴的理由，漢詩是我民族創造的文化精華，所以沒有模仿性，不比現在的新詩受到外國文化影響而產生，難免帶有牛奶味，兼之散漫。」
4. 「漢詩還有一個特點，是由文字上來的感覺。漢字一個字一個字都有其音義，所以在音律配列上，比較方便。外國文字須要數音才能表現一個字義；我們的漢字，字字都可以表現其音及其意，所以越簡潔越有深意，越有妙味。而且音調和諧的漢詩，就有音樂的音節和樂調，所以使用漢字的民族，

---

[12] 語見吳濁流著，〈對詩的管見〉，收入於張良澤編《吳濁流作品集 6・臺灣文藝與我》，頁 93。

漢詩在文學上，就有其存在價值，漢詩不能排除的理由也在此。」[13]

由以上之歸納論述可知，吳濁流也認為漢詩具有中國固有文化的特色，是漢民族最高智慧的表現，實非近代文明所能輕易望及的，因此漢詩實在有值得我們再去提倡與發揚的必要。

而至於前面所言及漢詩的弊病，吳濁流也依據他的創作經驗與詩學常識，提出如下的改革意見。他說：

1. 「今後漢詩之表現，要意深，字淺，句圓，始得深入淺出之奧義。」
2. 「漢詩古風近體，形式複雜，長短不一，難以詳論，其中古風，詩體自由，最合今日之潮流，容易提倡。律絕因為規矩嚴格，不下工夫，不容易吟詠；律絕之中，絕句最難，絕句的長處，乃在句絕而意不絕，是漢詩之精華。但絕句，僅僅二十字或二十八字，在形式上，內容難免限制，在此限制內，可容之思想、感情，雖有能者巧妙運用發揮最大意境，也是難免有所不足之感。……所以我主張，用絕詩之形式，一篇聯數首來補救其缺點。」
3. 「七言近於歌體，五言最近說話，應該提倡來補救白話詩之淺俗。」
4. 「詩韻也應考慮改編，例如一東與二冬同是上平聲的韻，不必限制太嚴。」

---

[13] 以上諸語，俱見吳濁流著，〈漢詩須要革新〉，收入於張良澤編《吳濁流作品集 6‧臺灣文藝與我》，頁 79-85。

5.「臺灣從來有擊缽吟之風，曾風靡一時。這對於提倡詩學、訓練新人，不能不說是一個好的方法，但不能過份呆板，只注重飾詞麗句而忘卻詩的靈魂。」

6.「漢詩還有發展之餘地，敘事、寫景的詩，唐宋的詩人已登峰造極；但抒情詩方面，雖有香奩詩、無題詩，其作品不多，……因為我們中國人的抒情詩，其發展走了樣，變為詞，詞之發達，雖有成就，可以補救漢詩的抒情詩，但漢詩的本質已被改變了。所以，用已有成就的填詞的白描手法，來做漢詩的抒情詩，一定有可觀的。」

對於吳濁流所提出的這些改革意見，雖非其新創，卻無疑地能為這暮氣沉沉的臺灣漢詩界，打下一劑強心針。但藥只醫不死之病，在臺灣這只注重白話文的教育體制下，吳濁流的改革主張，終也未能令低迷的漢詩界，有所振興而發展。

然而吳濁流除對臺灣漢詩界有此建言和期許外，他也明白白話新詩的創作，在現實的臺灣詩壇上，已有逐漸取代漢詩的趨勢，但對白話新詩在五〇年代中期的發展，以及詩人狂妄作風所產生的弊端，卻也令吳濁流頗為擔憂。於是吳濁流亦能不畏詩壇風雨地一一加以指責，首先他即指出五〇年代新詩發展的弊病：

一、「橫的移植」之不當

根據葉石濤《臺灣文學史綱》第四章〈五〇年代的臺灣文學〉之說法：

五〇年代的臺灣，由於政治上對文藝界強力的思想禁錮和精神封鎖，使得臺灣文壇到處充斥著反共、戰鬥的僵化文藝。而處在這種封閉環境下的臺灣文學青年，於是開始找尋對抗這種反共八股文學的方法，以施展才華。而這時臺灣對大陸文藝尋求借鑑的方向，早已因雙方政治上的對立而被堵死，卻為接受美援而對西方大開其門戶。因此青年作家們只得向西方求師，臺灣新詩界就在這種環境下，開始走向橫的移植之路。而這其中，又以創辦現代詩社的現代派大將紀紘的提倡最力[14]。

當然如此過份洋化的新詩，終未能使它在臺灣的詩園中成功的紮根，而且還惹來如吳濁流這般重視傳統中國文化的詩人之氣憤及反對，因此吳濁流在其〈詩的管見〉中，就曾對新詩提出這樣的批評。他說：

中國人應有中國人的詩，才有價值可言，不然徒模仿人家，不時搖動，有什麼價值可言呢？人家主張象徵、意象、抽象、心象，甚至外國若有人主張克麗絲丁的三角褲文藝，那麼我

---

[14] 紀紘曾為現代派制定所謂《六大信條》，也即六大綱領，其全文如下：
1 我們是有所揚棄並發揚光大地包含了自波特萊爾以降一切新詩之精神與要素。
2 我們認為新詩乃是橫的移植，而非縱的繼承。這是一個總的看法。一個基本的出發點，無論是理論的建立或創作的實踐。
3 詩的新大陸的探險，詩的處女地之開拓，新的內容之表現，新的形式之創造，新的工具之發現，新的手法之發明。
4 知性之強調。
5 追求詩的純粹性。
6 愛國反共，追求自由與民主。而我們從其中的第一、二、三條的敘述中，即可明白所謂橫的移植，乃是無條件地向西方的詩人學習，卻揚棄了中國傳統優良的詩的精神。

> 們也要模仿三角褲的新詩吧？可憐黃帝子孫，不知祖宗有偉大文化遺產，不能繼承使其發展，而甘媚洋人以為榮，現在的模仿詩人，任你巧做，任你自我陶醉，任你自我宣傳，可是外國人仍然視為文化沙漠地的詩，並沒有誰瞧得起的。[15]

又說：

> 現在的新詩受到外國文化影響而產生，難免帶有牛奶味，兼之散漫，且其最大缺點，還未能完全用說話形式來表現。大凡都是由翻譯外國詩的形式來蛻化或應用，有的還拾洋人的唾沫，有的是洋品改裝，有的甚至變為洋文學的攤販，自己不覺，得意洋洋。[16]

二、詩語言之晦澀

由於現代派詩人追求西方的詩論，因此少不得要閱讀翻譯過來的西方詩人之詩作，而翻譯的文字之好壞及詩原意之探求，實存在著不少的變數。又新詩人的末流為打破和超越傳統，不惜打著西方所謂的存在、虛無主義的大旗，玩弄著也許連自己都不清楚的象徵、暗示、歧義等手法。其表現有如潛意識的囈語，甚至淪為文字編排的遊戲，終於使詩的語言脫離現實，也脫離讀者。所以吳濁流亦語重心長地道出此弊端，他說：

---

[15] 語見吳濁流著，〈對詩的管見〉，收入於張良澤編《吳濁流作品集 6．臺灣文藝與我》，頁 93。

[16] 語見吳濁流著，〈漢詩須要革新〉，收入於張良澤編《吳濁流作品集 6．臺灣文藝與我》，頁 85。

> 新詩或現在詩中，有些詩不但全篇不懂，連所用的語言，一句一句分開來解釋，還是不能令人了解，究竟所有的語言，是不是中國話，或是猿語，抑是鳥語呢？原來詩是最高藝術，其語言須要簡潔，美麗、可愛又渾成，而有含蓄的。[17]

而對於新詩詩人狂妄，及排除異己的作風，吳濁流也有很真實的批判。他說：

> 現在新詩人的作風，很多怪模怪樣，如果有人批評他們的作品，他就罵你連認識新詩的起碼知識都沒有，或罵你對新詩的修養不足，儼然他們比任何人都高人一著，不可一世。有很多新詩人對自己的作品下註腳，這首詩如何如何，自己解釋，自己稱讚，要求人家讚賞他的詩，就像打拳頭賣膏藥的，廣告他的膏藥如何如何有效一樣。詩不是說理，是抒情玩味的，好詩根本沒有方法解釋，很渾成、很含蓄、很深奧、餘音嫋嫋，只可意會，不能言傳。[18]

又說：

> 他們自以為高人一等，他們的作品不論合不合理，人家不懂的時候，更加自鳴得意了。如果有人批評，那有能容之量，肯以為他山之石呢？人家批評了，就氣沖沖地罵你：「連認識新詩的起碼知識都沒有。」所以他們標新立異，使人家看

---

[17] 語見吳濁流著，〈對詩的管見〉，收入於張良澤編《吳濁流作品集 6・臺灣文藝與我》，頁 96。

[18] 語見吳濁流著，〈詩魂醒吧〉，收入於張良澤編《吳濁流作品集 6・臺灣文藝與我》，頁 105。

> 不懂以為榮。新詩人太主觀了，欠缺客觀性，很散漫，有時飛躍很遠，使人家模索不到。一首詩中有時也有一二句出色，如果拿來斷章取義，或者可以看，但不能入詩林的。[19]

而對於模仿成性的新詩人，吳濁流也毫不客氣地加以嘲諷。他說：

> 現在的新詩作家，大多數好像好奇、好新傚顰的老處女一樣，一味模仿，見人整型她就整型，割雙眼皮、隆鼻、隆胸——無所不仿，可是都不得人欣賞，也不能吸收「人氣」，也無人問津。但她也不灰心，仍然盲目的仿傚，西方流行那樣她就模仿那樣，內心不勝得意，自己以為了不起，居然以最進步的女性而自傲，……請看現在的新詩壇，是否有這樣現象呢？一味模仿抄襲歐美日詩人的技巧，以大詩人自居，大肆宣傳，自我陶醉。這也因為光復當初，大多數的本省人不懂中文，在此沒有鳥的地方，蝙蝠馬上就做大哥了。由祖國來到一大堆號稱名詩人，其中不少洋娼妓及洋攤販，就興波作浪，才造成不正常的詩壇，表面上看來很繁榮，其實都是模仿的貨色，那有什麼的價值呢？[20]

了解五、六〇年代臺灣新詩界現象的人，都能明白吳濁流對新詩界及詩人的批評，並非空穴來風。然而吳濁流之所以對新詩有如此不客氣地批評，其實也是基於他對臺灣文藝界「愛之深而責之切」的情感吧。而非如當時新詩人所指責他的，反對做新詩或以此為

---

[19] 同註 18，頁 127。

[20] 語見吳濁流著，〈看雞栖王的作風〉，收入於張良澤編《吳濁流作品集 6・臺灣文藝與我》，頁 99-100。

沽名釣譽的心態，試看他在〈詩魂醒吧〉一文中，如此地表白，他說：

> 我寫一篇〈川端康成先生演講的弦外之音〉之後，有人誤解我反對作新詩，視為老人徒然發牢騷無濟於事。「愛就是理解」，我的真心不是不愛新詩人，也不是不理解新詩人的心情，然而在中國文藝界「愛就是批評」，而時下的批評就是捧場，不捧場就認為發牢騷，因此老一輩的人都是聰明人，不理不睬，任其衰落，事不關己，落得輕鬆。……做新詩我絕對不反對，不但不反對，還積極地獎勵，《臺灣文藝》留一角園地給新詩人耕耘，任新詩編輯自由編輯，未曾干涉，只要求編輯不得採用自己不懂的新詩。假使我有錢的話，還想拿出來獎勵新詩，奈何人微力薄，實在慚愧之至。在此率直地再表現我的心境，之前所以批評新詩，不過希望新詩早日走上正軌，創出比唐詩更好的新詩，使外國人像模仿唐詩一樣來模仿新詩而已。[21]

且他又在〈贅言〉一文中，再度言及：「我在《臺灣文藝》第三十期發表了〈再論中國的詩〉，其論旨，絕對不是反對做新詩，僅反對現在做新詩的作風而已。」[22]

最後我們可再由吳濁流為詩的語言所下之定義，來了解吳濁流對新詩創作所採取的態度。他說：

---

21 語見吳濁流著，〈詩魂醒吧〉，收入於張良澤編《吳濁流作品集 6・臺灣文藝與我》，頁 131。

2 語見吳濁流著，〈贅言〉，收入於張良澤編《吳濁流作品集 6・臺灣文藝與我》，頁 135。

詩的語言，是一種藝術，一種可頌而又可感的語言，一種心靈的感受性較敏銳的文學凝結。儘管有人強調文學的語言必須通俗化，口語化，但那些過於通俗化的白話詩句，給人讀了絲毫不產生印象，當然也就談不上什麼藝術價值。[23]

又說：

原來詩是最高藝術，其語言須要簡潔、美麗、可愛又渾成，而有含蓄的。請看李後主、李清照的白描法，如何注重這點呢？[24]

我們由此可得知吳濁流心目中的白話新詩，是要有如李後主及李清照等人的白話詩般明白易曉，卻又韻意無窮。如此，自可不必再以模仿西洋詩論為能，最後吳濁流再次語重心長地主張：

要拿固有文化格律做不動的定點，有此定點，就不怕西洋文化搖撼，若無的話，就會被西洋文化全棚搖倒。但不可誤解我的主張是復古，我主張的固有文化格律不是指固有形式、固有定型，而是主張固有文化的傳統和風格，詳言之，不可丟棄漢詩的靈魂和哲學的奧妙的意境及典雅的措詞，也不可抹殺漢詩重人格，重個性的優美傳統。有此不動的定點以後，還要採取開明的態度，再加吸收外國文化的新血來補救我們的詩的生命，但不可盲目模仿。再進一步我們拿固有文

---

[23] 語見吳濁流著，〈詩魂醒吧〉，收入於張良澤編《吳濁流作品集 6‧臺灣文藝與我》，頁 116-117。

[24] 語見吳濁流著，〈對詩的管見〉，收入於張良澤編《吳濁流作品集 6‧臺灣文藝與我》，頁 97。

化的好處來做緯線，織成合時代的我們中國詩，這才是我們今後的正路。[25]

參、吳濁流的詩作

前段已藉吳濁流對臺灣詩壇的若干建言及期許，來分析他的詩觀，現則根據其晚年所整理出版的《濁流詩草》，大略來欣賞其漢詩的內容特色，以及時人對他詩作的評價。

根據目前吳濁流所遺留的二千餘首漢詩內容之表現來看，筆者將其粗略劃分成三大類，並依據各類作品的數量，由多至少地分析如下：

一、寫景記遊

吳濁流生前的喜遊、善遊，在同輩的臺灣文學作家中，可說是最出名的。早年對臺灣各地的名勝，即已多有涉足，中年又因對日帝殘暴的反感而回歸大陸，期間也曾暢遊南京各地勝景。至晚年還不曾間斷地出國旅遊，足跡更是幾乎踏遍全世界。吳濁流的出遊，並非看過就忘，走過就算，而是依其詩人的性格，凡每至一處，必以詩記其見聞，日後再予整理結集。今日可見者，如早年的《觀音餘音》、《孤島煙霞》、《鳳嶺松濤》、《草山雲影》，中年的《長江墨滴》、《東遊吟草》及晚年的《環球吟草》、《東南亞雜詠》等。因此此類詩作，在吳濁流漢詩作品中，佔最多數。然雖寫景記遊，我們仍可依其創作時之心境，而加以劃分為：

---

[25] 語見吳濁流著，〈對詩的管見〉，收入於張良澤編《吳濁流作品集 6・臺灣文藝與我》，頁 96。

1.純寫景之作：

〈淡江歸帆〉

夕陽燒碧空，相映淡江紅。日落觀峰外，孤帆極目中。

（《濁流詩草》，頁 26）

〈太魯閣〉

巍巍太魯白雲深，鑿壁穿岩鳥道臨。疊嶂重關疑故壘，溪流屈曲響幽音。
鳶鳴猿嘯聞天籟，水盡山窮轉密林。忽覺危峰驚破膽，徑斜欲墜幾千尋。

（《濁流詩草》，頁 200）

2.藉景抒懷之作：

〈謁兒玉神社有感〉

回天志氣不辭勞，征滿治臺策略多。百戰功勳成泡影，漢人又復舊山河。

（《濁流詩草》，頁 146）

〈題自由女神〉

自由今已死，世界亂淒淒。請問女神像，緣何裝不知。

（《濁流詩草》，頁 298）

二、應答酬唱

吳濁流早年曾加入栗社及大新吟社，社內諸吟友彼此間以詩應答酬唱者，早相沿成習。故吳濁流日後對其文友，不論日籍、臺籍，均喜以詩相贈，或藉以談文，如：

〈臺南張良澤和楊日出迎送有感三首之二〉

韻事千秋重，扶輪望後賢。真心談半日，盡是古詩篇。

（《濁流詩草》，頁 39）

或以論藝：

〈贈日立畫家〉

畫伯臨別時，以畫贈相知。我本愛其畫，深淺獨得宜。
紙上走龍蛇，丹青妙且佳。朝夕看不厭，情致如梅淡。
比柳更有情，筆端巧入神。懸在書齋上，猶如伴故人。

（《濁流詩草》，頁 219）

然吟詠最多的，仍是思君憶友之作，如：

〈寄工藤教授十一首之二〉

思君千里外，一別十年來。每望東方月，與誰共舉杯。

（《濁流詩草》，頁 1）

〈苦病寄鍾肇政十二首之九〉

希君車駕北，潔坐待相迎。煮酒談文學，烹茶論世情。

（《濁流詩草》，頁 32）

我們從以上這些詩句中，真可見到詩人浪漫之情懷及豐富之情感。

三、寓時感懷

而此類詩作，則最能表現出詩人憂時感憤，正義凜然的氣概，如：

〈光復節有感〉

人人光復節歡呼，唯記曾淪日寇奴。巧吏不知亡國恨，天天猶在鬧貪污。

（《濁流詩草》，頁 113）

〈光復節有感二首之一〉

光復十七載，瘡痍迄未收。劣紳為廢舉，金棍出風頭。
稅吏敲商戶，貪官上酒樓。自由只高唱，為國幾人憂。

（《濁流詩草》，頁 186）

〈六十初度〉

逝水韶光何太匆，今朝六十又春風。情看細菊依籬下，惟愛孤梅傲雪中。
到處青山迎逸客，難拋壯志學仙翁。敢將禿筆評中外，力挽狂瀾策大同。

（《濁流詩草》，頁 198）

〈滿七十歲有感〉

青春熱血意纏綿，何不遲生四十年。千古多情千古恨，痴心何處不留連。

（《濁流詩草》，頁 269）

這類詩，除道出詩人對光復後臺灣社會病態的憂心外，也表明其壯心猶存，欲新文壇之氣勢。這部份的詩作，可視為吳濁流漢詩之精華，然可惜數量不多。

然觀其總體詩作，無論是寫景記遊、應答酬唱或寓時感懷，其遣詞用句，皆力求平易，又不失詩味，故不禁令人聯想到同樣以平易求老嫗能解的唐朝詩人白居易，試看他的詩作：

〈草〉

離離原上草，一歲一枯榮。野火燒不盡，春風吹又生。
遠芳侵古道，晴翠接荒城。又送王孫去，萋萋滿別情。

〈問劉十九〉

綠螘新醅酒，紅泥小火爐。晚來天欲雪，能飲一杯無。

再看吳濁流的詩作：

〈相思樹〉

明知相思苦，何必植相思。枝枝妙相對，葉葉自藏痴。
五月黃花釀，連山金色披。情天誰欲補，此樹應先移。

（《濁流詩草》，頁 185）

〈歲暮感懷（民國卅六年於社會處）〉

光陰何迅速，引惹老妻憂。稚子頻頻問，年糕有也無。

（《濁流詩草》，頁 11）

如此平易中又不乏餘情的詩句，不正得白詩之精髓嗎。然對於白居易平易的詩風，吳濁流卻又有這般耐人尋味的評論，他說：

> 白樂天的詩，雖然不無俗鄙的感覺，這是他的詩的短處，而同時也是他的長處。白樂天的詩最為日本人所喜愛，廣受歡迎。袁隨園繼承白樂天的詩風，隨感情之自然湧出而抒情，用平易的文字描寫了江南佳景，便納入詩囊中。[26]

其實吳濁流又何嘗不是承繼白居易的詩風，這樣的評論，不正是對已詩的自況嗎。無怪乎文評家寒爵在為《吳濁流選集‧漢詩、隨筆》一書作推荐詞時，會如此地讚美他：

> 對於漢詩，一反流俗之見，主張「意深、字淺、句圓。」所以他的作品不泥古、不雕琢、清新活潑、朗朗可誦。可以說是上承元、白之風，於近代則頗具黃公度的風格。「我手寫我口，古豈能拘牽。」恰為最好的寫照。吳先生改編詩韻的主張，也已在作品中自我體現了。[27]

---

[26] 語見吳濁流著，〈南京雜感〉，收入於張良澤編《吳濁流作品集 4‧南京雜感》，頁 113。

[27] 語見寒爵著，〈序詞〉，收入於吳濁流著，《吳濁流選集‧漢詩、隨筆》（臺北：鴻儒堂出版社，1967）

而對於吳濁流的詩作，最為推崇的，卻是日本關西大學的竹內照夫教授。他在為吳濁流的《晚香》詩集作序時，曾如此讚譽吳濁流的漢詩，他說：

> 大率成於作者之自身之言語，不濫肆摭拾古人陳詞，抑且現代語，俗語，悉皆適宜地予以雅語化，以入於詩中，而能無失乎漢詩之品味。兼且技巧卓越，而不留鑿痕，真情流露其中，頗不乏能促發讀者之感動者。[28]

又說：

> 吳濁流的詩作，實即臻乎「游於藝」之境地，其作品，客觀上而言，固然富於善美，而其本質上，更且係無關乎他人之批評，乃獨自安樂之藝術表現也。[29]

然評論最為精當者，應是同為詩人的黃渭南，他的評論，更能道出吳濁流詩之真味。他說：

> 其詩作淺白俚俗，不襲窠臼，初讀似覺無奇，但若細誦而透視其背景，則實為時代社會風情之寫照，具有靈魂，並非無病呻吟。在渠曾自解嘲曰：「我的詩自知不好，不過只當為生活紀錄而已！」然則為供後世以窺前代之用，不亦有助於文化之延續乎？[30]

---

[28] 語見竹內照夫，〈晚香序〉，收於吳濁流著《晚香》（臺北：臺灣文藝雜誌社，1971），頁 1。

[29] 語見竹內照夫，〈晚香序〉，收於吳濁流著《晚香》（臺北：臺灣文藝雜誌社，1971），頁 1。

[30] 語見黃渭南著，〈序言〉，收入於吳濁流著，《濁流詩草》（臺北：臺灣文藝雜誌社出版，1973）

綜上所論，知吳濁流的詩作，確為其生活之記錄，也是他對紅塵萬象情感的真誠流露。然若據此「以窺前代之用」，雖對文化之延續有所助益，但對針砭時代社會之風情，實為不足，因此他必須再透過小說的創作，以補漢詩所無法清楚且充分傳達的歷史真實。

第二節　隨筆

吳濁流一生所留下的隨筆，包括遊記共六十七篇，現依其內容特色，歸類且加以論述如下：

壹、臺灣文壇現象之批評

我們知吳濁流的隨筆創作，起步遠較他的漢詩及小說為晚，其第一篇隨筆〈南京雜感〉，原是民國三十年旅居大陸京、滬時，在南京當上記者之後，以記者獨特的犀利目光，觀察南京社會的眾生相，並透過當地人生活的步調，將戰時南京中國人的個性，十分傳神地描繪出來的作品。此後相隔三年，直到日本無條件投降，始又撰寫〈日本應往何處去〉，呼籲戰後的日本，只應走世界的公道，也就是實施為人民而設的民主政治，世界才能永久和平。此後再隔二年，臺灣發生驚天動地的二二八事件後，吳濁流復以記者的職務使命，再度撰寫〈黎明前的臺灣〉，企圖為此劇變後的臺灣前途，作客觀的分析與建言。

文中，他首先鼓勵青年人切勿以此事變而感灰心，應該起來為生養我們的這片土地建設而努力，而建設首重科技的學習。因此他更期勉青年人以成為科技人員為依歸，如此再來談建設大中國。次則指出光復後，臺灣社會所無可避免的種種弊病，但是只要執政者與臺灣人民都有誠意來泯除本省人和外省人，因長久隔絕所造成的誤解，則所有弊病日後仍可一一加以改革。文章最後，他還是呼籲在臺灣的不論本省人或外省人，應一起攜手，共同為建設臺灣成為三民主義的模範省而努力。

回顧此三篇隨筆內容，原著重於他對所處社會環境的觀察與回應。然緊接著神州變色，國民政府遷臺，而遷臺後的國民政府，一廂情願地認為，大陸淪陷乃導因於政策宣傳之失利，故毅然決然地採取政治強力干預文學的政策，以期文學能完全淪為政策宣傳的工具。此後臺灣文壇即受此政策之箝制，而呈現出相當畸形的發展。對臺灣文學的發展有極深使命感的吳濁流，將此情形看在眼裏，自然要將筆觸延伸到對文學環境的批評了。如〈臺灣文學的現狀〉、〈新文學運動的氛圍氣〉、〈有關文化的雜感一二〉及〈漫談文心沙漠的文化〉等，除強力抨擊臺灣文化界，長久以來即存在著排除異己、打擊對方的不良風氣外。也對臺灣光復近二十年來，社會上仍充斥著奴化思想及自卑心態；以及作家盲目地對外來文化膜拜；只知模仿為能，而不知自主自立地創造屬於自己風格的文化，終促使臺灣文化界被外人恥笑為「文化沙漠」之現象，透露出相當程度的不平與不滿。

因此在其他如〈要經得起歷史的批判〉、〈光復廿週年的感想〉、〈傳記小說不振的原因〉、〈歷史很多漏洞〉及〈川端康成演講的絃外之音〉等隨筆中，復對臺灣文壇所充斥的那些奇怪現象，提出十分嚴厲的批評。而據筆者之比對，這些批評，旨在期許臺灣作家都能正視他在〈大地回春〉中所歸納出的如下之弊病，並促使他們亦能知所反省：

一、買辦作風，模仿成性。

二、大多數的作家，思想停頓了三十年，仍在昔日的舊觀念裏掙扎。

三、作家眼睛花了，看不到現實的真相。例如看到一點紅點，就誤認為梅毒第三期，不究是否蚊蟲咬傷，或是擦傷。
四、對自我認識也不足，例如四十歲以下在本省生長的人，自以為外省人，其實與本省人無異，豈不是徒冒其名而無其實，由此生活態度從事寫作，其眼睛已歪了，以錯誤的觀念及錯誤的眼光，豈能觀察其真相來表現呢？例如日據時代，日本人不少作家，他們都有優越感，因此在臺灣的日人作家都沒有產生好作品。
五、口號與宣傳混在文學之中，文學成為工具，致使傷害文學本質及其生命。
六、本省人作家，大多數似乎沒有膽量，不能盡其才。[31]

而〈臺灣文藝的產生〉、〈給有心人的一封信〉、〈漫談臺灣文藝的使命〉及〈為臺灣文藝說幾句閒話〉等這些篇章，則是表明自己無法釋然地面對臺灣文化界被外人譏為文化沙漠，以及文壇上確實存在的若干弊病。因此雖自知力微言輕，仍責無旁貸地創辦《臺灣文藝》，除期盼能在這片文化沙漠中，創建一方綠洲，以提供青年作家耕耘的園地之外。更希望根據臺灣的特殊環境，以創造一個合於中國；又同時具備世界普遍性的新文藝，並期許能藉此來革除文壇的舊弊。

至於〈我辦臺灣文藝及對臺灣文學獎的感想〉及〈我設文學獎的動機和期望〉諸篇，則除重申期望《臺灣文藝》能成為青年作家耕耘的最佳園地外，並首創私人興辦的文學獎，希望藉此鼓勵更多能為文學理想而堅持創作的青年作家，同時也期望藉此而促使我們固有文化能及早自主自立。除此之外，吳濁流晚年也曾致力於臺灣

[31] 語見吳濁流著，〈大地回春〉，收入於張良澤編《吳濁流作品集 6・臺灣文藝與我》，頁 39。

歷史與文學的研究，如〈我最景仰的偉人〉、〈羅福星的詩與人〉、〈回顧日據時代的文學〉及其一生中最後遺作的〈北埔事件抗日烈士蔡清琳〉等，都屬這方面的力作。

貳、文學理論及理想

吳濁流的文學理論，除了上一節所論其對漢詩的期許，如〈漢詩須要革新〉、〈關於漢詩壇的幾個問題〉、〈對詩的管見〉、〈設新詩獎及漢詩獎的動機〉和〈詩魂醒吧〉等作品，另有對新詩的建言，如〈為自由詩欄說幾句話〉、〈看雞栖王的作風〉及〈贅言〉。此外，尚有針對文學功用及理想的闡述，而這些對文學功用及理想的論述，亦可視為他的文學理論，首先他認為：

第一，文學就是藝術，不是工具。他說：

> 文學就是文學，要有絕對自由意境才能產生好作品，拍馬屁不是文學，喊口號也不是文學，文學是藝術，不能拿來做工具，像日本當作商具也無成就，戰前拿去做政具也不行。[32]

又說：

> 文學……不能拿來做工具，無論是商業上，仰是政治上或其他都不行。如果拿來做工具的話，一定影響到文學本身的生命。原來文學的生命是藝術，所以文學不能遊離藝術，一旦做為工具時，就不能兼顧文學本身的藝術生命。[33]

---

[32] 語見吳濁流著，〈對文學的一二管見〉，收入於張良澤編《吳濁流作品集 6‧臺灣文藝與我》，頁 50。

[33] 語見吳濁流著，〈文學就是文學，不是工具〉，收入於張良澤編《吳濁流作

第二，文藝要有特殊性和普遍性。他說：

> 文藝一面是特殊性，一面是普遍性。特殊性是因環境、歷史、傳統各有不同，其產生的作品，自然有特殊的個性，但這個特殊性要具備普遍性才稱好作品……《臺灣文藝》要根據臺灣的特殊環境而產生一個個性，這個性又要合於中國的普遍性，才有價值可言。……現在中國文學，具有另一種特殊性質，現在我們在臺灣特殊環境下掙扎，其文學也在這樣環境下苦悶，若是不承認這樣特殊環境，也無法創造有生命的作品，其作品一切變為虛空，或是虛偽的，怎麼也談不起文學的價值。所以現在的中國文學須要認清楚臺灣的特殊環境，才有實在性，根據實在的特殊性，才能產生優秀作品，須要這樣做，文化沙漠才有長出綠樹的可能。[34]

第三，文學須要現代化，要能自主自立。他說：

> 我們的固有文學，不消說須要近代化，但近代化不是西化，亦不是日化，所謂近代化要將固有文化的優點及其特質繼承下來，不能拿西、日文學來代替，須要自主自立的。如果拿西、日文學來代替的話，永久拜倒在他們的腳下，變為他們的徒弟，那有自主自立的文學價值可談呢？[35]

品集6‧臺灣文藝與我》，頁43。

[34] 語見吳濁流著，〈漫談臺灣文藝的使命〉，收入於張良澤編《吳濁流作品集6‧臺灣文藝與我》，頁17-19。

[35] 語見吳濁流著，〈我設臺灣文藝的動機和期望〉，收入於張良澤編《吳濁流作品集6‧臺灣文藝與我》，頁31-32。

我們看吳濁流的這些文學理論及理想，不難發現其中仍多為針對當時文壇流弊而發，而如果我們能再多用一份心去留意臺灣五、六〇年代的文壇真相，就會發現這其中的許多論點，確實都能切中時弊。因此今日讀其舊作，對於這位文壇先輩其文學的真知灼見，更覺得令人佩服。

參、遊記

吳濁流之遊記，依其所記遊之地點，可分為國內與國外兩種。然記遊國內的作品，只有〈遊鸕鶿潭記〉、〈既到臨崖返轡難〉及〈遊五指山記〉【筆記按：此文未曾發表，故不論】等三篇。〈遊鸕鶿潭記〉觀其內容，雖名遊記，其實除略述其興遊之因緣及所遊之地外，話題仍不免回到吳濁流所最關心的臺灣文學發展之嚴肅課題。並只在末尾記其望名潭而興懷作歌，由歌詞的清逸之氣，才略微透露出吳濁流潛藏於諤諤言行之下的浪漫情懷。〈既到臨崖返轡難〉則是記吳濁流參加龍族詩社所主辦的南港十八羅漢洞讀者郊遊大會，在登山途中所遭遇的種種危難，其實也頗有為其一生的文學歷程作記錄的意味。

至於記遊國外的作品，則先後有〈東遊雜感〉、〈談西說東〉、〈東遊雅趣〉、〈東南亞漫遊記〉、〈南美遊記〉、〈睽違三年重遊日本〉、〈印澳紐遊記〉及〈印非遊記〉等。這些遊記內容的最大特色，就是在於每篇都以漢詩與散文並陳，而漢詩大多吟詠其所遊各地之風光，偶或觸景生情；發抒自己之感懷。其所表現正如他自云：「以詩作行腳之旅」，但吳濁流也清楚光只有漢詩，實不足以記其觀光所得的全貌[36]，於是他再配以散文加以詮釋，使其遊記的思想架構，更

[36] 在此之前的民國四十六年，吳濁流旅遊日本四十二日，當時亦曾撰著漢詩〈東遊吟草〉一〇二首。因此極清楚只有漢詩而無散文說明，實難完整表

加完整。這種以漢詩為中心，配以散文說明來表現的方式，除了是詩人的浪漫情懷之顯露外，吳濁流也提到它所富含的深意。他說：

> 其一是從前筆者在南京時，有一次與西島五一社長閒聊，偶然談到楚辭，西島先生竟憑空把漁父辭吟哦出來，使我大吃一驚。日本人必須借助一套煩項的『返點』才能誦讀我國詩文，而西島竟能把他背誦出來；我是個漢詩人，且不必借助返點即可用自己語言誦讀，而竟不能背誦全文，這使我愧赧得無地自容了。其一是去年旅日途次，陳永昌教授曾領我去參觀上智大學的校慶大會。大會中還有男女同學穿著和服禮裝，吟了『陽關曲』。最後我也被要求吟一首，不得已祇好唱李白『清平調』以應。……又一次我出席經濟奉仕團的青年團員的結婚派對，一位女士吟漢詩，一位男士演劍舞。這使我發現到漢詩早已深入日本國民生活當中，不由得大吃一驚，同時，也想到在自己的國家裏，漢詩久不被顧及，棄如敝履，寧非可悲可嘆！我以為漢詩乃中國文學的精髓，不獨為最高的藝術，而其量之多，其質之優秀，其思想之豐富，真真可以與世界水準媲美。由這些觀點，於是我就想到要以漢詩為中心來寫一篇旅行記。[37]

言下之意，吳濁流頗痛心且愧赧於自己的國粹漢詩，早已深入鄰國日本國民的生活之中，然而卻在自己的國家中被刻意遺忘，棄如敝履。因此以漢詩人自詡的吳濁流，除覺義無反顧地要為這沒落的臺灣詩壇留下些質優、思想又豐富的漢詩作品外，也期望藉此來為漢詩的創作，增添另一種創作型態的契機。

達其思想架構。

[37] 語見吳濁流著，〈東遊雜感〉，收入於《吳濁流選集‧漢詩、隨筆》，頁353-354。

而至於他多次出國旅遊的動機，吳濁流也有如下的說明，他說：

> 無論怎麼努力也趕不上歷史，所謂努力、向上、邁進等，對我的人生都沒有作用了。年將七十就有一種諦觀宿於心頭，凡事看來極淡，所以對世界旅行也是無可無不可，不是一定要去，去也沒有目的的，……老早已看破塵世，逃避思想日增，要安靜清閑守己，可是自退休以來，離開人群，常常覺得寂寞難耐，所以安靜守己也不容易過日子了。於是靜中思動，參加世界旅行，行行走走，看看山水瞧瞧名勝，藉此解脫人生的寂寞，至於所見所聞有無益處是另外的問題。[38]

由於吳濁流的屢次出遊，皆是抱此達觀之心態，如此反映至遊記的寫作，乃多著墨於海外的人事、景物之觀察與記錄。偶爾亦對照別國社會的優點，而批評一下自己國家社會的缺失，因此我們從這些遊記的內容中，看出出國旅遊，除增廣吳濁流之見聞，及增加他的漢詩作品之外，對他的文學思想和小說的創作，實沒有多大的助益。

肆、回憶小品

吳濁流第四類隨筆創作，是屬於回憶以往生活軌跡的小品散文，如〈一束回想〉、〈回想照門分教場〉、〈回憶我的第二故鄉〉、〈重訪四湖〉等作品，都是其回憶在日據時代為學生、為教師時所經歷的種種往事。〈回憶大同〉則是敘述民國三十四年，吳濁流

---

[38] 語見吳濁流著，〈談西說東〉，收入於吳濁流編《臺灣文藝》第十九期，頁68。

因撰寫〈黎明前的臺灣〉之因緣，結識大同公司的董事長林挺生，而在民國三十七年三月，當了一年的大同工業職業學校的訓導主任，時與同事相處的種種逸事和情誼。而〈悼江肖梅兄〉及〈懷念吳新榮君〉二篇，則是分別記敘吳濁流與文壇先輩江肖梅及吳新榮生前論交的悼念之作。〈忘卻歌唱的金絲雀〉則原是吳濁流記其去參加由詩友郭水潭與七、八位日本姑娘所舉辦的短歌會之情景，會後令吳濁流不禁遙思起日據末期，在臺曾與其交往的日本女性的憶舊之作。當然透過這些回憶小品，實有助於我們清楚吳濁流生活的部份情景，及其面對周遭人、事、物時所興發的情懷。然而對一個研究其寫實小說的研究者而言，更重要的是，這部份的作品，確實也提供我們一些難得的史料，以印證吳濁流小說的部份情節，確有其真實生活中的軌跡。

第三節　小說

前面曾提到張良澤認為吳濁流的小說創作，是具有目的性的一種手段。對於這樣的論斷，筆者是十分贊同的，因為我們雖在吳濁流的隨筆中，不只一次地見到他自敘其從事小說創作的因緣，是來自一位愛好文學的日本少女袖川之刺激與鼓舞。然而筆者卻認為，其實真正激勵他從事小說創作之動因，還是來自於他對殖民地上種種不合理制度積蘊已久的反抗，而這種反抗，亦正是吳濁流欲藉小說的批判性，來對加諸於人類的種種不合理制度，提出控訴目的的一種手段。

試看他的處女作〈水月〉的內容，雖然表面上是記述日據時代農場雇員仁吉，那阿Q般表現的人物之可憐際遇，然而他真正所要控訴的，實在還是造成仁吉一家人之所以貧困的主因，即殖民地上最令人難於忍受的日臺不平等待遇。吳濁流對這差別待遇的認知，是早在他就讀師範學校四年級時所參予的昇格運動上，此次抗爭運動的結果，雖得到當時日人校長的支持，而催促立法通過臺籍師範畢業生日後可昇任至訓導而告終。然而此運動背後所要爭取的日臺待遇平等之抗爭目的，卻完全地被模糊扭曲，致使臺灣人被歧視的差別待遇仍然存在。而吳濁流就在此制度下，無奈地隱忍了十八年，直到受這位日人袖川小姐的推波助瀾，吳濁流才得以將此憤慨，藉由小說來發抒。

文中吳濁流已能相當傳神地將臺灣人的知識份子，在面對這個差別待遇時，所造成普遍困境後的種種迷失傳達出來。如這個阿Q式的仁吉，在面對自己能力所無法突破的現實困境時，先歸咎於早婚下妻、子的拖累。但當他見到妻子也被艱苦生活折磨得毫無血色的容顏時，終於讓這個阿Q明白，造成他如此困頓不堪的真正原因，仍是在於那同工不同酬的日臺不平等待遇。但是雖然看出事情徵結的仁吉，這時仍然昧於殖民統治者所搬出的那套「一視同仁」、「人材登用」等眩人耳目之宣傳，而還在做著以留學東京即能改善自己生活的迷夢。看清只要臺灣不擺脫被統治的殖民命運，則那歧視臺灣人的差別待遇就不可能廢除的吳濁流，於是十分技巧地以水中那不真實的明月，來象徵被日人統治下的臺灣人，永遠只能作著那不可能成為真實的平等美夢。

這篇原有意向這位日籍女教師控訴那日本的殖民統治者，在所謂「日臺融和」及「一視同仁」的口號下，臺灣人過的是怎樣真實生活的〈水月〉，沒想到令這位天真爛漫，沒有民族優越感的文學少女深受感動，並將它代投到楊逵所創辦的《臺灣新文學》雜誌上刊登。此後又經她不斷地鼓勵，吳濁流復以封建體制下婚姻制度的犧牲者為題材，創作了〈泥沼中的金鯉魚〉，而這篇小說竟入選於

《臺灣新文學》懸賞比賽的首獎。從此更增加他創作小說的信心，直到一年後，他被調動到關西公學校擔任首席訓導，因事情太多才停筆。在這段時間，他還陸續寫下了〈筆尖的水滴〉（未譯）、〈歸兮自然〉、〈功狗〉及〈五百錢的蕃薯〉（未見）【筆者按：因〈筆尖的水滴〉未譯成中文，而〈五百錢的蕃薯〉又未見發表，故在此不論。】等作品。

〈泥沼中的金鯉魚〉是描寫女主角月桂，因反抗其叔父為了聘金欲將其嫁為人妾，毅然決然地脫離家庭的束縛而北上求職，意外地遇到讀中學時心儀的男子，而這位男子竟是她所應徵的高砂果物公司之社長。這位社長似乎也對月桂有所印象，憑著這層關係，使月桂得以順利取得這份工作。不料在兩個星期後，月桂卻在社長有意地安排下失身。情節發展至此後，小說的日文與中文譯本，竟產生不同的結局，原日文根據張良澤在〈吳濁流的社會意識——就其描寫臺灣光復以前的小說探討之〉一文中的中譯：「月桂被強暴之後，哀嘆自己竟毫無反抗的力量，正如泥溝中的紅鯉魚，到哪都喝不到清水。」[39] 而在吳濁流自譯的中文譯本中，吳濁流竟將其改成「內心覺得整個像泥沼的社會，非全部浚渫清淨不算復仇。」[40] 而決心參加文化協會，要和具有先覺的女士們，為爭取女性之權利而共同奮鬥。【筆者按：吳濁流自譯成中文後的情節，與日文原文之情節有所出入與矛盾，此矛盾點，筆者將在本書第六章中，加以詳述。】

---

[39] 張良澤著，〈吳濁流的社會意識——就其描寫臺灣光復以前的小說探討之〉，收入於《中外文學》，第三卷第九期（1975 年 2 月），頁 99。

[40] 語見吳濁流著〈泥沼中的金鯉魚〉，收於張良澤編《吳濁流作品集 2‧功狗》，（臺北：遠行出版社，1977），頁 27。

而〈歸兮自然〉似是一篇寓言小說[41]，這篇寓言式的短篇小說，在吳濁流所有的短篇中，是屬於較為特殊的作品。其特別處，主要在於這篇小說的主角並不是人，而是一隻被豢養於鄉村教師家裏的貓，全篇情節即完全藉著這隻貓的眼睛及內心獨白來推展。表面上是描寫動物的自然本性，來對比諷刺人類種種自私的虛偽面目，實則是運用高超的象徵手法，以教師象徵高高在上的殖民統治者，而以貓象徵臺灣人對其主人動輒得咎，甚至有被滅種的危機，因此最後認清自己悲慘遭遇的貓主角，想號召同類一起離開人類所營構的虛偽世界。而只要看看這句「唉！離開此地吧。跟長久住慣的家和主人離別吧。而歸去本來的老百姓的老頭子家裏去吧。」[42]即自然可明白吳濁流撰寫此篇小說的深切用意了。

〈功狗〉則表面上是描寫日據時代一鄉村教師受當局利用，為殖民地教育費盡心力地奉獻二十年，終因過度操勞而罹患肺病，此時不但得不到當局的同情與照顧，反因他只是一位代用教員，而輕易地用一張退職令，就斷送他全家生計的悲慘過程。如此之題材，無異是吳濁流最真實的心情寫照，因為吳濁流在日據時代，正是一位為日帝教育機構服務二十年的鄉村教師。然而當他在為殖民統治者奉獻心血來教育自己同胞的同時，卻無時無刻不在思索殖民地教育的本質和意義。因此在他真實的生活中，他即不止一次地考慮要結束這種令他自覺難堪的工作。但是在經濟被強力榨取的殖民地

---

[41] 據葉石濤、鍾肇政所編《光復前臺灣文學全集 1・一桿秤仔》，頁 191。中對天遊生的寓言小說〈黃鶯〉，有如下的解構說明：「一篇寓意深遠的寓言，往往是現實社會的變形產物，它產生於言論自由受到壓抑，限制或剝奪的情況下，為了避免觸及時諱的尖銳性，而不得不以比擬、暗喻或象徵的方式，來寄託其嚴肅的意旨。」這也對於吳濁流在這篇小說中的善用象徵手法，提出最好的說明。

[42] 語見吳濁流著〈歸兮自然〉，收於張良澤編《吳濁流作品集２・功狗》，頁 211。

上，辭職就得立即面臨挨餓的壓力，迫使他終不得不與現實的環境妥協。雖然他也曾想到在自己職權之內，盡力用教育來提高臺灣人的知識水準，但散播精神已被完全扭曲的殖民教育，終究還是無法令自己釋懷。於是根據他多年的觀察及實際經驗，並且延續〈水月〉寫實兼具批判的精神，將殖民教育的本質內容，相當技巧地透過小說中人物的表現，呈顯在讀者的眼前。故而在此值得注意的是，這也是日據時代對殖民地教育本質提出批判的第一部小說。

縱觀這時期吳濁流的小說，應該還是處於摸索的階段，因為這些作品雖然都不離寫實的範疇，但仍可明顯地看出各篇作品敘事結構及表現技法的不同。如〈水月〉即具有倒敘兼意識流表達的特色，而〈泥沼中的金鯉魚〉是利用插敘的技巧，〈功狗〉則採取較常見的順敘法，至於〈歸兮自然〉又帶有相當程度的意識流色彩。這樣豐富的表現手法，在他其後的小說中並不多見，吳濁流雖只提到〈歸兮自然〉曾深受日本文學的影響，然見其描述與袖川小姐熱烈討論小說的往事，則其他各篇，似也不無有受日本文學影響之處。

民國二十六年，《臺灣新文學》屢遭臺灣總督府查禁，終於被迫停刊。一向將作品投往《臺灣新文學》發表的吳濁流，其小說遂失去發表的園地。再加上此時忽被調昇至新竹郡下最大的關西公學校擔任首席訓導，事務繁忙之下，因而停筆。民國三十年，吳濁流因抗議郡視學在新埔運動場上肆意凌辱臺籍教員無效後辭職。旋即隻身旅居京、滬，期間曾任南京大陸新報記者，並在大陸度過一年三個月的時間。這段難得的時光，不僅開拓了吳濁流的視野，而且因記者職業使然，促使吳濁流的眼光更加深入社會，去觀察了解人間的眾生相。因此回臺後，復以此發掘真相的使命感，創作了〈陳大人〉、〈先生媽〉、〈亞細亞的孤兒〉及〈糖扦仔〉等更具衝擊及目的性的譴責小說。

如〈陳大人〉即是描寫明治時代的臺灣人巡查補陳英慶為虎作倀；賣族以幫兇的惡劣實蹟。吳濁流在創作此篇小說時，已是昭和十八年，為何還要去追述明治時代的臺灣人巡查補的事蹟呢？顯然這個陳大人是真有其人的，試看他在《臺灣連翹》的這段回憶。他說：

> 是我五歲或六歲時候的事，現在還記得清楚。有一天，警察大人來到我家。那「大人」並非日本人，而是臺灣藉的巡查補。姓廖，是母親的遠親。照理應該先向母親問好才是禮貌，由於他是警察大人的緣故，架子大，母親先向他問好，他也不過從鼻子裡「唔」了一聲，根本不加理會。自個兒走進客廳，坐在椅子上，轉動著眼珠探看著屋中的情形。佩劍亮閃閃的。口裡不是抽煙絲，而是叼紙煙。父親恭恭敬敬地立在他的旁邊。廖某態度蠻橫地面對父親，查問著家中的每一個人，不久，喝了一口母親奉上的茶，才響著佩劍走了。父親和母親送他到門樓。「大人」出到外庭，狗便狂吠起來。我家的狗，平時是不會對人吠的，恐怕連狗也感覺到這訪客不是正派的，瘋狂地吠起來。廖大人憤怒地大聲加以喝斥，狗反而更靠近廖大人的身後，廖大人更為憤怒，拔出佩劍想殺掉狗，母親見狀，驚惶地跑過去，想用竹棒把狗趕開，不小心滑了腳，掉到旁邊的溝裏去，折了手腕，而廖大人反而責罵母親，這樣還不算，父親又被帶去派出所，訓了一大堆話之後，又科予五十分錢的罰金。印在我幼小的心靈的廖巡查補的兇蠻的嘴臉，在過了六十多年後的現在，想起來還會不寒而慄。[43]

[43] 語見吳濁流著《臺灣連翹》，頁33。

從這段描寫中，再來看陳大人的踢阿舅、幫日支廳長勒索劉舉人、誘捕抗日志士的錢鐵漢、欺壓善良的同胞、為娼寮作眼線以獲得額外艷遇及利益、誘姦老李的妻子阿菊，又設計陷害老李入罪等等惡行，亦自不難明白吳濁流撰寫此篇小說的動機和目的。

而接下來的〈先生媽〉，則顯然又較〈陳大人〉更具譴責性。試看他在曾經出版的《泥沼中的金鯉魚》一書自序中，自剖其創作〈先生媽〉的動機，他說：

> 當時我在臺灣新報作記者，臺灣總督府極力推行皇民化運動，在推行皇民文學期間，軟骨頭的本島人亦有參加，掛著文學奉公會會章，得意洋洋闊步橫行，令人側目，我看到敢怒而不敢言。一方面有志的文化人，以臺大的工藤先生為中心，每月十五日集會，以閑談文學為名，有時也拿出時局問題來私語。皇民奉公會本部顧問臺大中村教授亦來參加，於是我寫這篇〈先生媽〉小說給他看，暗中希望他反省，他看完說：「你的文學另有一種風味。」而且臉上露出一點內疚的樣子。[44]

文中吳濁流並不諱言，這一篇小說是諷刺皇民化運動中，某些本省人昧於民族大義，而甘於成為殖民統治者的走狗，為皇民化運動的宣傳，表現出種種無恥之行徑。而且他也蓄意要將此皇民化運動下，被無情扭曲的臺灣人之人性，呈現給那些始作俑者的日本人看，藉以告知這些倡行者，再怎麼努力奉行這類如小丑的運動，終究也只是空具其形式的一場大鬧劇罷了。

---

[44] 語見吳濁流著，〈泥沼中的金鯉魚自序〉，收入於張良澤編《吳濁流作品集6‧臺灣文藝與我》，頁203。

其實早在撰寫這二篇小說之前的民國三十二年，也就是在大陸歸來後的第二年，吳濁流已開始起稿使他在臺灣文壇不朽的〈亞細亞的孤兒〉。誠如他自己所說的：

> 〈亞細亞的孤兒〉這篇小說是第二次世界大戰中，即一九四三年起稿，一九四五年脫稿的，它是用臺灣在日本統治下的一部份史實來做背景。那時不論任何人都不敢用這樣的史實背景來寫小說，而把它照事實沒有忌憚地描寫出來的。[45]

然而，這篇小說不但真實地道出了臺灣人在殖民地上所承受的物質與精神上的痛苦，事實上它也忠實地呈現臺灣人孺慕祖國，卻反遭祖國人士以日本人走狗、間諜對待，因而受盡委曲的孤兒心態。臺灣人之所以在光復後仍遭陳儀等國民黨軍隊以被征服者般對待，這篇小說實提供了一些端倪。另外吳濁流在這篇小說中，亦創造了許多寫實主義作品中相當可貴的環境及人物類型（此類型結構，筆者將於第四章中詳論），此正如他在這篇小說的後記中所陳述的：

> 總之，〈亞細亞的孤兒〉這篇，是遭遇他（胡太明）的一生，把日本統治下的臺灣，所有沉澱在清水下層的泥污渣滓，一一揭露出來了。登場的人物有教員、官吏、醫師、商人、老百姓、保正、模範青年、走狗等，不問日、臺人、中國人的各階層都網羅在一起。不異是一篇日本殖民統治社會的反面史話。[46]

---

[45] 語見吳濁流著，〈亞細亞的孤兒（日文版）自序〉，收入於張良澤編《吳濁流作品集6・臺灣文藝與我》，頁179。

[46] 語見吳濁流著，〈亞細亞的孤兒・後記〉，收入於張良澤編《吳濁流作品集1・亞細亞的孤兒》，頁286。

日據時代，有如此一篇詳實描繪臺灣人深具民族意識的長篇小說，這樣的表現，不但獲得祖國人士的掌聲，同時也為日後我們在日本人的心目中贏得了尊嚴[47]。

而〈糖扦仔〉原是〈亞細亞的孤兒〉中的一節，因在日本出版時，吳濁流嫌其累贅，故加以刪割而獨立成篇。〈糖扦仔〉是寫大正時代臺灣某小鎮裏的一位保正兼協議會員、壯丁團長之惡劣事蹟，小說中並沒有去追述這位人物是如何地去獲取這些要職，但是見他的雅號及攜友到處嫖妓的行為，即能斷定他決非為正派之人物。而他所身兼的那些要職，自然是如陳大人或沈天來般甘為殖民統治者當走狗，以欺壓自己的同胞所換取的代價。然而〈糖扦仔〉不僅成功地刻劃出日據時代御用紳士的醜樣，而且內容亦與〈泥沼中的金鯉魚〉同樣具有對封建制度下，女性所承受不平等待遇的批判。但若論喚起世人對女性權利的重視，則吳濁流在〈糖扦仔〉中對月英人格的塑造，實遠較〈泥沼中的金鯉魚〉中月桂更具說服力。

民國三十四年八月十五日，吳濁流與其他臺灣人一樣，難掩內心喜悅地迎接光復的來臨，十月十日，當他與無數臺灣民眾一起參加公會堂的慶祝臺灣光復後第一屆雙十節典禮時，相當感動地立下要竭盡已力，將臺灣建設成比日據時代更美好的一個三民主義模範省。但這樣的激情並沒有持續太久，隨著祖國以征服者的姿態來臺，進行如火如荼的接收工作的同時，吳濁流以記者的身份，親眼目睹大陸一批批來臺的商人、投機份子及亡命之徒等。對真心歡迎他們的單純臺灣同胞，從事種種詐欺行為，使得光復後僅僅二年的臺灣，即面臨了前所未有的

---

[47] 〈亞細亞的孤兒〉不但獲得中國國民黨中央委員會（五〇）宣三字第〇五七三號函的明令嘉許，而且在日本出版時，亦造成日本學界相當正面的迴響。

通貨膨脹之窘境。而且包括吳濁流等的臺灣公務人員，還得忍受比日據時代還嚴重的差別待遇，這幾乎可以說，日據時代臺灣人所承受的噩夢，又再度降臨在渴望自由、平等的臺灣人的生活中。民國三十六年二月二十八日，臺北專賣局為了取締私煙的不當，終於引燃了臺灣民眾積蘊已久的憤怒，而爆發了驚天動地的「二二八事件」。

事件中，吳濁流復以記者職務之便，宏觀整個事件的發展，因此對此事件的前因及後續，知之甚詳。故當事變後不久，陳儀為封鎖社會之輿論，壓制民意，於是假藉綏靖名義封閉了事變中為民喉舌的幾家報社，其中自亦包括吳濁流所服務的民報。被迫失業的吳濁流，除利用這段時間撰寫類如社論的隨筆〈黎明前的臺灣〉，希冀在臺灣立足的不論本省人或外省人，均應拋棄成見，化解誤會，共同攜手為將臺灣創建成三民主義之模範省而努力。

此外，他亦無時不忘要將當時其所見所聞的二二八事件真相率直地描寫出來，然而這時這位日據下甘冒生命危險創作〈亞細亞的孤兒〉的鐵血作家所處的環境，正如也曾經經歷過這段歷史的葉石濤之這段描述：

> 光復的來臨給臺灣人帶來當家作主的機會。可惜自由、民主的憧憬像曇花一現似地掠空而去，從二二八到五〇年代的白色恐怖，日據時代的噩夢再度出現，臺灣又復淪為豺狼橫行，魑魅魍魎跋扈的黑暗世界。臺灣的知識份子和作家奮力抵抗，想維持臺灣新文學的傳統香火於不墜，但這些抗議和控訴在巨大的統治力量下逐漸崩潰。臺灣作家同殖民地時代一樣，被囚禁、被放逐、被處決。終於被迫沉默，大地一片

寂靜和漆黑。在這樣的法西斯的統治下，文學只是執法者統治下的工具。作家必須依附權力機構才能苟延殘喘，同執政者既得利益背道而馳的一切文學活動及歧異思想，是執政者用盡手段要予以撲滅的對象。從二二八到白色恐怖的五0年代，老一輩臺灣作家，不但碰到語言障礙的銅牆鐵壁，而且還面臨了更無奈的吃飯問題。在這兩種致命力量的夾殺之下，只好忍氣吞聲放棄了文學。[48]

雖然吳濁流也自覺處在那動輒干預言論、逮捕作家、特務橫行的環境下，決難容許他暢所欲言，但終究還是抵不過他想為歷史存真言、證言的使命感，他說：

二二八事件後，我凡事小心翼翼，然而仍不免記罣國家的事，切望能夠使臺灣變成比日本時代更好的地方。受了這種熱望的推動，我急切地想幹點什麼，便開始了〈波茨坦科長〉的撰寫。[49]

其實不只是〈波茨坦科長〉，往後的其他小說，如〈泥濘〉、〈友愛〉、〈狡猿〉、〈銅臭〉、〈閒愁〉、〈三八淚〉、〈老薑更辣〉、〈幕後的支配者〉、〈很多矛盾〉、〈牛都流淚了〉及〈路迢迢〉等，都是在這種想使臺灣變成比日本時代更好的心態之下，所完成的作品。只是〈波茨坦科長〉、〈友愛〉、〈狡猿〉、〈銅臭〉、〈三八淚〉是以光復初期臺灣社會諸樣相為背景，而〈閒愁〉、〈老薑更辣〉、〈幕後的支配者〉、〈很多矛盾〉及〈牛都流淚了〉則取景於其晚近的五、六〇年代若干社會病態之現象。

---

[48] 語見葉石濤著《臺灣文學的悲情》，(高雄：派社文化出版社，1990)，頁15。
[49] 語見吳濁流著《臺灣連翹》，頁228。

〈波茨坦科長〉是吳濁流在臺灣光復後再出發的第一部小說創作，然而卻也已是遲至二二八事件後的民國三十七年。顯然他也清楚當時臺灣作家所處環境的險惡，因此迫使他知所顧忌地不直接去碰觸二二八這個政治大禁忌。然而他仍設法旁敲側擊，先以一位曾「參加北伐，且有戰功，又在抗戰當初特工工作上有輝煌的成就」，只是後來轉投南京汪政權為特工科長的范漢智為主角。讓這位具有漢奸智慧的漢智兄，在其幕後主子日本無條件投降的時候，還能帶著贓款逃出祖國對他的拘捕而翩然來臺。不知怎地又一躍成為政府某某局的社會科長，而在臺灣獲得「新生」的這位科長，仍不知有所收斂地欺騙率直純真的臺灣女性玉蘭之感情。緊接著再加入日產接收的行列，又利用他的職權，走私、貪污，極盡剝削臺灣人之能事。雖然這位波茨坦科長最終仍不免惡貫滿盈地被捕，然而就在這位科長被逮捕的同時，吳濁流乃十分巧妙地加入這段情節，而將二二八事件的導火線，如蜻蜓點水般地加以引出：

> 范漢智被綁著靜靜地走下站前的臺階，賣冰棒的、賣麵的、賣肉粽的，賣香煙的，等等都走前來看。剛好那時突然有人喊叫「抓煙！抓煙！」接著有「搶煙！搶煙！快跑！快跑！」無可奈何的悲切的喊聲。賣煙的蜘蛛一樣的四散逃跑了去，忽而看見○○局的卡車戛然停了下來，由車裏跳下了一對穿制服，逃不脫的煙和錢全被搶去了。范漢智回過頭來向搜索隊長像狡猾似的笑了一下，似是獨言獨語的說：「賣國求榮的是漢奸，可是借公家的名騙人為私的到底是甚麼呢？」同時有意義似地浮著諷刺的笑再把那個獰笑給搜查隊長看。[50]

---

[50] 語見吳濁流著，〈波茨坦科長〉，收入於張良澤編《吳濁流作品集 3・波茨

我們都知道二二八事件的導火線，一部份是因為政府專賣局取締私煙不當而起，至於如何地不當，我們根據前省參議員黃純青日記的如此記述，即可略知其一二。他說：

> 平心而論，專賣局亦有錯誤，何也？第一・專賣局所製公煙，其品質遠遜於私煙。第二・街頭巷尾，以及路邊到處有私煙，販賣極其盛行，可知外來私煙為大多數省民所歡迎。第三・私煙是由大商人走私，自上海進入本省各港口。第四・在街頭巷尾私煙小販皆是貧家婦孺，均賴販煙以度生活，據此事實專賣局當然要在進入港口嚴密查緝，私煙則一網可以打盡，乃計不出此，偏在路上嚴緝貧家小販，可謂捨本逐末。[51]

黃純青對專賣局的指責，可謂至當矣。專賣局查緝私煙，自可在各港口行之，如此即可節省人力，又可真正地杜絕私煙的氾濫。然而專賣局卻計不出此，而只是去沒收貧家小販賴以維生的私煙，其心態委實可議。而且當時亦盛傳遭沒收的私煙，多被中飽私囊，故吳濁流才想借范漢智之口，而說出：「賣國求榮的是漢奸，可是借公家的名騙人為私的到底是甚麼呢？」以此迂迴地反問方式，有意地去指責政府在此事件中，所不可逃避的失職責任。

而〈友愛〉乍看是篇探討兩性間情誼互動的哲理小說，表面上似帶有相當浪漫的愛情色彩，因為吳濁流十分技巧地將主角我與S小姐間，所存在著微妙的情愫，自然地表現在雙方的舉手投足間，

坦科長》，頁70。

[51] 語見黃純青著，〈黃純青日記〉，收入於《二二八事件文獻輯錄》，（臺中：臺灣省文獻委員會編印，1991）頁56。

而且能藉雙方迷惘後的省思，將兩性間正常交往之情感，作一正確而清楚的釐清和詮釋，對感情易於迷失的現代人來說，這篇小說實具有很深的啟示作用。然而話又說回來，吳濁流在文中所敘述的女主角 S 小姐，仍因中日戰爭而延誤婚期，這在當時的臺灣社會，不能說是一個殊相，加上吳濁流又不時地將陳誠治下的許多不合理現象，如物價高漲、卡車肇事，甚至當街行刑的可怕場面，皆融入他的小說情節中，故仍不離他撰寫社會寫實小說的本色。

〈狡猿〉則是針對光復後本省人所表現的醜態之諷刺，臺灣光復後，日據時代的御用紳士如過時日曆般沒落了，但代之而起的，卻又是另一批依附新政權的新紳士。原在日據時代以當巫師賣假藥，靠欺騙鄉愚為生的江大頭，就是這批新紳士的最好樣板。首先他能厚顏無恥地假藉各種名目，強佔日產，大發光復財，再利用本省為落實地方自治所實施的選舉，不惜使盡卑鄙手段，從事各種賄選的勾當。然而如此胡搞亂搞，卻還是能讓他平步青雲地由里長而鄉代而縣議員，終至爬上省議員之位置。並隨著他的職權愈大，玩法貪污之事也愈做愈大，手段也更加高明。而且在文中，吳濁流還對當時議員的種種營私舞弊之行為，亦述之甚詳，直令人匪夷所思，有如清末李伯元《官場現形記》及吳沃堯《二十年目睹之怪現狀》之再現。

至於小說結束時，江大頭也如其他吳濁流筆下之反面人物一樣，終難逃法律的制裁。可是在〈狡猿〉中，吳濁流卻只是輕淡寫地敘述江大頭被情治單位逮捕的過程，至於江大頭因何事被捕，及其中審訊的過程，都未清楚地交待出來。筆者認為，這或許又是吳濁流有意的省略。因為作為一篇歷史性小說而言，當然著重在如何還原歷史真實，這篇小說重要情節如此隱晦地傳達，似乎代表作者有著不可言傳的深意。筆者為何會有如此論斷，因為我們只要看看葉石濤所著的五〇年代白色恐怖自傳小說《臺灣男子簡阿淘》，其中之〈約談〉一篇，即可略為清楚白色恐怖之由來。雖然江大頭的被捕是罪有應得，但公布罪狀是維護人性尊嚴的最基本人權，吳濁流在此省略，卻又在結尾，加入了這麼一段耐人尋味的文字：

> 大約隔了三年。有一天，來了一個陌生的過路客，在明湖村的路店休息。他說：「江大頭老早溜了。現在連財產全部都帶去日本，仍然搞內行走地下道，大歪大發，逍遥法外，他有孫大聖的本事。」聽者愕然，這個消息有無正確性，連天生伯及老張都不知道。[52]

事實上在結尾加入這麼一段陌生過路客去論述江大頭脫逃的言論，而且又難證實這個消息的正確性。對於小說結構的完整性來說，實在不無突兀的地方，然而透過這個突兀，是否即是吳濁流有意地引導讀者，去聯想江大頭的被捕，根本不是為了貪污舞弊，而是另有其他的原因呢。

民國三十八年，神州變色，大陸撤守，一百多萬軍民隨著國民政府播遷來臺灣。這些人中，不乏是失意政客及口說空話的騙徒，加以臺灣百姓在日據的法治下，早已養成樸直單純的個性，因此遇到這類騙徒，既不能分辨其言語的真偽，又惑於他們的空白頭銜，所以常受其騙而成為這種人的信徒。〈銅臭〉就是在這種背景下，敘述由大陸隨政府來臺的失意政客沈國大，流落到百里鄉，而為了生活，不惜從事種種詐騙鄉愚的行為。文中吳濁流除了其一貫地對人性近乎冷酷的剖析外，對臺灣民眾的迷信，也有一番深意地嘲諷。

---

[52] 語見吳濁流著，〈狡猿〉，收入於張良澤編《吳濁流作品集3・波茨坦科長》，頁176。

而〈三八淚〉也是以民國三十八年，臺灣省主席陳誠為平穩物價，抑制通貨膨脹，所採取四萬舊臺幣兌換一元新臺幣為背景的史事小說。這裏有一段吳濁流根據當時史實所作的記載，他是這樣說的：

> 陳誠就任的同時，米價開始暴騰。（民國三十八年）一月二十七日，一大斗米突破二萬元大關，二月六日二萬六千元，二月二十六日，臺東驚傳八萬元的可怕價格。對這種大幅度的暴騰，政府無策可施，只有聽任其肆虐。入了四月份，各地物價普遍暴漲，市場陷入一片混亂。政府利用這種時機，檢舉從事地下錢莊七洋貿易行，把主其事者繩之以法，因此從各地鄉間吸收過來的本省人資金遭受凍結。這一番災害，既深且大。入了六月份，更大的金融風暴又發生。此即幣制改革，以一元新臺幣來換成四萬舊臺幣。人們蒙受的損失真是不可數計，本省人幾乎個個被剝個精光。[53]

以此背景來看〈三八淚〉這篇小說，自有更深一層的體認。當時大部份臺灣人因不知道通貨膨脹為何物，故為此破產者實不乏其人。此篇小說的主角牛皮哥，就是這種人物的典型。然話雖如此，仍有人為此而從中獲利的，那就是那些囤貨居奇、大發光復財的商人。其實稍有經濟學常識的人都知道，囤積貨物更易促成通貨膨脹，前面〈狡猿〉中的江大頭，即是以造橋為名，大量囤積建材而大發光復財的。吳濁流在此，似有意要告訴讀者，不要忽略社會資源的整體性與有限性，有人侵蝕社會資源，必有人要賠上自己的資源。因此我們看到有人大賺光復財，然而透過這四萬兌一的史實，也更讓

---

[53] 語見吳濁流著，《臺灣連翹》，頁 253。

我們了解有人為此要大賠光復財。只是這些人大多是社會上微不起眼；安份守已的小人物而已，他們遭受此委曲，多不知如何自處，只有暗自飲泣地認命於當局所謂「大眾三千，大家一樣，不是你一個人吃虧。」[54]的論調，因此〈三八淚〉實是吳濁流為這些小人物帶血淚的控訴。

另外前面曾提到〈閑愁〉、〈老薑更辣〉、〈幕後的支配者〉、〈很多矛盾〉、〈牛都流眼淚了〉，都是吳濁流對五、六〇年代社會病態現象所提出針砭的小說。因此在此須略剔出此病源，再以此反觀這些小說內容，才能更了解吳濁流在這時期，是如何尖銳地批判整個社會的病態。

就我們所知，六〇年代的臺灣社會，大體上可說已臻安定繁榮，這除了是我們父祖輩胼手胝足努力的成果外，美國大量軍經援臺也是主因。根據葉石濤在《臺灣文學史綱》中的描述：

> 從一九五〇年代開始，國民政府接收美援，美國的軍經援助直到一九六五年六月停止，總共超過了四十億美元。美國的軍經援助，給國民政府提供了武器，彌補了貿易上的赤字，興建眾多的各級學校，打下基礎工業的根，建設了道路、橋樑、水庫、港口、上、下水道。[55]

美援確實為臺灣基礎工業帶來快速的成長，促使社會更加安定繁榮。但伴隨美援而來的，卻是西方強勢文化的入侵。這種強勢文化，幾乎打垮了生活在這個封閉小島上的臺灣人之自尊心，及薄弱的傳

---

[54] 語見吳濁流著，〈三八淚〉，收入於張良澤編《吳濁流作品集 3・波茨坦科長》，頁 204。

[55] 語見葉石濤著，《臺灣文學史綱》，頁 112。

統中國文化思想。試看當時的為政者，雖無日不在高喊復興中華文化，行事卻又一切以西方為師，大學生亦莫不以放洋為榮，卻又見不到幾個學成歸國參予國家建設的年輕人。上行下效，因此五、六〇年代，崇洋媚外，幾乎已成為臺灣社會一種相當普遍的價值觀。熱愛中國文化且相當清楚自己文化內涵的吳濁流，在痛心國人只知盲目崇洋，而將自己豐富文化棄如敝履之餘，除了致力於創辦《臺灣文藝》，以行動來展示，必雪這被外人譏為文化沙漠惡名的決心。一方面也創作了數篇嘲諷國人盲目崇洋的小說作品，盼國人見之能自省自惕，莫再以媚外為榮。

〈老薑更辣〉就是這一系列作品中的典型之作，全篇情節雖完全是藉金岩伯與舊省長的一搭一唱來推展，委實單調。然而事實上，就在這單調的一搭一唱中，吳濁流將當時社會上上下下，不論是當權政要、退休官僚，或是種田的農夫、大學生等，言行所充斥的崇洋心態、奴化思想，清楚地呈現在讀者眼前。文中，吳濁流並技巧地藉金岩伯所言：「要想這一輩的香煙是絕望了，豈不痛心呢？」[56] 來暗喻中國文化的傳承，就將在這輩奴化崇洋的兒孫輩中斷絕，想來又豈不令人心痛呢。另外吳濁流在這篇小說中，也運用了相當高明的象徵手法，將自己的思想及遭遇，不著痕跡地化入小說的情節中。因此這篇小說，也可以說是吳濁流短篇寫實作品中，相當成功的力作。

〈幕後的支配者〉是一篇表面描寫基督教，在臺對臺民所作各項物資的施捨，藉以吸收教友，並穿插信奉傳統舊道德的理想主義者阿九哥的反抗故事。而實質上，那像銀行一樣多、一樣有力的教堂，不正是吳濁流眼中的那「用金錢來榨取精神，使妳陶醉，使妳

---

[56] 語見吳濁流著，〈老薑更辣〉，收入於張良澤編《吳濁流作品集 3・波茨坦科長》，頁 288。

屈服，使妳奴化」[57]的幕後支配者嗎？然而筆者認為，基督教在此只是吳濁流所運用的一個引發理想與現實衝突之工具，藉此他可以對光復後臺灣社會普遍趨向金錢萬能，而忽略真正生命意義的風氣，作更冷靜、更犀利地批判，而且不可否認地基督教在此，也象徵吳濁流對西方強勢文化的反抗。

〈很多矛盾〉這篇小說的主旨，表面上是在探討政府對地價稅徵收的許多不合理之現象。而內容是敘述因阿審伯祖厝地價稅的徵收太高，迫使阿審伯在大學教書的兒子耀宗支付不起，不得已而建議阿審伯將祖厝變賣，此舉無異觸動老人家之忌諱，終致令其喪命的故事。此篇小說取名〈很多矛盾〉，其實吳濁流想指出的最大矛盾，就是即使在日據時代，人民所奉祀祖先的家廟及祖堂，都可以申請祭祀公業不必納稅，光復後竟不再能享此免稅的優惠。不加考慮我們祖堂及家廟的存在問題，反而讓外來的基督教堂獨享此免課稅的特權，這不是相當矛盾的地方嗎？故而將這篇小說視為是吳濁流對政府媚外情結不滿的控訴，亦無不可。

而〈牛都流淚了〉亦是一篇指責國人普遍存在盲目崇洋的小說，因為國人的迷信洋貨，導致主角阿古頭等國內酪農無法生存的困境，其中也兼及對政府主管機關處事無能的批評。小說結尾，吳濁流又藉阿古頭說出：

> 牛會流淚，我們同情牠，不殺牠，為什麼有地位的人不同情我們，也沒有目屎，一定要等我們……啊！啊！酪農完了。[58]

---

[57] 語見吳濁流著，〈幕後的支配者〉，收入於張良澤編《吳濁流作品集 3・波茨坦科長》，頁 223。

[58] 語見吳濁流著，〈牛都流淚了〉，收入於張良澤編《吳濁流作品集 3・波茨坦科長》，頁 281。

而這段深具感觸的話，不也正是吳濁流代替酪農向政府機關作血淚的哭訴嗎。

至於〈閑愁〉這篇小說的內容，看似較其他諸篇為特殊，原是藉主角之女娟娟，告知其母親將與同學去觀音山遊玩，卻因告知的時間和行程有異而造成遲歸，致引發在家中的主角夫婦種種揣測與不安。主角並時時以五〇年代臺灣社會上所發生的兇殺案來推動情節，雖然這種聯想，令人看似無聊至極，但卻能具體表現出一位父親對女兒那種深藏不露的關懷。吳濁流雖結尾感慨管教女兒的不易，然真正的用意仍在批評社會風氣的紊亂。

看完前面吳濁流小說內容的簡單介紹，最後，讓我們再來探討吳濁流小說中較為特殊的〈泥濘〉、〈路迢迢〉、〈無花果〉、〈臺灣連翹〉等四篇作品的創作原由。

〈泥濘〉是一篇描寫日據時代貧農沈天來，靠著過人的努力與幸運發迹，卻在成為地主後，反過來對同屬自己同胞的佃農，採取更巧妙且殘忍的手段來榨取其血汗。而另方面，又對殖民統治者採取更柔順協力與奉承，終能成為御用紳士的故事。套一句日本經濟學者瀧川勉的話，他說：

> 不消說〈泥濘〉是殖民地文學作品，然而同時又十分具備著與農民文學作品一脈相通的要素。這作品的舞臺是日本佔據臺灣後不久時期的臺灣農村，當時的農民姿容，以及地主和佃農之間，實在的關係具體地被描寫著。……讀了這作品，令人感覺到作者對農民（貧農、佃農）異乎尋常的愛情。[59]

[59] 語見瀧川勉著，〈殖民地統治下的臺灣民眾群像〉，收入於《臺灣文藝》（臺北：臺灣文藝雜誌社，第四十二期），頁 78。

吳濁流在回答瀧川勉的訊問函中，雖然也承認「執筆這作品的動機，不外是對悲慘的農民生活的同情。」[60]但我們從吳濁流刻意安排沈天來的次子沈親義，「由日本偷渡到大陸參加國民革命」的這道伏線，顯然可看出這篇小說並未就此結束。果然吳濁流在這篇小說的後記中這樣寫道：

> 這篇小說，民國三十七年十一月二十四日用日文寫起，至民國三十九年二月七日寫完。起初打算寫三部，這是第一部；之後，因為種種原因，沒有餘裕的心情續寫，丟在篋內，就再不聞不問了。韶光荏苒，不知不覺已經二十年了。今年（民國五十八年）七旬初度，檢點書篋，翻出此稿，無限感慨。二月初開始翻譯成中文，至六月二十日譯完。[61]

我們從這段記載中實可看出，真實地描繪出日據時代御用紳士的醜態及農民的苦難，並非吳濁流撰寫這篇小說的唯一目的。照他的說法，還有第二、第三部的內容等待著他去起稿，那麼是什麼原因，讓他沒有餘裕的心情，去續寫沈親義未完成的義舉，或者其他。

民國四十九年，吳濁流復以日據末至光復初期，臺灣社會所發生的史實為背景，而創作了〈路迢迢〉。這篇看似描寫異國情緣的小說，實則已超出以往臺灣作家一味攻訐日據時代日人行事之非（當然皇民文學例外），而以更開明的史觀，將日據下同樣具有人類大愛的日人滕田一家介紹給國人，以闡明只有在雙方皆能泯除民族偏狹觀的歧視下，人類才能和平友愛地共存在這個地球上。並且

---

[60] 同註59，頁78。

[61] 語見吳濁流著，《泥濘》（臺北：林白出版社，1971），頁93-94。

難能可貴地，這也是第一篇真實而深刻地探討到光復後在臺日人心態的小說作品。

然而就如同〈泥濘〉一樣，這些題旨也並非吳濁流撰寫這篇小說的唯一目的，他在這篇小說的前言中，這樣地記載著：

> 這篇作品，起稿於一九六〇年五月，因患肺結核，一九六一年七月輟寫，旋於一九六二年八月，身體稍復，打算改寫，改來改去，都未能盡合已意，便又擱下來。一九六七年三月，寫完第十三章，做為第一篇。本意是要寫到第三篇，全文方可結束的，但因為馬齒徒增，漸感不支，草草結束，至於第二、三篇，可能亦無由執筆矣。[62]

在吳濁流的心目中，顯然尚有第二、三篇他還未及時傳達的訊息。然這次不管是什麼原因讓他無由續筆，而皆讓我們疑惑的是，何以〈路迢迢〉及〈泥濘〉這二篇小說之內容，都是停筆在日據末和光復初期呢？筆者認為，答案應該可以在鍾肇政的這一番話中覓得，他說：

> 最早聽吳濁流談起這本《無花果》的構想，當在一九六六、七年之頃，是時他創辦《臺灣文藝》（一九六四年創刊）已有兩三年，辦雜誌雖苦，但他賣老命辦得起勁，作品產量也在停頓多年之後突然多起來。某日，他一如來舍閒談，說起他準備寫二二八事件，卻有不知如何下筆之苦。我聽了不由地大驚失色。此時此地，可寫的事多矣，唯獨二二八該是禁忌中的禁忌，誰敢去碰這種事！我們這一輩人親身經過那一

---

[62] 語見吳濁流著，《泥濘》（臺北：林白出版社，1971），頁95。

場驚天動地的浩劫，也挨過了那以後接踵而來的恐怖日子。那不是餘悸猶存的恐怖，根本就是尚未褪色的驚恐。我知道吳老在日本時代曾經冒生命危險寫過《亞細亞的孤兒》，難道老人又要重施故技嗎？

「寫了，藏起來，便沒意思了。相信會有辦法的。一定會有的。問題是用什麼方式來表達。」【按：此句為吳濁流之語】我實在無法了解吳老的想法。至少在我，在那個階段，連想都不曾想過要寫二二八。……過了一段日子之後，吳老再次造訪。這次他喜形於色，興緻勃勃地告訴我已有了具體的構想，準備動筆。我叩詢詳情，他笑而不答，但不久就會有具體成果拿給我看。這就是《無花果》的原稿。[63]

民國三十六年二月二十八日，親眼目睹二二八事件始末的吳濁流，始終都想將這段被國府執政者刻意封鎖的史實，據實地告知同樣生長在這塊土地上的子孫。也因此他曾不止一次地嚐試，〈泥濘〉中的「沒有餘裕的心情」；無非是白色恐怖激盪下所不得不然，而〈路迢迢〉中的「草草結束」，是不知如何將這個事件的真相，作更詳實真切地表達。但是如日據末創作《亞細亞的孤兒》般的為「歷史存證言」之使命感，卻無時無刻不在提醒他「對於二二八事件，卻不能不有所反省。」於是在「痛切地感到的是，當時的新聞記者，一年比一年減少了。即使尚在人間的，不是轉業就是隱居，幾乎都已和筆絕緣。視野比較廣闊的新聞記者如果不執筆，將來這個事件的真相，恐被歪曲。」的心情下，終於不顧這尚是國民政府最大的政治禁忌，而將事件當時他「所見所聞的二二八事件的真相率直地

---

[63] 語見鍾肇政著，〈拼命文章不足誇〉，收入於吳濁流著，鍾肇政譯，《臺灣連翹前序》，頁 18-19。

描寫出來。」[64]而這就是其《無花果》的創作原由。然而為了在《無花果》中，更加真實地記錄二二八這個史實，也為了取信於未曾歷經這個大變動時代的讀者，因此他不再如〈路迢迢〉中滲雜虛構的小說情節，直接以自己的境遇為藍本，以致形成了今日我們所見到如自傳般的小說型態了。

《無花果》在完稿後，曾在吳濁流創辦的《臺灣文藝》連載；期間雖也曾受到干涉[65]，但總還能如期刊載完畢。然而此書就在民國五十九年十月由臺北林白出版社結集出版時，隨即被以：「嚴重歪曲事實，挑撥民族情感，散播分離意識，攻訐醜化政府，居心叵測，依法查禁在案。」[66]之理由，而將之依法查禁。因此這時的《無

---

[64] 以上各語，均見吳濁流著，《無花果》，頁 34。

[65] 根據吳濁流在《臺灣連翹》中自己透露：「只不過刊露我的《無花果》時，一位國民黨員向我說了一些干涉的話。而且口吻堅定，使我無名火直冒，不客氣地給予反擊。『你到底是憑什麼身份給予注意的？你那種說法，聽起來好像在向我訓示。二二八事件為什麼不可以寫？如果不可以寫，政府會給我禁止的命令。我的雜誌在你們還沒有看的時候就寄到有關當局。負直接監督責任的內政部或治安當局都沒有給我任何注意，你們卻憑自己的感情，大言不慚地說這個可以做，那個不可以做。你們根本沒有這個權利。就是官吏，也得照國家法律行事，不能光憑個人感情來下判斷。你們違背了國父，不能算是忠誠的國民黨員。吳濁流衷心尊奉國父孫中山先生，依照憲法的規定行事，用不著你們來多嘴。你們身為國民黨員，卻是黨的叛逆。你說這不是你自己的話嗎？那就請你轉告說的人，吳濁流今年七十歲了，為文藝而死是死而無憾。如果真的因此而死，我到另一個地界見了國父孫中山先生，他老人家一定會握住我的手說：『在臺灣，只有一個吳濁流是我的信徒。』你們算什麼？將來到了另一個世界，必定會被國父破口大罵的。』」頁 271-272。在此我們不知這位國民黨員向吳濁流說過什麼干涉的話，但我們可以想像這位「忠貞」的黨員，被吳濁流如此這頓搶白之後，如不致落荒而逃，也必致啞口無言吧。筆者之所以不厭其詳地抄錄這段話，是一方面吳濁流實在罵得太過精采，而吐盡臺灣作家因白色恐怖以來所受的窩囊氣。另一方面也表露出當時國民黨操縱著全國的文藝政策，而使作家在創作上得不到完全的自由。

[66] 語見王曉波著，《走出臺灣歷史的陰影》（臺北：帕米爾書店出版，1986），頁 91。

花果》，真的只能在無人注意的地方開花了。這對於帶有極深「歷史使命感」的吳濁流來說，無異是一記當頭棒喝，執政的國府當局，好像藉此對他提出無聲地警告，這政治的禁忌，不是如你這種不怕死的硬骨頭，就可以衝破得了的。然而也由於這樣的衝擊，使得吳濁流不得不正視現實的荒謬，而再度採取《亞細亞的孤兒》的創作理念與方式，寫下《無花果》的續篇《臺灣連翹》。但這次他並不是藏起來寫，而是換一個方法，改用日文下筆，以補足他在《無花果》中因政治及個人的顧慮所留下的伏筆，最後並遺言「待後十年或二十年後留與後人發表。」[67]以終。

從以上對吳濁流全部小說作品的概略介紹，似乎可驗證吳濁流曾對其小說內容自析的如下這段話，他說：

> 我寫小說帶有歷史的性格，所寫的各篇都是社會真相的一斷面，現在選出十九篇付梓。若將此十九篇連串起來，日據時代及光復後的社會情形之投影，以及政治的影響不消說，同時社會的歪風，畸形怪相也可以窺見的，所以亦可作為本省社會之內幕來看吧。[68]

吳濁流雖說要讀者將其小說當作本省社會內幕來看，然而實質上，卻是期望透過小說對社會真相的反映，藉以喚醒大眾，共同起來為解消政治對文學的不良影響，及改革社會的歪風而努力，

---

[67] 事實上《臺灣連翹》第一至第八章，早已由吳濁流自譯，並先在《臺灣文藝》上發表，所謂「待後十年或二十年後留與後人發表。」是指第九章涉及二二八及二二八以後的歷史紀錄。由此可證明《臺灣連翹》的以日文起筆，及留待十年二十年後發表的遺言，均是為反映《無花果》因涉及二二八之政治禁忌而遭禁，所不得不採取的迂迴作法。

[68] 語見吳濁流著，《吳濁流選集（小說卷）‧自序》（臺北：廣源文出版社，1966），頁198。

而這也就是張良澤之所以將吳濁流小說，視為是一種手段的真實意義。

第四章　吳濁流寫實小說中的社會環境與人物典型

發軔於日據時代以反帝、反封建壓迫為職志的臺灣新文學，所採取的往往是以寫實主義的表現手法，來彰顯它的批判性。關於這一點，也是臺灣新文學作家一員的葉石濤，就曾如此地闡述：

> 從一九二〇年代，臺灣新文學發軔以來，臺灣作家透過日本吸收的是來自西歐的寫實主義。唯有寫實主義的創作方式，臺灣作家才能精確地描繪這塊歷代被封建主義和帝國主義所摧殘的傷心之地多災多難的諸樣相，以及被欺凌、被壓迫的人民現實的歷史底生活歷程。所以臺灣文學的歷史性傳統是尋求臺灣人民「政治的、經濟的、社會的」解放的寫實主義文學。[1]

毋庸置疑地，在臺灣新文學邁進成熟期才投入創作的行列，而且聲稱其小說均帶有「歷史性的性格」，都是「社會真相的一斷面」的吳濁流，其小說自然也是屬於這種充滿抗議色彩的寫實主義文學。

然而為了更真實地反映「這塊歷代被封建主義和帝國主義所摧殘的傷心之地多災多難的諸樣相，以及被欺凌、被壓迫的人民現實的歷史底生活歷程。」吳濁流的寫實小說，也勢必需有迴應於真實

1　語見葉石濤著，〈隔海唱和呼？〉，收入於葉石濤著《臺灣文學的困境》（高雄：派色文化出版社，1992），頁 82。

歷史的如社會環境及人物典型之創造。我們從吳濁流的所有小說中，也確實能見到他在這方面的努力及成果。在此為了更清楚於吳濁流小說中所展現的社會環境及人物典型的內涵，因此筆者大膽地根據吳濁流小說中，所急欲尋求臺灣人民政治的、經濟的、社會的解放之特色，而將「社會環境」簡單地認定為：能夠反映出社會問題普遍地、真實地、深刻的矛盾狀態的環境。而「人物典型」則是：能夠透過他的行動，而將這個社會問題最深刻的矛盾呈現出來的那個具代表類型之人物。而以下即據上述之定位，來析論吳濁流小說中所反映出的社會環境及人物典型。

第一節　吳濁流小說中的社會環境

由於前面已將社會環境定位為：能夠反映出社會問題普遍地、真實地、深刻的矛盾狀態的那個環境。因此以下即據此來析論吳濁流的小說，是如何地將我們身處的社會，所存在的普遍地、真實地、深刻的矛盾狀態，而具典型性代表地反映在讀者的眼前。

壹、日據下充滿日、臺矛盾之社會環境

日本據臺之後，無時無刻地不在對著臺灣民眾高喊著「一視同仁」、「內臺平等」的口號，然而在臺日人為了要保有身為統治者的獨特性與優越性，真的能如其宣傳一般地「一視同仁」對待被視為其殖民地治下的臺灣人民嗎？答案當然是否定的。因此吳濁流這時期，在他小說中所反映出的社會環境，正是為了要證明那「內臺融合」、「內臺平等」，甚至於「人材登用」等，都只是自視為支配者的日人，為遂行其在殖民地上的種種榨取行徑，而用以欺騙被支配

者的臺灣人的一些口號宣傳罷了。而以下即針對吳濁流小說中，所反映日治社會下各種環境類型的不平等，據以分析出：

一、待遇的不平等

吳濁流最早撰寫他的處女作小說〈水月〉，其目的就是為了要控訴那歧視臺灣人為次等國民，所採取的那同工不同酬之差別待遇。而就在它批判日帝藉此差別待遇，對臺灣人從事種種勞力之榨取時，實已直指出那社會問題中最深刻之矛盾，此即可證成〈水月〉所具備上述社會環境之定位。然而事實上，以控訴日、臺此同工不同酬的不平等待遇為主題之小說，在所有日據時代的臺灣新文學當中，可說並不多見。這可能是因為當時臺灣人中，大多數都還是以務農為生，支領日人薪金的臺灣人畢竟是少數，故待遇問題，並未被當時的新文學作家所突顯。但是也並非完全沒有人去注意這個現象，早在民國十六年，發表於《臺灣民報》一八九號，由鄭登山所著的〈恭喜？〉，即已指出這個不平等的矛盾。

〈恭喜？〉原是描寫一個失業者，在新年期間，無意中獲得十天的臨時郵差之工作後，所引發出的深刻感觸，而這感觸，實來自他對那日、臺差別待遇的疑惑。文中，鄭登山是這樣寫的：

> 一月十日到了。他便再到××郵便局發送處要候解雇並領取工錢的時候，日本人的臨時郵便配達夫也渾然和他混雜在一塊，於是互相談起各自的配達區域來；不意竟使他知道了同是臨時郵差之中，日本人分擔的是城內，道路好、區域小而容易配達，臺灣人分擔的則是稻艋（稻指大稻埕，即今迪化街及延平北路一帶，艋指艋舺，即今之萬華）道路壞，區域大而難遞送。

「大和三八——拾六元；毛下矢一——拾六元；許酸澀——拾元；蔡屎——拾元。」他直等至分給勞賃的時候，偶爾又瞧見在勞賃的紙袋面分明書著這樣的數字。「唉！同是一樣的工作，為何日本人較臺灣人有多六成的加俸特權呢？……」[2]

而這「為何日本人較臺灣人有多六成的加俸特權？」之疑問，不正是吳濁流在〈水月〉中所要申訴的主題嗎。試看〈水月〉中這樣一段的論述：

這十五年間他雖然對「會社」有過不少的貢獻，但「會社」對他卻從來也沒有改善過他的待遇，可是，由於他夢想很高，根本不顧現實，因此也不感覺到其中有何矛盾。現在一旦看到現實的無情，再和那自己共事的日本人來比較，同是中學畢業，在「會社」的年資又不如自己，卻沒有一個不是已升為課長或主任的，僅剩他一個人到了不惑之年，仍然是個雇員。日本人的薪水不但比臺灣人高，而且又加上六成的津貼，他們又有宿舍，所以生活安定，都有餘錢可供貯蓄。現在的製糖會社雖然每年很賺錢，只是對臺灣人這樣刻薄，想到這裏，禁不住怒火沖天，這樣的環境，豈是大丈夫可以忍受的呢？[3]

這一段描寫，不是比鄭登山更透徹地道出殖民地上，令臺灣人難以忍受的差別待遇之環境典型嗎？吳濁流自己身為殖民地上的教師，當他見到同為教師的日籍同事，每月領的是比自己多六

2　語見鄭登山著〈恭喜？〉，收入於鍾肇政、葉石濤主編《光復前「臺灣文學全集」1．一桿秤仔》（臺北：遠景出版社，1979），頁215。

3　語見吳濁流著，〈水月〉，收入於張良澤編《吳濁流作品集2．功狗》，頁6。

成的薪津，年資深的又多可登上校長的位子，這叫再如何努力都只能做個萬年訓導的吳濁流，情何以堪呢。然而這樣的差別待遇之劃分標準，完全無視於個人能力之表現，而只取決於日籍、臺籍之異而已。無怪乎吳濁流要寫下這類如控訴的主題小說，一方面給身為日籍的袖川小姐過目，另一方面也藉以一吐積鬱忍受多年的心中怨氣。

二、教育的不平等

光復後，一度統治臺灣的日本，還曾十分自豪地表示領臺之時，其對臺灣的經濟建設及教育制度的確立與普及，是促使臺灣經濟得以在戰後迅速邁向現代化的基礎。然而事實果真如此？日據時代做了二十年鄉村教師，熟知殖民地教育本質的吳濁流，在其〈功狗〉中，即為我們提供這個問題的答案。

吳濁流首先質疑的是，臺灣人子弟只能進相對於設備及師資均較小學校（日人子弟所就讀的學校）為差的公學校，而且公學校的教育重點，只著眼於實業教育及社會教育，根本有意於忽略學生的學識教育。所以差別教育在此，即是殖民地上支配者肆無忌憚地歧視被支配者最明顯的證明。而至於公學校所著重的實業教育及社會教育，究竟是個什麼樣本質的教育呢？其實說穿了，實業教育就是農業教育的美稱，殖民地上的公學校為落實農業教育的推行，必須：

> 經營廣大的農場，因此影響到學生的學業很大，一日沒有半天可讀書；學生的知識一天一天退步，反之，農業的勞作一天一天加強。當時雖遭受許多父兄的指斥，奈何公學

> 校不比小學校，這是當局的高等政策所暗示的；任你抗議也是無效的。[4]

如此蠻橫地抹殺學生權益的教育政策，也只有在此殖民地上才能見到。而且支配者的教育當局，除一邊提倡實業教育，一邊又策動所謂社會教育。社會教育其實就是向殖民地人民教導殖民母國語言的日語教育，而這種教育，實質上也只是為了讓臺灣總督府在推行政令上的方便而興辦，並非真具有啟迪民智，使臺灣人免於文盲的偉大使命。至於這種教育能夠達到如何的成果，當時還在為殖民地教育扮演先鋒的吳濁流，在小說中亦有如此真實地描述：

> 要推行「社會教育」就要辦理夜學，夜校的學生不比白天的學生，年齡有大有小，有老有幼，兒童、少女、青年、婦人、老翁、老太婆都有，對象參差不等，是很難教的。一個發音要唸幾十遍，因為老人家舌根已硬，很不靈活，兼之他們都是被迫而來的。因為根據保甲會議的決議，每戶都要派一人參加補習，無故缺席的就罰，若有偷懶的，由保正甲長警察負責督促，所以他們來不過是為敷衍，全無興趣可說。他們往往在教室裏打盹，這也因為白天要勞動，拖著已經疲倦的身體到了教室，自然而然只想睡，那有心來聽講呢？[5]

這種強迫施行的教育政策，只能增加受教育者的困擾，為他們在白天勞動後的身體，更增添精神上的疲累罷了，這些實在都已嚴重違反教育的本質和意義了。然而殖民地上的教育當局，仍執著於社會教育（基礎日語教育）和實業教育（農業教育）的推

---

4 語見吳濁流著，〈功狗〉，收入於張良澤編《吳濁流作品集2‧功狗》，頁35。
5 語見吳濁流著，〈功狗〉，收入於張良澤編《吳濁流作品集2‧功狗》，頁36。

行。這不禁讓筆者更加能確認其真正的目的，無非只是要更方便地『馴化』臺灣人，以便於在殖民地上實施更深入有效的經濟榨取之手段。所以蔡培火在寫《給日本國民》一書中，才會有如此一段悲痛的告白。他說：

> 這些不是很有效的能力榨取教育麼？這些不是露骨的愚民教育嗎？官僚們則稱之為「一視同仁」的聖旨，使能享受與日本人同樣生活的同化主義教育法。噫！同化！假汝之名的日本語中心主義，真是拘束並抑制我們心靈的活動，使從來的人物一無所能，使一切政治的社會的地位都為日本人所獨佔。又凡受此新型教育的青少年，除了特別的天才以外，都被低能化，失去新時代建設者的資格。[6]

這樣一段話，不正是可以對那些大言不慚，聲明是臺灣近代化功臣的日本人，做最有力的反駁嗎。

當然吳濁流在〈功狗〉中，只反映出公學校教育的典型，至於公學校畢業後學生的出路，吳濁流則也未忽略地將其反映在〈亞細亞的孤兒〉中：

> 運動會結束以後，學生們便接著準備升學考試，他們都為投考師範學校及中學而專心一意地準備功課。但每年師範學校的新生錄取額，每縣（郡）平均只有一、二名，而縣轄的國民學校卻有十六所，六年級生共有二十多個班級，因此每縣（郡）錄取比率是二十比一，競爭當然是劇烈的。太明為了替自己的學校爭取郡一名僅有的錄取額，每天早晨上課以

[6] 語見矢內原忠雄著，《帝國主義下的臺灣》•〈教育問題〉中所引用蔡培火的《給日本國民》之一段話。頁152。

前，便為學生補習國語（日語）和算術。放學以後又為他們解答入學試題，晚間再在宿舍為考生複習功課，幾乎把全部的時間支配得沒有一點空閒，準備衝破這第一道難關。……可是，同事們對於他這樣熱心，非但不寄予同情，反而背地裏譏笑沽名釣譽，有的還笑他多管閒事，李訓導甚至當面說他這種作法是枉費心機。他所持的理由是：在本省籍學生的中學入學人數限制未取消以前，無論如何爭取，也是徒勞無功的。譬如甲校的錄取額增加一名，乙校勢必減少一名，結果整個局面還是沒有改變，這就是所謂蝸牛角上之爭。[7]

殖民地上的被支配者，公學校畢業後，想再繼續接受中等教育之機會，可說如上述般之困難。因此造成深知內幕的臺籍教師，對熱心於輔導學生升學的太明有所嘲諷，其實他們的嘲諷，並非針對太明而發，而是說給殖民地的教育當局知悉，因為他們刻意地對「本省籍學生的中學入學人數之限制。」在此升學管道沒有任何改變的環境下，即使是教師和本省籍學生再如何地努力，終究只是在蝸牛角上做競爭，一切均歸徒然。所以也因此造成公學校教師如李訓導等人，最後只能對這種毫無希望的教育環境冷漠以對。

當然，吳濁流在此也決非誇大其詞，對這個現象與問題有深入研究的矢內原忠雄，就曾如此坦率地承認。他說：

除了佔領臺灣當初在統治上最為實用的醫師養成所以外，至一九一九年止完全沒有專門教育機關，實業學校亦付之缺如，對於臺灣人的中等教育亦不完備；比較這一期間產業之異常的資

7 語見吳濁流著，〈亞細亞的孤兒〉，收入於張良澤編《吳濁流作品集 1‧亞細亞的孤兒》，頁 36-37。

> 本主義發展，可知日本佔領臺灣的最初二十五年間，統治的權力大部份放在經濟方面，對於教育並不重視。國語教育與醫學，這是在臺灣統治的實用上所能容許的全部教育。通常都以技術教育為殖民地教育的基礎，這在臺灣，也被忽視，因為必要的技術家可由日本供給故也。臺灣人不但在臺灣沒有接受專門教育的機關，直至一九一九至二〇年前後，即去日本留學(特別是學法律政治)，也受政府的干涉。[8]

這些證據，無不清楚地直指出殖民地上的教育當局，實施的是如此一種包藏禍心的教育制度，無怪乎深知殖民地教育本質的吳濁流，要藉其小說作如此深痛的指控。

三、皇民化的矛盾

從上面日帝對臺灣人在待遇及教育上所採取的不平等政策，即知日帝據臺之後，始終視臺灣為其殖民地農場，盡情咨意地從事經濟的榨取，而臺灣人在日人的眼中，充其量只不過是一群廉價的農奴而已。然而隨著日帝覬覦大陸更廣袤的資源，及從不停止地挑釁之下，民國二十六年蘆溝橋事變爆發後，終不可避免地使中國與日本展開全面性的戰爭。這場戰爭的發生，對於夾在同民族的祖國及異民族統治者的臺灣人來說；無疑是一個不小的喜訊。雖然他們在表面上被迫不能不向祖國的敵人表示忠誠，但是事實上無人不在內心寄望於祖國能贏得這場戰爭，以便臺灣得以永遠擺脫奴隸的地位，重回祖國的懷抱。

---

[8] 語見矢內原忠雄著，《帝國主義下的臺灣》，頁 143-144。

當然臺灣人的想望，身為統治者的日本人也並非全無所悉。只是昧於在侵略初期，太輕視中國軍隊的韌性，狂言三個月亡華，待全面衝突陷入膠著後，才驚覺這場戰爭，並不如預期般地能令其稱心如意，為所欲為。至此臺灣總督府始猛然回頭，一面為安撫心向祖國的臺灣民心，一面又為了加快掠奪臺灣所有的資源以投入戰場，而開始實施那更令臺灣人難忍的精神榨取——皇民化運動。這裏所謂的「皇民化運動」，其實只是殖民地上的統治者，巧妙地運用戰時所施行的配給制度[9]來引誘臺灣人改姓名、說日語、穿日服、拜大麻、學習日本的一切風俗習慣，企圖將臺灣人改造成徹頭徹尾的日本人，以爭取臺灣人認同這場侵略其祖國的戰爭。

顯然這種欲令臺灣人數典忘祖的運動，確也吸引了一部份利令智昏的投機者，如〈先生媽〉中的錢新發、〈亞細亞的孤兒〉中的胡志剛等人之大力配合，他們膚淺地藉由對日本人日常生活點點滴滴的模仿，來彼此互相觀摩、比較及展示，甚至於視此為高於臺灣人的表徵，氣勢凌人而不以為恥。然而相對地在這批人背後，卻也隱藏著更多具有民族意識，不與皇民苟同的臺灣人，如先生媽及胡志剛之母，他們對這群數典背祖的錢新發等人之行為雖不能忍受，然卻又無具體的影響力去反抗時局，終只能為無能管束自己的子女而暗自飲泣。

當然臺灣人的皇民化，並非都如錢新發或胡志剛等人，心甘情願地抱著投機心態去參予，因為絕大部份的臺灣民眾，都是迫於無奈地去敷衍當權者，期在那朝不保夕的戰時，以乞得最基本的生活

---

9 戰時日本藉口物資的缺乏，而對臺灣民眾實施所謂的配給制度，雖是配給制度，內容也充滿了歧視的矛盾，即制度中規定，日本人及改姓名的皇民化國語家庭皆可領用黑券，依然可配到砂糖、肉類和其他各種特別的物品，而未改姓名的臺灣人則無此特權。

需求，然結果呢？吳濁流就相當技巧地借太明的舊同事李導師之口，三言二語，即將皇民化的矛盾告知讀者，李導師說：

> 我一心一意從事皇民化運動，除了實行家庭國語化外，並且不顧父母反對，首先實行改姓。我認為自己這一代的艱苦，如果能換得子孫的幸福，還是值得的。可是現在怎麼樣呢？自己雖然拼命朝著這個方向走，結果反而越走越遠了。[10]

那麼是什麼樣的機緣，令李導師能突破皇民化的這個盲點，而說出這番自省其非的話呢。胡太明之友藍，對「皇民派」觀點所下的這段評語，正好道出李導師的這個自覺：

> 他們忘記了本國歷史傳統，一味希望「皇民化」，妄想那樣便可以為子孫謀幸福，因此皇民狂如雨後春筍，而且還產生皇民文士、皇民文學者等等。可是外表縱使能「皇民化」，最後還有血統問題應該怎麼解決呢？[11]

皇民化者一味地模仿日人的外在生活模式，甚至以為改換日本人的姓名，即可成為不折不扣的道地日本人，殊不知皇民化運動只是殖民統治者，藉以解消臺灣人因日人侵略其祖國所產生的反抗意識，所玩弄的一種把戲。那些傾醉於皇民化運動者，縱使對日人外在行為模仿的微妙微肖，然向來以擁有大和民族血統而產生無端優越感的日本人，也不會完全認同於擁有漢族血統的臺灣人是其族類。皇民化中血統問題的這點矛盾，看在有識者如吳濁流等人的眼中，即能一語道破此運動本質中的荒謬性。

---

[10] 語見吳濁流著，〈亞細亞的孤兒〉，收入於張良澤編《吳濁流作品集 1‧亞細亞的孤兒》，頁 270。

[11] 同上註，頁 228。

而除此之外，吳濁流還借太明之口，道出這場日、臺合演的鬧劇之真實意義：

> 他認為「皇民化運動」固然是臺灣人的致命傷，表面上看起來，臺灣人也許會因此而遭受閹割，但事實上並不如此，因為中了這種政策毒素的，畢竟只有一小部份利令智昏的臺灣人，其餘絕大多數的臺灣同胞，尤其在廣大的農民之間，依然保存著未受毒害的健全民族精神。他們雖然沒有知識和學問，卻有和鄉土發生密切關係的生活方式，而且那與生俱來的生活感情中，便具有不為名利，宣傳所誘惑的健全氣質。他們唯其因為與鄉土共生死，所以決不致為他人所動搖。反之，那些遊移騎牆的「皇民派」，卻非常容易動搖，因為他們易為物慾所動，他們是無根的浮萍，他們的力量看來雖然大，其實不然，微風、碎浪便可以使他們漂流失所的。[12]

果然，由光復後臺灣人熱烈慶祝重回祖國懷抱的景況，即足證明這個皇民化運動，是徹頭徹尾的失敗了。

四、孤兒的故鄉

日據時代的吳濁流，如果與其他的大部份的臺灣人一樣，不曾離開那塊生養他的海島，踏入其心嚮往的祖國國土，那麼他永遠也不會發現，在戰時臺灣人的處境，是處於如此不堪聞問的地步。原來在表面的國籍上，臺灣人確是歸屬於日本所統轄，然而從第一任

---

[12] 語見吳濁流著，〈亞細亞的孤兒〉，收入於張良澤編《吳濁流作品集 1‧亞細亞的孤兒》，頁 229。

總督樺山資紀宣佈始政的那一天起，在臺日人就從未平等地對待過臺灣人，反而視臺灣人為次等國民，是其廉價的工人、農奴，並以此將臺灣人當作其理所當然地取笑與奴役的對象，這已如上所述。因此臺灣人不論智愚，始終均心向祖國，期盼祖國的強盛，而有一天能打敗日本，讓臺灣再重回祖國的懷抱。而蘆溝橋適時的槍聲，正是令臺灣人長久以來的夢想，得以實現的轉機。吳濁流也即是在此種時空的環境背景下，難忍日帝的歧視待遇，而抱持著為祖國貢獻心力的信念回歸大陸，然而當他甫踏入國門，卻得到朋友如此難堪的叮囑：

> 章君【筆者按：《無花果》中的章君，其實是其好友鍾壬壽的代稱，此就如同古君是吳濁流的自稱一樣。】還提醒我，應該隱秘臺灣人的身份，尤其他身為國民政府的官員，更不願表露身份。我們約好對外說是廣東梅縣人。在上海的朋友也都說過這一類話。在大陸，一般地都以『番薯仔』代替臺灣人。要之，臺灣人總被目為日本人的間諜，不管重慶那邊或和平陣容這邊都沒有好感。那是可悲的存在。這原因，泰半是由於戰前，日本人把不少臺灣的流氓遣到廈門，教他們經營賭場和鴉片窟，以治外法權包庇他們，供為己用。結果祖國的人士皂白不分，提到臺灣人就目為走狗。這也是日本人的離間政策之一。開戰後日本人再也不信任臺灣人，只是利用而已。臺灣人之中有不少是抗戰份子，為祖國而效命，經常都受著日本官憲監視。來到大陸，我這才明白了臺灣人所處的立場是複雜的。[13]

[13] 語見吳濁流著，《無花果》，頁 125。為了令讀者更明白吳濁流這段話中所

在大陸上的臺灣人，為什麼不能在同胞面前自承是臺灣人，原來這還是日本帝國主義奸險的伎倆，利用包庇臺灣的流氓在大陸上從事種種不法的勾當，藉以挑撥中國人與臺灣人之間的情感。於是大多數善良的臺灣人，就要為這些少數利慾熏心的臺灣流氓，背負起歷史的罵名。然話雖如此，中、日開戰後，臺灣仍有許多熱血的青年，千方百計地潛回大陸，加入祖國抗戰的陣容，這當然也引起日本當局極大的不快。所以臺灣人就在祖國人士的誤解，及日帝刻意地排擠下（戰時，日本帝國主義藉口建設大東亞共榮圈名義，大量地將臺灣青年送赴中國大陸及南洋充當砲灰），過著宛如孤兒般尷尬矛盾的生活，而這也即是吳濁流撰寫〈亞細亞的孤兒〉意識之原點。可是吳濁流並非單純地只處理有心報效祖國的臺灣人，在大陸還須隱藏身份的窘境，而是宏觀地將臺灣人、日本人與中國人三者間相互糾葛的心結，藉著知識份子胡太明一生的所見所思，十分詳實且傳神地呈現在讀者的眼前。

成長在臺灣的胡太明，即因不能忍受在臺日人種種無端的優越感及歧視，而興起赴日留學的逃避念頭，然而初到日本的

提到的「日本人之離間政策」，今節錄一段日據時代的臺灣人林東崗旅行大陸福州後，所撰寫的〈中國旅行所感〉，文中即清楚地描繪出日本人在福州、廈門包庇臺灣流氓為惡的種種不法實情，林氏說：「既為客進入大陸，與主人的中國人握手是應該的，不但於事業上有必要，禮貌上也是理所當然的事。但是有些人往往忘了自己的身份、地位，只圖一時的利益，狐假虎威，自以為高人一等，侮蔑中國人，魚肉中國人，這是過去臺灣人在廈門、福州等地所演出的醜態，今陷於悲慘的命運，毋寧說是罪有應得的事。……廈門、福州等地的臺灣人中，十分之九以上惡用了治外法權的保護，無視於對方的國禁，販賣鴉片、嗎啡、開鴉片煙館，開賭場，又時常向中國人施展暴力，眼中幾乎沒有中國人的存在，中國人對臺灣人十分厭惡，且對日本政府當局的用心十分懷疑。」此段文字見戴國煇著，洪惟仁譯〈日本的殖民地支配與臺灣籍民〉，收入於王曉波編《臺灣的殖民地傷痕》（臺北：帕米爾書店，1985），頁 261-262。

太明，即被朋友藍警告為：「你在這兒最好不要承認自己是臺灣人。」[14] 臺灣人長久以來均遭殖民統治者以次等國民的對待，因此一旦來到支配者母國的日本，否認自己為臺灣人身份之心態，是可以理解的。可是在這個異域面對自己同血緣的中國同胞時，所遭受的是更畸形的待遇，如太明被藍帶到中國同學會所主辦的抗日演講會場中，當與會的來自中國大陸的學生，知道太明是臺灣人的身份後，竟無不退避三舍，小說中是這樣描述當時的情形：

> 陳的臉色突然大變，先前那種親密的樣子竟一掃而空，頓時露出侮蔑的神態，歪著嘴角說：「什麼？臺灣人？哼」他不屑再多說一句話，立刻離開太明的身邊。他們二人所談的事，頓時傳遍整個會場，到處見人竊竊私語：「臺灣人？」「恐怕是間諜吧？」[15]

在日的臺灣人知識份子，一方面要受到日本當局的監視，一方面在和抗日的中國同胞接觸時，又要飽受他們的懷疑及侮辱，唯恐是日方的間諜，臺灣人真是情何以堪。當初將臺灣割讓給日本人，不就是你們這些中國人嗎，臺灣人又有誰願意當這異族的奴隸，可是試問有權割地的中國人，當時誰又曾尊重過臺灣人的意向了。臺灣人只是因為生為臺灣人，就要背負中國腐敗後所留下來的這個原罪，無怪乎與太明有著類似遭遇的公學校同事曾老師，會如此感慨地對太明告白：

---

[14] 語見吳濁流著，〈亞細亞的孤兒〉，收入於張良澤編《吳濁流作品集 1‧亞細亞的孤兒》，頁 69。

[15] 同上註，頁 77。

> 我們無論到什麼地方，別人都不會信任我們。……命中註定我們是畸形兒，我們自身並沒有什麼罪惡，卻要遭受這種待遇是很不公平的。可是還有什麼辦法？我們必須用實際行動來證明自己不是天生的『庶子』，我們為建設中國而犧牲的熱情，並不落人後啊！[16]

雖然知道自己命中註定是畸形兒，是庶子，但是他們並沒有因此而妄自菲薄，相反地還有為建設中國而犧牲的決心與抱負。可是反觀中國又是如何地對待這些肯為他們奉獻生命的庶子呢？那就是在戰前，太明即因生為臺灣人，而不問原由地遭中國警察逮捕：

> 太明坦率地承認自己是臺灣人，並且毫無虛飾地吐露自己對於中國建設的真情，他那種誠摯的態度，使那科長似乎頗為感動，不過，他的同情和當局的方針，卻是兩個不同的問題。「我相信你不會是間諜。」那科長說：「但是我卻無權釋放你，這是政府的命令，我是不得不扣留你的。」[17]

於是太明就在當局強硬的方針，和那警察科長毫無作用的同情下，莫名其妙地被軟禁起來。最後還是靠著昔日的學生素珠及幽香之幫忙，才得以脫困。

然而逃到上海租界內的太明，並未就此而安全，因為：

> 那時危機已逐漸逼向租界內的臺灣人身邊，日本憲兵並且公然開始逮捕臺灣人。太明終於也感到威脅，他雖然沒有

[16] 同註 14，頁 120。

[17] 語見吳濁流著，〈亞細亞的孤兒〉，收入於張良澤編《吳濁流作品集 1‧亞細亞的孤兒》，頁 171。

> 做過什麼虧心事，但在日本憲兵充滿殺氣的目光中，認為租界內的臺灣人，一律都是恐怖份子，根本沒有什麼區別的。[18]

既然大陸之大，還是沒有任何地方可以容納生為庶子的臺灣人，於是太明只得再興回鄉的念頭。可是從大陸歸來臺灣的太明，卻還是不能擺脫被當作間諜的命運，而遭受日本當局的跟蹤。至此吳濁流已將臺灣人不論身在何處，均無以立足的窘境，完完整整地向讀者交代。臺灣人真的只因為生為臺灣人，就必須一輩子為滿清背負起出賣臺灣的「十字架」，貼上日本人口中的「清國奴」標籤，甚至還要在自己一衣帶水的彼岸同胞面前擡不起頭來，如此的悲情，由幽香的姐夫李之口，深刻地被道出：

> 你（太明）一個人袖手旁觀恐怕很無聊吧？我很同情你，對於歷史的動向，任何一方你都無以為力，縱使你抱著某種信念，願意為某方面盡點力量，但是別人卻不一定會信任你，甚至還會懷疑你是間諜，這樣看起來，你真是一個孤兒。[19]

孤兒！孤兒！這就是日據時代的臺灣人無以選擇與逃避的命運，然而民國三十四年八月十五日，終於還是讓臺灣人盼到光復的來臨，可是臺灣人的悲運真能就此而結束嗎？

---

[18] 同註 14，頁 181。

[19] 語見吳濁流著，〈亞細亞的孤兒〉，收入於張良澤編《吳濁流作品集 1‧亞細亞的孤兒》，頁 181。

貳、光復初省籍情結矛盾之社會環境

光復初期，臺灣人將思慕祖國的赤誠之心，連帶的轉為敬意地投射到由祖國來臺的大陸人士身上。如在迎接祖國來臺的接收人員之歡迎會上，見到裝備簡陋的祖國軍隊，幾乎與看慣了雄糾氣昂之日本軍隊無從比較，可是臺灣人還是基於民族情感與孺慕之情地如此自我安慰的說：

> 雖然所得到的外觀不是什麼好的，可是心裏總有說不出的滿足感，於是眼淚不知不覺地溢滿眼中。好像被人收養的孩子遇上生父生母一樣，縱然他的父母是個要飯的……。[20]

但是何以「光復當時那樣熱狂地歡迎的人們，僅半年不到的時間，那種熱烈的感情不但消失了，反而在他們眼中滿溢著不平不滿的反感。」[21]光復後短短不到半年的時間，臺灣人對祖國來臺的大陸人士，在情感與態度上竟然有如此大的轉變，這當然決非其來無因[22]。而曾在這時期擔任過記者的吳濁流，因為智識與眼界的開

---

[20] 語見吳濁流著，〈波茨坦科長〉，收入於張良澤編《吳濁流作品集 3‧波茨坦科長》，頁 7。

[21] 語見吳濁流著，〈波茨坦科長〉，收入於張良澤編《吳濁流作品集 3‧波茨坦科長》，頁 36。

[22] 根據吳濁流在《無花果》中的回憶，對光復初期臺灣社會的環境，有此詳實的分析：「是在民國三十六年一月到二月間吧，社會已經相當複雜了。當時稱外省人叫『阿山』，從大陸回來的本省人叫『半山』。阿山和蕃薯仔（本省人）對立，在外省人中也有得意和失意者的對立，同樣是半山，也有失意和得意的對立。最嚴重的是政與黨對立而言論不一致。例如省黨部在不斷地高唱三民主義宣傳實施民主政治，但事實上相反，是屬於外省人的獨佔政治。……這種對立引起的責備、攻擊，直接間接地動搖了本省人的心。尤其是失意的半山的謾罵，左右本省人心最嚴重。因此，使本省青年的心

闊，顯然能較一般人更清楚於這個事情的緣由，於是基於他在日據時期所培養出的為「歷史存證言」之使命感，並無懼於強權政治所加諸於已的壓力，以慣於批判時局的寫實作家之毅力，重拾史筆。而將光復初期臺灣人仍無法受到祖國人士平等對待之苦痛，藉由小說，傳達給他的讀者知悉。首先他即指出光復初期，祖國來臺人士甚囂塵上的奴化教育論之荒謬。

一、奴化教育之荒謬

臺灣之光復，帶給臺灣人的確是無比的喜悅和希望。喜悅的是從此以後，臺灣人自認可以成為自己的主人，不再需要受到任何人的欺壓與奴役。希望的是能親身參予對臺的各項建設，並依其理想，將臺灣建設成比日據時代更美好的三民主義之模範省。可是乍然由日帝鐵蹄下掙脫枷鎖束縛的本省同胞，因不瞭解祖國複雜的政治環境，對祖國的寄望過高[23]。加上來臺從事接收工作的外省官

理產生失望，加上失業者非常多，而從海外回來的青年幾乎完全失業。尤其戰爭中，在海南島或廣東的本省人，在戰爭結束之際，受到當地居民和外省憲警的欺負，要比對待日本人還要厲害，並且經過了非常困難才回到臺灣。但回來一看，從事接收的外省官員的知識水準和他們幾乎不能比。由於有些外省人當中，知識水準低而又持其優越感的關係，本省青年自然會湧起不服的情感，這是不得已的事。」，頁 209-210。

23 根據吳濁流在《無花果》中的回憶：「本省知識階級在光復之際，都以為會比日據時代有發展，但結果大多數的人都失望了。幸運地在機關得到的職位，也不過是個閒職，別說幹部，就是課長職位都很難獲得。」，頁 210。而對於雙方在思想及互相期許所產生衝突的焦點，賴澤涵等人在其《悲劇性的開端‧臺灣二二八事變》中，則有較公允的說明：「臺灣人希望有人同情他們在日本殖民地統治下忍受的種種遭遇，而大陸人希望自己受到解救者般感恩式的歡迎。再者，希望由於本身現代化的素養，傑出的學術成就，高貴的社會地位而受到尊敬的臺籍菁英份子，十分輕視外省人，認為他們比起自己來，太不現代化，而且又執著於早已陳腐的儒家意識形態，真是

員，不但不體恤無辜的臺灣人，五十年來受盡日帝欺凌所生的委屈，反以征服者的高姿態，視臺灣人為日本奴化教育下的餘孽。認為非再教育不足以為堂堂正正的中國人，這對因受日本教育而眼界及知識水準，遠較那些外省官員為高的臺灣人，如何不錯愕萬分。然而那些外省官員所指出的，所謂臺灣人受日本奴化教育的不當，竟原來是在這樣地背景之下被提出來的：

> 接收工作順利地進行著，日本人都解雇，而他們的空職大多由島外來的人們接充，因此本島人的地位依然故我，和日據時期一樣。由於對工作內容不熟的外省人都當上了主管，而熟悉工作內容的本島人反倒在下面，日子沒過多久就不知不覺地發生了磨擦而對立了，當局為了解釋這矛盾立場，發表了好些言論曰：「本島人受了五十年間奴化教育，所以還不能派大用場。他們因奴化政策而全盤奴化，所以敵視祖國。因此，如果給予高級幹部的地位，馬上會發生危險，祇有施以再教育，再訓練。」[24]

吳濁流對於當局為了維護自己的權益，竟不惜發表出如此矛盾而荒謬的言論，至為憤慨。於是再借思源之口，對這種充滿侮辱、歧視臺灣人的言論，提出他的反駁，他說：

落後之極。然而，國民黨卻很驕傲地自視為是肩負重任，廢除不平等條約，令中國躋入世界四大國，並且打垮了日本人的政黨。現在，他們神聖的使命是統一中國，並且實現孫中山先生所謂的革命。外省人希望受到尊敬，而不是向臺灣人付出尊敬之心，並且對本省人受到那種來自令人厭惡的敵國的次等文化的影響，同樣產生了輕蔑。同時，本省人認為國民黨應該將他們在經濟上的需要視為第一優先。但是國民黨卻視臺灣為主要支援大陸重要戰事的資源。」，頁 284。

[24] 語見吳濁流著，《泥濘》•〈路迢迢〉（臺北：林白出版社，1871），頁 143。

> 思源自覺一點兒也沒有受到奴化。本省人受了日本教育，這是事實，但卻絕沒有被奴化，相反地因為有了知識，所以才能認清自己的祖國，經常地和日本人的殖民地政策抗爭起來。不必說別的，即以臺灣光復時本省人對祖國來的接收人員的熱烈歡迎，便可證明一切，奴化云云，衹不過藉口而已。[25]

好不容易才得以從日本殖民政府的高壓統治下，掙脫出來的臺灣人，以滿懷憧憬地迎接來自大陸本土的中國人，盼望能藉著這些人的經驗，迅速地將臺灣建設成三民主義的新樂園。可是卻被這些人以受奴化教育的藉口，而遭強制摒除於參予建設臺灣政治與經濟決策之行列，當時臺灣人所受的挫折感，是可以想見的。

然而這種挫折，還不是臺灣人所最難以忍受的，因為這種臺灣人受日帝奴化教育的指斥，臺灣人尚可視為是祖國來臺之人士，對臺人不了解而產生的誤會，日後只要多接觸、多溝通，雙方仍不難達成共識地共同為建設臺灣而努力。可是最令臺灣人難

---

[25] 同註 24，頁 143-144。其實有關於奴化教育的爭議，吳濁流早在光復後未久時，所撰寫的〈黎明前的臺灣〉中，即已提出如此精闢之管見:「光復後，各方面以臺灣曾受日本教育為題而做種種評論，其中雖也有教育專家，但也有一竅不通的。他們雖然爭論的有聲有色，但千篇一律且簡單地認為它是奴化教育，或譏為日本教育的毒素，他們未能觸到日本教育在臺灣的真髓，且多偏於主觀論，甚至滲入感情是甚為可惜的。這只能說是一種謾罵，而對將來的臺灣教育卻沒有像樣的意見，這樣論來論去又有什麼意思呢？如果為了臺灣未來的教育，徹底檢討過去教育的長短處，而迅速訂立具體的對策是有必要的。如果趨於感情，句句斥為奴化教育的話，只會刺激本省人，而並不見得會改善臺灣的教育，不如真正認識它的缺陷，漸漸地加以矯正，如果光罵奴化教育，以為自己不受這種教育，所以比本省人了不起的話，那就更淺薄而幼稚了。」語見吳濁流著，〈黎明前的臺灣〉，收入於張良澤編《吳濁流作品集 5・黎明前的臺灣》，頁 80。

堪的是，那種日據時期日帝用來歧視奴役臺灣人的差別待遇，這時竟在光復後，重臨臺灣人的生活中，這無疑是臺灣人所最害怕的夢魇之再現。

二、差別待遇的重現

前面已述及，差別待遇是日據時代，殖民地統治者用來歧視奴役被他們視為次等國民與農奴的臺灣人之特別制度，臺灣人對這個制度可以說是深惡痛絕。怎奈光復後，祖國來臺人士竟也拿此制度來對待同血緣的臺灣人，這如何不叫臺灣人產生滿腔的憤慨呢？將此情形看在眼中的吳濁流，在驚異之餘，即希冀藉其小說〈路迢迢〉，將光復初臺灣社會仍存在著這個差別待遇之矛盾，提出來加以檢討。

然而當〈路迢迢〉中的記者 S 與思源在向社長爭取平等待遇不成，廢然而返後，向編輯局長報告經過之情形時，卻得到同是本省籍局長如此的回應：

> 局長說：「老職員都支原來薪給，祇有新進的多得一倍，換言之那是自然產生的差異，而並不是差別待遇。」可是這種差異乃是集團性的，除非你參加那個小集團，否則你永遠不能受到那種優遇。因此這新的差別待遇，不管本省籍記者怎樣鬧、怎樣爭取，上面的人都不為所動，也就沒有能得到改善。唯一的例外是那位編輯局長，因為他參加了那個小集團。[26]

原來這位唯一例外的本省籍局長，並未受此差別待遇之苦，所以在聽完 S 與思源的敘述後，仍能輕鬆以對地為那個差別待遇，辯稱為

[26] 語見吳濁流著，《泥濘》•〈路迢迢〉，頁 147-148。

是「自然產生的差異」。可是卻不能說明何以老職員都支原來薪給，衹有新進的職員才能多得一倍，遍尋世界各地，實在也難找出如此匪夷所思的薪給制度。而且這位本省籍的編輯局長，顯然也不是新進的職員，卻也未能對他自己是唯一享受此優遇的道理提出說明。

而吳濁流則在其中，略為透露這個差異乃是集團性的結果，然而這個集團卻是由祖國而來的人士所組成。易言之，臺灣人又是被排除在那個可以享受優遇的小集團之外，其所謂「自然差異」下的犧牲者。只是他們較日本人寬大地容許少數本省人，加入這個利益團體，而那位編輯局長，自然是這些少數幸運的本省人當中之一位。雖然我們在同時期的其他小說或資料中，並沒有見到光復後仍有這般差別待遇的記載，或許可以以小說的虛構性，來對這段情節描述加以存疑。但是小說的作者吳濁流，顯然也曾是此制度下的受害者，因為試看他在《無花果》中，如此地憶述：

> 臺灣新報也被接收而改為臺灣新生報了，……本省籍的記者仍然留用，但中文的編輯則交給外省人。……雖然是同一個報社，但不知不覺之中自然分成兩派了。日文的編輯和中文的編輯，各自分開。不過新進的中文記者的薪水，幾乎比日文記者多一倍。可是只有日文編輯部主任是例外，和外省人的待遇一樣。這麼一來，日文記者也就不能緘默了。至於這種新的俸給制度的差別，不僅是新生報，就是其他政府各機關也有相同的情形。在日據時代，嚐過那種比日本人要低六成的可憐的差別待遇記者，光復後又同樣要接受這種命運，那當然要比日據時代感到更痛苦了。[27]

---

[27] 語見吳濁流著，《無花果》，頁 177-178。

從這段憶述中，不難看出吳濁流這篇小說的寫實性，及他個人與臺灣同胞在面對祖國如此刻意差別待遇下的苦痛。因此，他也不惜在〈路迢迢〉中，藉著記者S之口，提出他的抗辯：

> 記者S大聲地說：「日據時期我們被日本人當作油瓶子，受著差別待遇。如今回到祖國懷抱，便不再是油瓶子了，是正血正統的嫡親，因此必需受享一切平等待遇。」[28]

又說：

> 那麼，我們的薪俸便也必須平等才是，給外省來的人任何優遇，都是不當的。解除了這種差別的桎梏，才算是真正回到祖國懷抱。[29]

站在臺灣人的立場，來看吳濁流藉小說的這些抗辯，可說是相當至情至理的。而不幸的是，當本省同胞為了向陳儀政府爭取合理待遇，而終成為引發流血衝突的二二八事件之另一導因後，如此地差別待遇，才喚起當局的重視而得以消彌於無形[30]。故當這無分省

---

[28] 語見吳濁流著，《泥濘》·〈路迢迢〉，頁145。

[29] 同上註，頁145。

[30] 由於手邊缺乏第一手資料來證實陳儀政府在光復初期，仍以差別待遇來對待本省人，但是我們從二二八事件後，國府派來調查事件始末的專員白崇禧回到南京後，對即將改組的臺灣省政府之新權能機構建議中，可略窺一二，現根據賴澤涵等人所著之《悲劇性的開端·臺灣二二八事變》中所載：「他（白崇禧）認為臺灣省主席不能兼任警備總司令，省府各廳、處、部、室主任應儘量聘用臺籍人士，同一級別職位，本省人和外省人的薪金應該相同。……幾乎所有白崇禧提出的建議在兩年之內都實現了。」，頁270。從這段記載中，可確實證成光復初陳儀政府仍以差別待遇來對待臺灣人，而且此差別待遇，直至二二八事變後，由事變中來臺宣撫的國府大員白崇禧回京之後，對臺灣省政府之改制的建議下，才將其廢除。

內、省外，只問工作性質與能力的公平待遇一實施，省籍矛盾才得以自然地消失於雙方的互助合作中。基於此，不也證實吳濁流對當時主、客觀所造成的省籍矛盾，所提出的那些抗辯及建言，其本質上，乃深具有對光復初期省籍之衝突，尋出一合理解決之道的真知卓見。

參、光復初臺灣亂象之社會環境

吳濁流除將光復後祖國來臺官員以征服者姿態，來對待臺灣同胞的實情提出批判外，對於光復初期社會上對日產之接收，與政府機關貪污嚴重之情形，也有相當大篇幅的報導與揭露。在吳濁流的認知裏，光復初期臺灣社會經濟狀況的拮据，除了是在戰時受到日帝相當程度的剝削有影響外，光復後社會上對日產之不法接收，及政府貪污情形之嚴重，才是造成民生迅速凋敝的主要原因。而民生的迅速凋敝，也即是光復初臺灣社會亂象之亂源。吳濁流有鑑於此，於是掌握其在作記者時期，所獲得的社會上對日產之不法接收，及貪污腐敗情形之資訊，完全在他這時期的小說作品中盡情地揭露。

然而在此，吳濁流也相當地清楚，這時社會上對日產之接收及貪污情形，已是不分本省、外省，完全是這一般不肖之徒有志一同地大發其光復財。至於他們是如何地對日產不法接收，以及貪污之情形，這些在吳濁流的筆下，簡直已到了令人匪夷所思的地步，如其在〈狡猿〉中對日產接收，是如此地描述：

> 「還有最可惡的，有一個新貴連日據時代家長會捐給女學校的鋼琴也接收到家裏去，你想厲害不厲害。」「這種人的心

> 腸，我們真猜不透，學校的設備，有心人還要捐助，像他連人家捐贈的東西也拿回去，有智有識的新貴，口舌似蓮花，肚裏卻盡是骯髒東西。不過本省人裏面也有很離奇古怪的事，有人將日人私有財產，先倒填日期，假造日據時期的買賣證件，然後組織社團，向中央請願延展登記有效日期，把限期八月十五日延至十月二十五日的光復節，使假冒的證件變成合法。」[31]

來臺的接收人員，連學校的公家東西，都不放過地照樣接收成自己的私產，那麼對於日人私產地被吞沒，自然是無可估算。這些原本將成為國家復原建設的資源，現在反成為接收大員們的發財良機，這叫對國家建設有著深切期許的吳濁流，焉能釋懷。當然上述的接收情形，這也不是吳濁流的空口白話，根據中研院學者賴澤涵等人，在其研究二二八事件的報告中，即明白地如此指出：

> 許多大陸來的外省人夥同他們的親友，非法掠取日人的財產，據為己用。這種作風極為普遍，連有政府做後臺的《臺灣新生報》也有怨言：「有些例子顯示一個人佔據了數幢房子，用假名登記註冊，事實上此類房屋從未使用。」[32]

而將此情形看在眼裏的少數臺灣人，似乎也得到啟示般地到處假造買賣憑據，企圖蒙混政府機關。如此地強取豪奪，偷搶拐騙，而且是上行下效，鬧得光復初期臺灣的政治及社會環境，更是污煙瘴氣。而這裏所論的，多還只是比較客氣的接收方式。此外尚有許

---

[31] 語見吳濁流著，〈狡猿〉，收入於張良澤編《吳濁流作品集3‧波茨坦科長》，頁82-83。

[32] 語見賴澤涵、馬若孟、魏萼合著《悲劇性的開端‧臺灣二二八事變》(臺北：時報文化公司出版，1993)，頁126。

多稀奇古怪的接收方法，如用五寸高的磚頭，到處接收日產房屋及地皮，發了數百萬光復財的怪事亦不少，這些在吳濁流的小說中，也均有詳細的揭露。

至於貪污對臺灣經濟環境的傷害，實在也不亞於日產的接收。〈波茨坦科長〉中的范漢智，不但自己利用職權的方便，大搞走私，還教導臺灣人錢大鼻，如何利用錢向政府各主管部門打通關節。而這些情形，也正見於賴澤涵等人的研究報告中：

> 一九四六年底，陳儀政府對臺灣經濟活動的控制甚至超過了日本人，然而中國官員又無法像日本人一樣，把這個龐大的經濟王國管理得公正而有效率，因為他們既少人手，又少經費，對本地的民情又不了解。由於這些原因，新的經濟控制釀成了普遍的貪污現象，差不多所有商業性的交易都需要某類的官員到場監督，那些官員忍不住就想在正規收費外再超收一點，另一些官員會施點小惠給那些送他們禮物或讓們有什麼特權的顧客。[33]

總之，光復初期臺灣社會會有如此混亂情形的產生，吳濁流以記者的身份，而自然能較一般民眾更清楚其中的根源所在。而且我們從歷史學者對於當時社會環境之研究報告中，亦證實他小說中對當時社會環境所描述的真實性。只是他因抱持著對國家民族之大愛，而以愛之深則責之切的心情，所創作的這些寫實小說，似乎並未獲得政府當局應有的重視。而且就因為這些作品對當時的現實環境，有著太真實的反映與揭露，差點為他帶來不必要的困擾[34]。然

---

[33] 語見賴澤涵、馬若孟、魏萼合著《悲劇性的開端・臺灣二二八事變》，頁147。

[34] 吳濁流在《臺灣連翹》中，曾如此回憶到：「幸好機器公會工作清閒。當了

而吳濁流卻也未因此而停筆緘口，在接下來的五、六〇年代裏，早逾花甲的吳濁流，還是秉持著其創作小說的一貫批評態度，繼續為我們記錄下幾個當時社會所確實存在的社會病態之類型。

肆、五、六〇年代臺灣病態之社會環境

前面第三章第三節中，已討論了五、六〇年代臺灣社會的概況，基本上已臻安定繁榮，且絕大部份的人們，也都能安於職位地為臺灣更美好的遠景而努力。但是不可否認地，就在社會安定繁榮的表象下，仍然存在著許多大家認為理所當然的社會病態。而且這些吳濁流筆下所描繪的社會病態的類型，毫無疑問地至今仍存在於我們所成長的這個社會環境中。我們無需因為它尚存在於我們自認已成熟的這個社會環境中，而避諱地去談論或揭露它，相反地筆者認為藉著這些病態環境的揭露，反更有助於我們作為反省與改進的圭臬，而成為日後社會進步的動能。

一、選舉的惡質文化

民國三十五年三月，陳儀為了迴應臺灣島民一致要求實施地方自治，而分別開辦縣市參議員及省參議員之選舉。從此選舉成為這

一年專員，第二年成為財產組長，卻也仍然有寫東西的時間。我和日本時代同樣，偷偷地在動筆。〈泥濘〉、〈讀書人（書呆子）的夢〉、〈友愛〉、〈十元鈔票的一生〉、〈狡猿〉、〈銅臭〉、〈閑愁〉、〈三八淚〉、〈路迢迢〉、〈老薑更辣〉等次第寫成。其中〈狡猿〉與〈三八淚〉是在恐懼中寫成的。其中〈狡猿〉完成後給同窗好友章君過目，他看後叱罵說：『你這個混蛋，不要命啦！』我雖然感覺出他的誠心，可是不曉得怎麼個緣故，就是不能罷手，還是偷空寫下去。我一直在等時機，然後於民國五十二年將它們印行。」，頁 262。

個小島上最頻仍，也是最令島民熟知的政治活動。以今日之政治觀點來說，選舉確實是能落實地方自治的最有效方法，由公民自己推舉出代表，來監督政府從事各種建設之運作，政府既有代表民意之議會督促，凡事自然不敢一意孤行或拖延怠慢，地方自治才能在府、會良性之互動中逐步健全，而這才是民主政治的精義。然而先決條件是這需要有相當良好素質的選民，才能真正推選出賢與能的人，來為廣大民眾服務，並落實以民為主的最終政治目的。然而不幸的是臺灣選民似乎還普遍缺乏這種素質，筆者在撰述此文時，正逢法務部長馬英九大刀闊斧地查辦全省基層縣、市議員賄選事件，可知今日臺灣選風之敗壞，確實已到人人搖頭的地步。但如此敗壞之選舉風氣，卻也絕非是近幾年才得以發生之事[35]，民國四十五年，吳濁流已為當時臺灣特有的選舉環境，留下歷史性的見證了。

當然五、六〇年代，民風尚稱純樸，候選人競選宣傳及賄選花招，自無今日之多樣，但也頗足以令人瞠目結舌了。如〈狡猿〉中的江大頭，為了競選縣議員，就以自己以往成為里長及鄉民代表的經驗，深知選舉就是選錢的道理。任何政見及能力都不如錢有力，可是聰明的他也明白既要花錢，就要將錢花在最有效果的地方。於是在競選的頭一天，即借天生伯的名，招待鄉中有力人士和首領人物，擺了二十桌酒席。當然「俗語說：『有食有食的工夫，無食無食的工夫。』要人出力，不是錢就是吃，所以江大頭的一席宴會，

---

[35] 據曾參予民國四十三年第二屆臺灣省臨時議會選舉的吳三連之回憶:「民國四十九年，兩居省議員到達尾聲。三個原因使我決定不再競選：一、選舉風氣已開始逐步變壞；二、因為參加選舉，我已揹負了過多的人情債；三、我已六十歲，體力上已不能再承受競選的苦楚。」語見吳三連口述、吳豐山撰記《吳三連回憶錄》，頁156。由此可推知臺灣選風之敗壞，是其來有自的。

比任何宣傳更有力量。」[36]而另一位候選人錢江山，則以偏執的言論來作為其競選勝出之訴求，他說：

> 現今的社會不比日本時代那樣單純，花樣百出，變化無窮，從前是二加二是四，斷無變五變六之理，如今二加二說不定是三，說不定是五，甚至變成六了。……所以應付這樣的社會，沒有經驗是行不通，不怕你們聰明，聰明有何用處？完全用不著，現在政治是走內線的，按規矩照手續，公事公辦，擔保你搞的焦頭爛額，可是，你要懂得門路，條條馬路都是通羅馬的。[37]

而最後花錢請客的和言論偏執的，竟都得以順利地當選。如此的結果，才會令吳濁流得以歸結出如下結論，他說：

> 所以有人批評選舉說，選舉不是選賢，也不是選能，就是第一選錢，第二選權，第三選緣，第四才選賢。你看，賢人挨到第四位，他們怎麼努力也輪不到，所以無錢當然不行，可是不是單單有錢就可以，還要把「敢」字列為第一條件。[38]

視此源流，難怪臺灣選風會日益敗壞到如今日之斯。

而當然以此而獲選的議員，進了議會，自然也不可能真的為選民來服務，在〈狡猿〉文中，吳濁流即語帶針砭地痛責那些議員諸公之所作所為。他說：

---

[36] 語見吳濁流著，〈狡猿〉，收入於張良澤編《吳濁流作品集3‧波茨坦科長》，頁102。

[37] 語見吳濁流著，〈狡猿〉，收入於張良澤編《吳濁流作品集3‧波茨坦科長》，頁104。

[38] 語見吳濁流著，〈狡猿〉，收入於張良澤編《吳濁流作品集3‧波茨坦科長》，頁159。

> 議員本應代表人民監督政府，為人民謀幸福。他的責任是何等重大，他的使命是何等神聖，但現在議員的聲價，貶落千丈，其卑鄙者有不殊於惡棍。只會利用其地位做牽猴仔生意，官家也要賣他面子，也要敷衍他。官營公司的經理，看見議員來到，也得畢恭畢敬。凡有所拜託總是唯唯喏喏而已。不但如此，連最有勢力的警官也要忌他們幾分，不敢得罪，因為他們在議會發言，有對外不負任何責任的特權，就說罵死了人，也不必坐牢或償命。……你們再看，過去的省議員，有幾個沒有藉議員的地位而做中飽私囊的勾當呢？攻擊當局，當局就拿一個飽包塞住他的嘴。攻擊公司，公司就拿一個頭銜給他戴上去。你看那個大炮議員沒有兼職呢？那個官營事業沒有議員出身的高級人員存在呢？這般惡棍任意摧毀民主精神，出賣人民幸福，我們不給他吐唾沫已經是客氣了，還要尊敬他嗎？省議員這種作風，市議員學到了，縣議員也學到了，一級不如一級，可謂自上而下比比皆是。做生意、包工程、請地皮建房屋、在違章建築上動腦筋、包攬稅捐案件、剝削猪販、冒領旅費、宴客報銷、拉主管上酒家、分飯錢、賣地圖、賣日曆、賣書刊、爭取車馬費、以議員身份在會場外活動、爭取非份的利益，事無大小，凡利之所在，則相機行事，無孔不入。[39]

吳濁流在此中洋洋灑灑地指責議員的這些惡跡，相信生長在臺灣這個蕞爾小島上的我們，絕對不會有所陌生吧。因為以今日我們所見聞之議員的行為，實也未遜於當日其前輩之表現呢。

---

[39] 同註 36，頁 109-110。

伍、崇洋之風的普及

不可否認地，五、六〇年代臺灣社會能夠安定繁榮，經濟迅速發展，除抑仗我們父兄勤苦耐勞的工作外，美援實也扮演著不可忽視的角色。在此我們不去討論美國何以慷慨解囊地投下大筆資金，來援助光復初臺灣岌岌可危的財政之背後動機。我們只去注意大量美援之下，所順勢挾帶西方強勢文化，對臺灣人心所造成之重大影響。然而嚴格說來，中國遭受西方強勢文化的襲擊，是早在清朝末年就已開始，其中並因而相繼在中國掀起自強、維新、五四等所謂自強愛國運動。這些運動雖訴求點不一，但主其事者無非都是想吸取西方文明的優點，以改造中國而達到迅速富強的目的。

可是曾幾何時，這種尋求富強的心境，竟轉變成一切以西方為師的崇洋心態，而這種崇洋之風，又以五、六〇年代接受美援的臺灣社會最為普及。眼見自己豐富文化遺產被棄如敝屣的吳濁流，在痛心焦慮之餘，亦不忘徵之事實，以告誡國人盲目崇洋之結果，終將自取其禍。故在〈牛都流淚了〉中，他要如此地寫到：

> 因為國人有崇洋思想作祟，誤認外國貨比國貨好的關係，致使近來舶來奶粉，源源進口，國產奶粉滯銷，因此製奶公司停止收購鮮奶。[40]

又加上：

[40] 語見吳濁流著，〈牛都流淚了〉，收入於張良澤編《吳濁流作品集 3‧波茨坦科長》，頁 275。

現在的許多大員崇洋、拜洋成性，眼中那有酪農呢？酪農要死了，他們還在公開反對提高關稅，保護本國生產措施。還美其辭曰「保護國民健康」或說「寧願一家窮，不應一路哭」的話，令人不寒而慄。保護酪農政策豈致危害國民健康呢？其實只是為了私心，被奶粉商人利用而已！[41]

而在〈老薑更辣〉中，更表明他對國人崇洋觀念之可笑，及對中國文化傳承困難之隱憂。國人不是不能去吸收西方文化的精髓，但重點是要學習如何將此汲取的文化精髓化為已用，而不是妄自菲薄地錯認為西方的月亮，都比中國的大且圓。否則只知一味盲從西方的流行風潮，不僅易遭西方人恥笑為文化沙漠，甚至可能連做為一個中國人的民族自信心都將完全喪失。故而由此觀之，吳濁流不僅想藉其小說來批判時弊，更有意令讀者在閱後感懷之餘，而能經此理出一條自省而圖強之路。

第二節　吳濁流小說中的人物典型

此章前言曾為吳濁流小說中人物典型，作如下：「能夠透過他的行動，而將這個社會問題最深刻的矛盾呈現出來的那個具代表類型之人物。」之簡單定位，然而當我們據此定位來析論吳濁流小說中，具有此類型特性的人物時，實在不能不先了解吳濁流自己對其小說中，所欲表現的人物性格之認知。試看吳濁流曾在〈亞細亞的孤兒〉概略介紹中，如此地分析臺灣人在承受日帝長期壓制下，自然產生的抗日思想，他說：

---

[41] 同註 40，頁 279。

> 臺灣淪入日本後，其初期抗戰思想是非常熾烈的。全民一致，夢想著恢復主權。但無援的抗戰份子，兩三年就被掃蕩消滅了，可是人心不是那麼簡單就安靜下去的，但因長時期的壓制，直接行動已不能為力，抗戰思想也分裂為三派：一為絕對派，一為超然派，一為妥協派。絕對派是以努力扶植反抗思想來代替抗戰，超然派是對政治完全絕了望，對新政權也不協力，只求個人的樂趣，妥協派是追求現實，而接近新政權，以謀求自身的利益。圍繞在胡太明的小小的環境裏，也有這三種色彩。[42]

其實何止是圍繞在胡太明周圍的小小環境裏，存在這三種人物類型，整個日據下的臺灣人物之表現，也皆未能超越這三類人物的意識型態。吳濁流就是因為相當清楚這個脈絡，並且能夠充分掌握這個特性，所以在他筆下的小說人物，才能較日據時代其他作家更具豐富性，且更能具代表性地透過這些人物之言行，將當時臺灣人社會所存在最深刻的矛盾呈顯出來。然而筆者認為一個人表現在外的種種行為模式，無非均是其心理狀態微妙的展現。因此為求更完整地掌握吳濁流筆下小說人物的性格特色，故而在此大膽地由其作品中，所出現的人物之心理狀態著眼，將日據時期的人物歸類為反抗心理、逃避心理及順從心理等三種類型，再據此心理所展現在外的種種行為，來加以析論。

---

[42] 語見吳濁流著，〈亞細亞的孤兒〉，收入於張良澤編《吳濁流作品集 1・亞細亞的孤兒》，頁 283。

壹、日帝殖民政策下的人物典型

一、反抗心理的人物類型

誠如吳濁流在前面所論述的：「臺灣淪入日本後，其初期抗戰思想是非常熾烈的。全民一致，夢想著恢復主權。但無援的抗戰份子，兩三年就被掃蕩消滅了，可是人心不是那麼簡單就安靜下去的。」於是一部份的抗日志士，看清有勇無謀地徒手對抗具有現代武備的日軍，無疑以卵擊石，只有徒增志士的犧牲，對復臺大局並無補益。倒不如選擇以劍代筆，將肉搏戰轉化為思想戰，貢獻自己所學，以啟蒙自己的同胞，免於因無知，而遭殖民統治者任意欺凌。如此一來，不但可藉此延續中國文化免於斷絕，二來又可保存有用之軀以待機而動，待時機成熟，自可與日帝再作一場殊死戰。而且嚴格說來，就他們之表現，他們的反抗色彩，已非出於先前之感性的、盲目的民族情感。而是理性地、帶有目標性質地對其週遭不合理之殖民制度所作的抗爭。這類人物，當以其〈亞細亞的孤兒〉中的胡太明之友，曾、藍及詹為代表。

曾在〈亞細亞的孤兒〉中所扮演的角色，原是一個沒沒無聞的鄉村教師，但卻在一次學校所舉辦的實地教學研究批評會議中，終難忍殖民地上支配者的氣燄，而語驚四座地道出長久以來，生為臺灣人所必需無端承受統治者所加諸於其身的屈辱：

> 曾導師一語驚四座，把校長問得啞口無言，呆若木雞。他又接著說：「校長先生平常總喜歡說『日臺平等』這句口頭禪，

> 如果你不明白這話的真義，現在讓我來解釋給你聽！」說著，他便大搖大擺地走到教職員名牌前面。……曾導師指著名牌說：「教職員名牌應該按照職位高低的次序排列的，不能因為是日本人，就把它排列在前面，真正的『日臺平等』應該是這樣的……」一面說，一面把十三塊名牌不問是日本人或臺灣人，全部重新按照職位的高低掛上去，然後慢條斯理地轉向校長正顏厲色地說：「校長先生！真正的『日臺平等』是不應該有偏見的，也不應該有色彩的。」[43]

日本領臺期間，總是假借「一視同仁」、「日臺平等」這些口號，來欺騙臺灣人為其效力。然而實際上，在臺日人的種種行為表現，卻是處處透著對臺人的歧視與污蔑。曾導師在此的言行，正是道出這所謂「日臺平等」的假相，以及臺灣人面對此假相的不滿。而且看清在殖民地上的臺灣人，永遠也不會有所出路的曾導師，在痛快淋漓地道出其心中對此現象的不滿後，即立刻辭職而到日本學習科學，預備其日後回到祖國時，作為參予建設祖國的依據。據此我們已能看出臺灣某些知識份子，已知為自己及民族找出一條救贖之路，並且也努力地朝向它而行。

至於藍和詹，也都是留學東京的臺灣頂尖知識份子，他們的見識，實亦不遜於曾導師。但他們並不選擇如曾導師般，這種令祖國強大的迂迴救贖路線，而是直接地尋求臺灣人的自救。因此他們在其殖民母國學有所成之後，即毅然決然地回到臺灣，參予直接教化自己同胞的種種啟蒙運動。而當他們知道也是自日學成歸臺的太明，正遭遇求職無門的窘境時，為了徵得太明的認同與

---

[43] 語見吳濁流著，〈亞細亞的孤兒〉，收入於張良澤編《吳濁流作品集 1‧亞細亞的孤兒》，頁 50。

參予，而道出殖民地上統治者所高喊的所謂「人材登用」之真實內幕：

> 詹劈頭帶嘲笑的口吻打趣道：「老胡！你的迷夢醒了沒有？你一腦門子的中庸之道，可是你卻不知道中庸之道會叫人卑屈到什麼程度？現在你該是明白的時候了！」……藍接著挖苦道：「如果你懷著美麗的幻夢回來，那就夠可憐了。他們表面上當然不得不掛著啟用人材的招牌，那些招牌上有名字的才是幸運兒，可是這種幸運兒全省能有幾個？而且這些人也不是全靠他們自己的力量啊！」[44]

吳濁流在此又藉著藍和詹之口，再次讓我們看清日本殖民政策上的種種虛偽宣傳及矛盾舉措。雖然他們的這番話，並未喚得正對日本文化充滿認同與期望的太明，這類蒼白的臺灣知識份子之覺醒，而且他們所從事的種種政治運動，也時遭殖民地統治者無情地迫害與摧殘，然而他們終究沒有因此而向這些支配者的殘暴妥協。並且從不灰心地，直到日帝宣佈無條件投降的那日止，他們均無時無刻不在為貫徹自己爭取臺灣回歸祖國懷抱的主張，而全力以赴。如此的勇者形象，令艾鄧在讀完〈亞細亞的孤兒〉之後，仍印象深刻地如此讚許他們的行動。他說：

> 曾、藍、詹看見了中國從事反抗日本帝國主義，追求民族自由的歷史全貌，在積極的實踐中，爭取自己在整個歷史運動中主體的地位，意氣風發，鷹揚虎嘯。曾說過臺灣人是「畸形兒」，並無半點自憐自怨的意味，而無寧是藉以說明在扭

[44] 語見吳濁流著，〈亞細亞的孤兒〉，收入於張良澤編《吳濁流作品集 1・亞細亞的孤兒》，頁 82。

> 曲的歷史中，在帝國主義時代，臺灣人被扭曲的地位。但他卻十分明白臺灣人不是什麼「庶子」，更不是什麼「孤兒」。臺灣人民要起來和全中國人民一道爭取中國的自由和獨立，是絕不須任何人批准的。他們在實踐中英雄地使用他們革命和戰鬥的權利。[45]

話雖如此，但我們仍能確定的是，這些人只是代表少部份臺灣知識份子的典型。因為絕大部份的知識份子，仍如吳濁流筆下所描述的，如彭秀才般袖手旁觀、胡老人般規避隱忍，或甚至如胡太明般苦悶彷徨。而這類型人物的表現，也確實注定要淪為歷史所遺棄的孤兒。

二、逃避心理的人物類型

一八九五年，當清廷將臺灣當作其敗戰後的遮羞費，而出賣給日本的消息傳達到臺灣人的耳中時，受衝擊最大的，應是那些口誦四書、五經的舊知識份子。因為日本的始政，無疑宣佈那批視科舉為唯一出路的讀書人，今生騰達的美夢也將隨之破滅。因此當他們在面對斷絕他們登龍之路的外來政權時，自然不會心悅誠服於異族的統治。但他們本身卻也缺乏具體反抗的勇氣，所以只好在自己的心中構築起一道牢不可破的堡壘，並將自己放逐於此無形的城堡中，一次次向異族的統治，作毫無作用的抵抗。這類的人物，自以〈亞細亞的孤兒〉中的胡老人及彭秀才為代表。

〈亞細亞的孤兒〉中的胡老人與彭秀才，原均是前清的知識份子，而與其他舊讀書人一樣，無時不在作著秀才、舉人之科舉夢。

---

[45] 語見艾鄧著〈孤兒的歷史和歷史的孤兒——讀吳濁流『亞細亞的孤兒』〉，收入於《夏潮》第十期，頁 54。

然而當日本的鐵蹄，踏滅臺灣人為保鄉衛土所奮起的英勇抵抗後，這些人也不能不正視現實，而勉強服從於這個異族的統治。可是在日常行為中，他們卻又無時無刻不表現出對這個政權的排斥態度。所以兩人除了在相見而無外人參予的場合中，大嘆「吾道衰微」、「斯文掃地」外，胡老人還堅持不讓自己的孫子，接受殖民地上的新教育，而執意要將胡太明千里迢迢地送到彭秀才的雲梯書院，接受中國傳統的漢文私塾教育。甚至於將他們的民族氣節，表現在各自的春聯中。如胡老人的「一庭雞犬繞仙境，滿徑煙霞淡俗緣。」及彭秀才的「大樹不沾新雨露，雲梯仍守舊家風。」

然而如此的氣節展現，原也只是老人們無奈地對新政權，所能採取的唯一消極抵抗罷了。對日本統治臺灣的時局，終究沒有絲毫之影響，而且事實也將證實這類人物的表現，亦必遭歷史所遺棄。故當胡老人在花燈會中遭警察的毆辱後，胡老人從此只有更加意氣消沈地逃避到老、莊及陶淵明的思想中，期望藉此而更看淡他今生的俗緣。而彭秀才在獲悉雲梯書院被封之後，也只有將自己放逐於番界附近的書院，去另守他的舊家風了。

總之，他們雖是臺灣在淪日初期一個不起眼的插曲，但是我們確實也在他們的身上，看到一個亡國者，所無法擺脫避免的悲痛命運。然除此之外，另有如胡太明這一類的知識份子，自小即因接受殖民地之教育，而對殖民政權產生無知的認同與嚮往。但當他們一旦發現這個以異族為主體的殖民政權，根本無任何的誠意，去兌現其對受支配者所開出的「一視同仁」之支票時，他們才開始驚覺懷疑這個殖民政權的誠信。但就在這個憂疑不定的過程中，他們仍試圖為殖民政權編織種種的理由，以掩飾自己曾經如此深信後的失落感。然當自己所編織的理由也無法掩飾歷史的真實時，胡太明最後的結局是崩潰而發瘋，而這不正是當時臺灣一般知識份子敏感、具有良知，卻又普遍缺乏反抗勇氣的最典型性格。

其實嚴格說來，吳濁流所描繪像太明這樣的知識份子，對殖民政權產生無知地認同與嚮往，是有它相當真實的背景。因為就太明的成長過程來看，正是殖民政權在臺灣由隱固而至確定不移的階段。曾經歷過清朝統治的老一輩臺灣人，雖然還不能忘情於自己是由唐山過來的中國人，但在現實環境中，卻也不能不完全屈服於日本的威權統治。至於到太明這一代，雖也能由父祖輩之口中，獲悉一些如中國文化、漢族思想之類的東西，但這類的民族意識，實質上，已不再能夠成為太明腦中所摔不掉的包袱。因為這時，他已完全被那種象徵新文明的所謂「日本味」所深深吸引，所以在受完師範教育，而被派往鄉間小學去就職之前的太明，根本不知他所陶醉的新文明下的臺灣社會實況。直到他到了任職的地方，才驚覺這兒的殖民統治者和被統治者的界限，是如此地涇渭分明，而日、臺之間的差別待遇，又是存在著如此極端地不平等。

但這些仍還不能促使對新文明存在著幻想的太明有所覺悟，反而以臺人胸襟過於狹隘，來塘塞同是臺人同事間，對於差別待遇所發出的不平之鳴。然而當他親自遭遇到自己心儀的內籐久子，所表現出的那種無端的民族優越感時，終也不能不讓他體味到「她是日本人，我是臺灣人，這是任何人無法改變的事實。」而產生自卑自憐的感嘆，然而這樣地怨嘆，亦未足以喚醒太明去正視這殖民地上，因不同民族間所產生的可悲差異。直到他的同事曾導師，在一次實地教學研究批評會議上，因日臺不平等所引爆的衝突，及日人校長得知太明與久子的戀情，而狡獪地將久子調離之雙重打擊下，才促使他決定赴日留學，單純地以為拿到學位回臺後，將可獲得殖民地上的統治者，更受他們尊重之待遇。然而究其實，他也只不過是抱持著逃避的心態，想遠離因種族的不同，而令他處處產生情感上困惑的這塊殖民地上。所以到了東京之後的太明，當他仍無法避免地見到中國籍與臺籍學生風起雲湧的抗日運動時，他卻還是可以視若無睹地以研究學問，來作為其有意躲避那些政治活動的遁詞，並且在得到學位之後，立即束裝回臺。

可是學成歸臺後的太明，這時却面臨到一個令其極為難堪的現實。那就是在求職上，親身體會了殖民地上的支配者，所揭示的那句「人材登用」，原亦不過是用來欺騙臺灣人的美麗謊言。然而在求職路上處處碰壁的太明，這時對於藍、詹對他的遊說，說明他們之所以要反抗殖民地政府種種不合理措施的政治主張時，卻還是沒能打動太明撰擇明哲保身的決心，而加入他們的抗爭行列。後來太明雖在偶然的機遇裏，到舊同事黃所經營的甘蔗農場去充當會計，但不久之後，卻又遭遇到製糖公司的重重剝削制度，而促使農場倒閉。太明只得失業地回到鄉間，再度逃避現實地將自己封閉於老、莊及陶淵明詩集的天地中。

情節至此，我們很清楚地看到，太明在此之前，並未明顯地直接遭受日本殖民政策的具體迫害。所以在歷次遭遇日、臺衝突事件，或意識到殖民政策的根本矛盾時，都還能站在旁觀的立場，為自己遲疑的性格作開脫。可是當太明家的祖墳，為了殖民地統治者計畫的甘蔗栽培之方便，而被開挖時，出面阻止的母親，也遭到無理的日本監工之摑打，連前去理論的太明，亦被統治者的拳頭斥回。最後欲訴諸法律，卻又因自己是臺灣人，而無法獲得公平的審判。這一連串的打擊，在太明心靈上所造成的創傷，即使是老、莊及陶淵明也沒有力量來治癒吧。這時發覺生為殖民地上的臺灣人，原須背負如此可悲命運的太明，終於察覺以往自己對殖民政權一廂情願地認同之可笑，情感地轉移，迫使他像孤兒戀母般地開始幻想祖國，那一片可以供他自由遨翔的天空。也正巧就在先前赴大陸，現已成為某大學教授的曾導師之適時協助下，使得太明得以欣然成行地回歸大陸。

然而來到南京的太明，雖然心中懷抱著為祖國建設而犧牲的理想，可是卻在中、日八年抗戰揭開序幕後，因為有著「日本國民」的身份，竟成為中、日開戰兩國雙方所急欲逮捕監禁的對象，此舉叫太明如何能不興起孤兒的感嘆，而再度逃避時局地回到他的故鄉臺灣。

從祖國歷劫歸來的太明，不論是人格或思想，這時都已成熟許多，也較能用宏觀的角度，去分析各種問題的徵結所在。因此日後再面對日本對中國所發動的所謂「聖戰」，以及強制臺灣人參予支持這種戰爭，而所延伸出的種種變相之榨取政策時，也都有他自己切合實際的不同之主見。可是他也相當清楚地知道，「在現代這種『總體戰』的體制下，個人的力量幾乎等於零，無論心中願意與否，在國家至上的命令下，任何人都難逃入戰爭漩渦的命運。」[46]果然不久，太明就被徵召至廣東充當日軍的翻譯。而在這塊祖國的土地上，卻一次次地親眼目睹與自己同血緣的愛國青年，為救國而前仆後繼地從容就義時，這無疑是迫使心向祖國的太明，「精神發生激烈地動搖，良心上也遭受極大的譴責。」[47]無法一再面對這樣慘劇的太明，終致因精神崩潰而被遣送回臺灣。

可是回到臺灣的他，卻又得面對以自己的哥哥為首的御用紳士，努力於皇民化運動外，並協助統治者來壓迫自己同胞的事實。

---

[46] 語見吳濁流著，〈亞細亞的孤兒〉，收入於張良澤編《吳濁流作品集 1・亞細亞的孤兒》，頁 200。

[47] 語見吳濁流著，〈亞細亞的孤兒〉，收入於張良澤編《吳濁流作品集 1・亞細亞的孤兒》，頁 206。

這一切耳濡目染的情事，更加引起太明的憤慨和憂傷，為了逃避這種難忍的現實，於是太明再度將自己的熱情放逐於書房中。然而隨著日軍不斷地擴大戰局，其對臺灣人的榨取已不再侷限於經濟，而開始了令人更難容忍的精神虐待。這時太明亦在迫不得已的情況下，進入了統制機關的附屬團體納入協會去工作。可是在那裏的所見所聞，卻都是日本上司的貪污，以及統制機構假借各種名義劫貧（臺）濟富（日）的事實。這也終於使他看清自己所處的地位，及生為一個亂世知識份子所不能規避的責任。

於是就在偶然的機會裏，得與日籍進步份子佐籐合辦雜誌。雖然在戰時對言論的管制是極端的嚴苛，但他還是能利用各種合法的手段，針對時弊，努力暴露現實，最後卻因物資缺乏，而迫使雜誌不能繼續維持。又遭逢自己的異母弟，因日閥的強迫勞動而死，多年來積鬱在心中的矛盾、苦悶和憤怒，終使「胡太明終於發瘋了！果是個有心人，又怎能不發瘋呢？」[48]在這裏吳濁流相當清楚，對一個前半輩子完全處於理想、幻想及現實交相衝突的人來說，發瘋無疑是結束其逃避一切的最佳途徑。因為發瘋不但能讓他得以擺脫以往所受的一切屈辱，也讓他能夠藉此而重新地去面對另一個全新的未來。故對於發瘋後的太明，所寫下如下這首反殖民統治的詩：

> 志為天下士，豈甘作賤民？擊暴椎何在？英雄入夢頻。漢魂終不滅，斷然捨此身！狸兮狸兮！（日人罵臺灣人語）意如何？奴隸生涯抱恨多，橫暴蠻威奈若何？同心來復舊山河，六百萬民齊蹶起，誓將熱血為義死！[49]

---

[48] 語見吳濁流著，〈亞細亞的孤兒・後記〉，收入於張良澤編《吳濁流作品集 1・亞細亞的孤兒》，頁 286。

[49] 語見吳濁流著，〈亞細亞的孤兒〉，收入於張良澤編《吳濁流作品集 1・亞

由此詩的內容觀之，可探知吳濁流至少有意讓我們知道，代表臺灣知識份子，反省力極強，卻缺乏行動力的內向型人物胡太明，這時是真正覺醒了。

三、順從心理之人物類型

日據時代的小說作家，最喜歡以警察的橫暴，及保正的偽善欺貧，來作為其寫實作品之題材。那是因為日據時代的警察及保正，所代表的，正是殖民統治者最基層的統治勢力。為了維護支配者在殖民地上的強制統治權，並保障支配者在殖民地上所掠奪的利益，因此這些警察及保正所表現在臺灣人身上的，是最蠻橫、最殘暴的惡行，當時生活在殖民地上的臺灣人民，少有不受其荼毒的。然而如果這項維持統治者尊嚴與利益的任務，若是都由異民族的日人來擔任，則臺灣人民受此壓迫的傷痛，將隨壓迫的消除及時光的逝去而淡化，「但是日本殖民政權同化政策的主要目的，乃在於避免明顯表現出直接的壓迫，所以才製造一些走狗為他們去執行壓迫政策。這樣他們比較省事，而且以臺制臺，更能打擊臺灣人的民族性，破壞臺灣人間的同胞愛。這才是日本殖民者陰險狠毒之處，因為自己同胞的殘害遠比異族迫害在心靈上烙痕要深很多。」[50]

而吳濁流筆下的陳大人及沈天來，就是具備這類靠殘害自己同胞以獲取殖民地上支配者信任，並從中去乞求利益的走狗型之人物類型。另外還有一些人物，並不像陳大人及沈天來般，為討好殖民地上支配者的主子，而將犬牙對著自己的同胞。他們大多只是善良

細亞的孤兒》，頁 278-279。

50 語見楊逵所寄上〈日據時代的臺灣文學與抗日運動〉座談會書面意見，收入於《大學雜誌》第 79 期，頁 32-33。

的老百姓，只求依附於殖民政權，順從地苟活下去。因此筆者將依其行為表現的不同，而畫分為積極性順從人物類型及消極性順從人物類型，加以分析論述。

1. 積極性順從之人物類型：

〈陳大人〉在一開場，即以打舅父來介紹這位為虎作倀的臺人警察之惡行，而當此逆天犯上的罪行傳到陳大人母親的耳朵，致令她氣憤難當地指責自己兒子的行徑時，竟得到陳大人那近乎理直氣壯地如此回答：

> 他犯違警例。我不是尋常人，是官，是大人。這頂帽子是日本天皇陛下所賜，有這頂帽子，那有阿舅，無論什麼人都可以打，可以縛，我的官職雖小，但我的職權很大，無論高等官、敕任官，一但有事我就用這個繩索綁起來，鄉下人全不懂警察的權大，連阿媽妳也不曉得。[51]

言下之意，是頭上有了那頂統治者所授予的巡查補帽子，連自己的祖宗親戚都可以出賣了，而這不正是殖民地上最被扭曲的人性之典型嗎。

況且陳大人的為惡，尚不僅於此，接著他還幫助日人支廳長來敲詐、勒索劉舉人（代表臺灣舊有統治勢力的沒落），並誘捕抗日志士錢鐵漢（代表臺灣武裝抗日勢力的瓦解），藉此來討得統治階級的信任，以鞏固其地位，並遂行其升官發財的目的。而且顯然陳大人出賣自己同胞的這種無恥行徑，的確讓他獲得其主子的表揚及同僚的奉承，這無疑在陳大人自覺威風之餘，更加地鼓舞這個丑角，發揮他所認定的警察精神，那即是：

---

[51] 語見吳濁流著〈陳大人〉，收於張良澤編《吳濁流作品集 2・功狗》，頁 52。

> 遇到沒有靠左邊走的人，赤膊挑擔的人，不去市場設攤而在路上賣菜的人，或是看不中意的人，觸犯他的官威的人，全憑陳大人的感情好惡，不論貴賤，老弱男女，都毫不容情，或罰鍰，或打嘴吧。[52]

以此方式來彰顯他的官威，然而他愈發揮他的警察精神，善良的同胞就注定愈要遭殃。打鐵工人、賣豆腐、杏仁茶、油條的小販、屠夫，甚至全街的居民，都在他那套殘酷的自由心證取締法淫威下，惶惶地度日，也因此，終於讓陳大人成為當時「連鬼都怕他的」日警之典型。

然除上述所介紹的惡行之外，他還憑藉他的惡勢力，強娶農民老李的妻子阿菊，又設計陷老李入罪，從這裏也讓我們體會到殖民地上的善良百姓，就如同刀俎上的魚肉，只能眼睜睜地任憑支配者宰割。因此老李只得吞淚含冤地吃上這場官司，被拘留五日之外，另加笞刑二十五板。對於這笞刑，吳濁流也特別在小說中有所說明。他說：

> 當時（明治年間）日人對臺灣人動輒行笞刑。凡犯賭博、偷吸阿片、通姦等罪行者，尤其是對無錢可繳的貧民，特別施行笞刑。[53]

無錢可繳稅的貧民，生活已是過得相當可憐了，不僅得不到政府的幫助，竟還要遭此酷刑。況且當時如老李般被無辜入罪者，又不知凡幾，身為殖民地上被支配者的悲哀，實莫過於此。

---

[52] 語見吳濁流著〈陳大人〉，收於張良澤編《吳濁流作品集2‧功狗》，頁65-66。
[53] 語見吳濁流著〈陳大人〉，收於張良澤編《吳濁流作品集2‧功狗》，頁74。

然而以吳濁流那嫉惡如仇的性格，自然不會讓此作惡多端的陳大人，永遠地逍遙法外（雖然在現實世界裏，陳大人依然還是陳大人）。靠欺壓剝削自己同胞而人生事業兩得意的陳大人，為了滿足姘婦阿菊的慾望和虛榮心，陳大人竟不惜為其一擲千金。但是陳大人除了正當薪俸外，雖也有多少油水可撈，可是並非固定收入般可為依靠，終也難維持阿菊的奢侈生活。因此陳大人為了另闢財源，也就愈來愈大膽，無惡不作地結交地痞流氓，偷設賭場，恫嚇紳士，剝削商人，加罪老百姓等，凡有油水可撈的東西，絕不放過。最後陳大人竟將腦筋動到老黃所管理的王爺會之祭祀公業上，而大凡祭祀公業的財產，是最容易產生漏洞的。由於會子本身確有些不清楚，再加上遇到這如煞星般的陳大人出言恫嚇，老黃自然不敢拒絕。但自來向勒索者妥協的結果，只會更煽起勒索者的貪佞之火，而付出更多更慘重的代價，可是終究還是不能輕易地擺平。老黃即也面臨如此的困境，而在無法應付陳大人的無度需索後，最後還是借助支配者的大島刑事之手，來除此人間之大害。然在此頗值得我們注意的是，陳大人的鋃鐺入獄，並非是他的惡貫滿盈的報應，而是老黃靠著金錢的力量——賄賂大島刑事及支廳長所獲致的成果。故而在此讓我們更清楚了解到支配者所授予的帽子，在其無利用價值的時候，還是可以輕易地從你頭上將其摘除，而我們也由此深深地體會到，淪為殖民地支配者走狗的可悲。

吳濁流所創造的積極性順從殖民統治的另一類型，是屬於草根性格的鄉土人物保正沈天來，在〈泥濘〉中的沈天來，和〈陳大人〉中的陳英慶一樣，都是靠欺壓、剝削自己的同胞，卻對殖民地上支配者唯命是從的御用紳士之典型人物。所不同的是沈天來在發迹之前，也是和臺灣的其他純樸農民一般，過著勤苦的生活。而比別人幸運的是，沈天來擁有自己的土地，因此與其同樣努力於經營土地的佃農，即使過勞而死，生活也難有所改善。但就因為沈天來擁有較其他佃農更好的條件，加上他及妻子又肯付出更多心力去經營自己的土地，因此不到數年的工夫，沈天來的家境即由窮而轉富了。吳濁流刻意地安排沈天來的發迹過程，似乎有意地告訴我們，任何人的成功，皆非出於偶然，所以在這時的沈天來，其執著於事業的精神，確實是值得我們去欽佩與效法的。

但是吳濁流也未忽略日據下如沈天來這般勤樸的農民，被殖民地統治者所刻意扭曲的性格上，早已存在著普遍地自卑感及奴性。因此當沈天來在其奮鬥的過程中，遭到日警的踐踏污辱（如將其身上蓋滿猪印，並迫令其遊街之事）時，面對如此之羞侮，若發生在知識份子的身上，必定會促使他們對現處之地位有所反省。但對毫無見識的沈天來來說，不但沒有令他憤慨，反而更激起他潛藏在內心深處；那生為殖民地上的一個被支配者，所慣有的自卑感與奴性。而也就在這種自卑感與奴性的激發下，促使他對日後支配者的任何無理勒索與要求，皆能有求必應地加以協力和奉承，因此終於為其贏得一個「贊成先生」的渾號。然而也因為沈天來的對支配者近乎搖尾的依順，而獲得支配者之信任及肯定，除分別賜予他甲長、保正，這等協助支配者統治殖民地上人民之最基層權利附屬機構的地位外，還授予他日本統治者針對臺灣順民所擬製的最高榮譽——紳章。

然而在另外一方面，沈天來則趁劉保正的沒落，以高利貸將其田地賺騙到手，而搖身一變成為大地主。〈泥濘〉中，吳濁流即對這位保正大地主之行事，刻意地作如下之描述：

這個「贊成先生」，官廳所有要求都很慷慨地捐獻，但對村民就不然，他是耕田出身，更知老百姓的利害關係，所以他

> 比普通頭家更會榨取。他知道耕田人離開土地不能生活，所以利用耕田人的弱點，比人更巧妙地大事榨取。[54]

照理沈天來亦是貧農出身，應該能了解大多數同是貧農的同胞之共同苦難。但壞就壞在他更清楚貧農之不能離開土地的弱點，並充分地利用這個弱點，而想出更多更巧妙的方式，來榨取耕種自己田地的佃農之血汗。這點只要讀者參考何家一家人的悲慘遭遇，即可明瞭。

因此我們由此而深入地去探討殖民地上臺灣人之苦難，殖民地上的支配者雖難辭其咎，但是配合支配者的手勢，來壓榨自己同胞血汗的那些走狗之惡行，確更令人髮指與痛心。所以與陳大人一樣地，吳濁流也未忘記在其小說中，安排沈天來需為其劣行而付出應得的代價。故當沈天來在經濟富裕之後，開始思淫慾地先後偷人老婆、娶妾，最後還色心不死地想用金錢去打動阿四嫂，以強娶其女阿薪時，終因其心術不正，而只聽到隔鄰的青年好奇的來訪，就讓沈天來誤以為人家要來捉奸，嚇得連滾帶爬地逃走。又因為其內心深處，也知對何姓佃農一家人有愧，所以在逃走途中，路過姓何的長男遇害之水卞頭時，被驚起之水鳥暗影，使其誤認為見鬼，回家後終因此發瘋致死。我們辜且不論現實生活中，是否會出現如此惡有惡報之結局，但在此我們卻看出吳濁流高明之寫作技法。如果不是沈天來心術不正，且又平日作惡多端，多結惡緣，斷不會將驚起之水鳥誤以為是水鬼。吳濁流的如此刻意安排，除應驗了他平日嫉惡如仇之個性外，似也點明其內心深處，存在著令其深信不疑的「冥冥之中，實有報應」之中國宿命觀吧。

54　語見吳濁流著，《泥濘》‧〈泥濘〉，頁52。

2. 消極性順從之人物類型：

這類人物，心理上大致對殖民政權已產生認同，然而在行為上，並未如上述走狗之典型人物般，去奉承及幫助殖民地上支配者，為害自己同胞，以換取個人之利益。他們大都還保有人類普遍善良的本性，默默地在其工作崗位上貢獻心力。但是生活在一個完全以剝削被殖民者為目的的殖民地社會上，他們的辛勤工作，卻也未能為他們帶來良好的出路，而且因殖民地上政策的矛盾，致令他們連基本的生存條件，都必需遭到前所未有的威脅。吳濁流筆下的仁吉和洪宏東，就是這類人物的典型。

〈水月〉中的主角仁吉，本是一個擁有中學畢業學歷的農場雇員。日據時代的中學畢業生，在普遍的臺灣人中，已可算是相當令人矚目的高級知識份子。況且仁吉在校時，也曾是個能執筆而就，滔滔雄辯的高材生。這樣的人物自然不會甘心於一生都在鄉下埋沒，因此他的最大心願，就是能到日本東京去留學深造。有了這個夢想，所以在他的心中，即不時浮現出將來學成歸國後的偉大遠景；不是大政治家，就是大實業家，或是知名學者。然而他也不是那種光只會空想而沒有付諸行動的人物，他也曾非常努力於效法拿破崙「成功者的辭典裏沒有難字」的精神，而奮發圖強過。可是映入仁吉眼中的現實影像，卻是被煤煙燻的黑黑的六疊塌塌米房裏，排著好幾個像西瓜大的頭，以及因過度勞苦後，呈顯原比她實際年齡要衰老的妻子之容顏。

這時仁吉也明白造成他如此窮困的徵結，主要是來自於那生為殖民地上被支配者，不得不承受的宿命——即接受統治者所強加於已的那種差別待遇。他雖然也曾生起過對「這樣的環境，豈是大丈夫可以忍受」的憤慨，然而這時的仁吉，顯然還未真正看清楚歷史的真實。於是仍不免昧於殖民地上統治者所高喊出的「一視同仁」、「人材登用」之眩人宣傳，因此天真地以為自己只要能到東京留學，待拿到學位後，即可突破眼前的困境。後雖經其妻蘭英的提點：

> 我的先生，你結婚以來抱著的美夢還沒有醒嗎？你想，堅兒今年唸六年級，不久就要上中學，你還在夢想去東京留學。你想，你的孩子，你自己的學費……。[55]

這如當頭棒喝的一番話，也還是未將其留學的迷夢打醒。小說至此戛然而止，留給讀者一個尚未解決的，是否留學東京即可立即突破眼前困境的懸思命題。其實不用藉到東京留學來試探這個困境的能否解決，日據時代的其他作家，已為我們提供一個相當圓滿的答案。

試看與〈水月〉有著異曲同工的龍瑛宗之〈植有木瓜樹的小鎮〉，其中之蒼白知識份子陳有三，最初不也是如何地為其昇遷的理想而作努力。然而在那殖民地上毫無希望的差別待遇下，終於也令他無法不屈服於現實的困境，而隨波逐流。況且如果真能讓仁吉圓了那留學東京的美夢，那麼仁吉是否就此即能擺脫其貧困的處境呢？答案仍然是否定的，因為〈亞細亞的孤兒〉中的胡太明，不正是前往東京，取得當時臺灣人尚未有人拿到過的物理學校之文憑嗎，但是當他歸來臺灣後又如何呢？不也是面臨著長期的失業，而使他發現自己只不過成了一個被鄉人看笑話的「高等遊民」罷了。所以吳濁流在此假借仁

---

[55] 語見吳濁流著〈水月〉，收於張良澤編《吳濁流作品集2‧功狗》，頁7。

吉之言行，實在不知點出多少當時臺灣知識份子，所昧於殖民地統治者宣傳的那個盲點呢。

而與仁吉有著類似遭遇的人物，就是〈功狗〉中的主角洪宏東了。吳濁流為這篇小說取名為「功狗」，自然是要諷刺主角洪宏東，亦昧於現實地為殖民地上的統治者，拼死命地散播精神早已完全被扭曲的殖民教育之愚忠行為。然而像洪宏東這種愚忠的表現，顯然還不能與吳濁流筆下的那些走狗型，即專以欺壓自己的同胞，並藉以向支配者獻媚而獲利的人物相比。因為〈功狗〉中的洪宏東，自小即接受專為教化殖民地人民而設計的初級公學校教育。因此文中，我們已看不出洪宏東心中存有任何的漢民族意識與思想。換言之，就是洪宏東早已完全認同於日本的殖民統治，當然他也不會去質疑自己所曾身受的那套殖民地教育的本質。所以在偶然地機會裏，一旦成為公學校的教員，自然甘於服從支配者的差遣，而為這個欲將臺灣母國文化連根拔除的殖民地教育，無私地奉獻他所有的心力。

對於他的努力與執著，確是非常人所能與之比擬，可惜洪宏東所盡忠的對象，卻是那與殖民地上人民為敵的支配者。因此站在被支配者的臺灣人立場，來看洪宏東的行為，只見他愈努力愈盡心，所造成對臺灣人在經濟上及精神上的損失與傷害就愈大。所以僅管洪宏東比其周遭的同事，更富有教育良心和負責態度，然吳濁流仍還是忍不住地要稱呼其為「功狗」，這個貶多於褒的嘲諷之詞。然而更加諷刺的是，這個對殖民地上支配者有功無過的洪宏東，其結局之悲慘，竟比仁吉要更有過之。

試看二十年為支配者盡忠職守的歲月，換得的卻是一張與獎狀同樣好看的退職令，和四鄰逼債的貧病生活，雖然他也意識到：

> 他的教員身份，若是日本人，俸給又高，又有津貼，也可以貯蓄以防不測，雖然是臺灣人，若是訓導也有退職金可領，就不致這樣。[56]

而與仁吉一樣，如此地刺激，仍無法喚起他們為現實不滿而反抗的勇氣。仁吉迷失在那永不可能實現的留學夢中，而洪宏東也只能藉著最軟弱的行為，以大聲哭喊，來發抒心中對殖民地統治者所有的不平與憤恨。

貳、國府治下的負面人物典型

臺灣光復後，由於民心一致地歸向來臺接收的國民政府，因此如日據時代普遍存在的臺、日對立之情況已不復再現，也就是說不再有反抗、逃避、順從心理等類型之人物在國府治下出現。然而隨著國府遷臺以後的各項施為，竟使臺灣慢慢變成一個以金錢為萬能的功利社會，相當清楚何以為此的吳濁流，於是剔出那些始作俑者的典型人物。期望藉著他們的作為，讓讀者見之能知所警惕，同時他也毫不容情地譴責國府，因其有意縱容這些反面人物的作為，而致使無辜民眾遭殃的實情，並藉著這些既成的事實，來傳達他對國府治臺時某些措施的不滿之情。而毫無疑問地，由大陸來臺的范漢智及本土無賴江大頭，就是這類敗壞臺灣社會風氣的始作俑者之負面人物典型。

范漢智可以說是中、日戰爭下一個被極度扭曲人性的典型人物。正如當時捉拿他的搜索隊長所說的：「范漢智以前曾參加北

---

[56] 語見吳濁流著〈功狗〉，收於張良澤編《吳濁流作品集2・功狗》，頁45。

伐，且有戰功，又在抗戰當初特工工作上有輝煌的成就。」[57] 然而經過戰爭洗禮的他，曾幾何時竟對生命之價值，產生如此完全否定的態度，金錢萬能成為他下半生奉行不變的座右銘。為了追逐金錢，於是在其心中不再存有青年時期的熱血與理想，有的只是極目所望的黑暗與虛偽，而對人生沒有冀望的他，自然把一切都看成是生活的手段。當他自認為日軍的武備，可以毫不費力地擊潰中國人的民族情感時，於是我們可以理解何以在戰局不利於重慶政府時，他會毫不遲疑地去投靠侵略者，而成為汪偽政權下一個督察處的特工科長，情願為漢奸走狗，替侵略者去欺壓自己的同胞以求榮。

由於他的聰明、狡詐，知道將自己隱身在幕後工作，因此僅管他的手段高明毒辣，受到他迫害的人不勝枚舉，然而社會上仍對他極為陌生。所以當其投靠的主子失勢投降時，他的上司彭處長及所有同事都沒能逃脫被抓的命運，唯獨只有他范漢智，能在失勢政權崩潰的最後一刻，騙走公款，逃過重慶方面對漢奸的追捕，最後竟又讓他搖身一變，成為來臺「接收臺灣工作」的要員。

而來到臺灣順利地獲得某某局會計科長，並改名為范新生的范漢智，如果在接收臺灣的工作上能有良好的表現，往後亦能安份守已的過日子的話，或許他在大陸為漢奸的舊惡就不會被揭發。然而已遭污染的心靈，終究是無法再回復到純淨的原貌，並未珍惜在臺灣所獲得新生機會的范漢智，在高喊出「金錢之前是沒有道德」的名言之後，利用光復初期新舊政權交替之際，一切建制皆未能上軌道的機會，繼續從事他的污穢勾當。而舉凡非法地接收日產房子、運用漁船走私砂

[57] 語見吳濁流著，〈波茨坦科長〉，收入於張良澤編《吳濁流作品集 3・波茨坦科長》，頁 71。

糖、利用國內通貨膨脹之際大搞貪污，並教唆本省商人錢大鼻盜採山林，只要是他所能想到的為惡之道，他都不吝一試。

然而吳濁流一向維護正義之筆，自不會讓其繼續為惡並逍遙一世，於是就在國府當局將搜捕漢奸之網，撒向臺灣之後，范漢智終於逃不過嚴正的搜索隊長鍥而不捨的搜捕而落網了。然而就在范漢智被捕的同時，吳濁流很巧妙地安排，讓范漢智吐露出這樣的一句話：「賣國求榮的是漢奸，可是借公家的名騙人為私的到底是甚麼呢？」[58] 以及搜查隊長回到本部看到范漢智的戰功，讓其回想到自己變節的友人，再戲劇性地將鏡頭轉到「忽而看見辦公室裏的全部職員不要說，甚至工友也同樣笑嘻嘻，不論那一個人的臉都跟過去所檢舉的漢奸或貪污的臉相像」，最後並讓這位隊長產生「四萬萬五千萬，怎麼會有這麼多漢奸和貪官污吏。」[59] 的錯覺的這番描寫。其實我們只要將這些意象相貫連，即可明白吳濁流所欲借這位典型負面人物，而來傳達的弦外之音。那就是當時來臺接收之官員，如范漢智者流，實不知凡幾。有這些「金錢之前沒有道德」的人在臺為惡，民生如何能不迅速凋敝，社會焉能不陷入混亂。而政府只派人抓漢奸，卻放任這些人繼續為惡，臺灣終究是要引發如二二八這樣的官逼民反之事件了。

根據以上的論述說明，范漢智可以說是光復初期，大陸來臺接收官員為惡的典型。而江大頭則是本省人士作惡的代表，江大頭在日據時代原只是一個「童乩纏紅頭（道士）靠鬼神吃飯、賭歪狗（設賭局騙人）、賣假藥無惡不作的人。」[60] 光復後更靠著在日據時代

---

[58] 語見吳濁流著，〈波茨坦科長〉，收入於張良澤編《吳濁流作品集 3‧波茨坦科長》，頁 70。

[59] 同上註，頁 71。

[60] 語見吳濁流著，〈狡猿〉，收入於張良澤編《吳濁流作品集 3‧波茨坦科長》，頁 77。

每天被日警監視取締，日積月累所訓練出的賊膽，大模大樣地去剝狗皮（接收日產），而大發其光復財。發了財之後的江大頭，又搭上地方自治制度下所舉行的選舉列車，利用各種賄選的手段，而竟讓他平步青雲地分別由里長、鄉民代表、縣議員而做到省議員。其間並利用議員的特權，從事種種不法的勾當，如干預學校行政、強索賄款、勾結縣長藉建七里鎮大橋（三歪橋）之名義貪污舞弊、囤積壟斷物價等。凡是可以賺錢的事，他都不輕易地放過，而且做來還頗能得心應手，稱心如意。

在此不禁讓人納悶，一個目不識丁，又手腳不乾淨的莠哥，竟可以在臺灣這個法治社會上一再昇官發財，委實有點令人覺得不可思議。但是筆者認為只要了解光復以後的社會景況，及臺灣特有的選舉文化，即金錢能代表一切的功利風氣，自然就不會再對吳濁流所創造出的這一號人物，而感到懷疑了。況且江大頭之所以能在社會上如魚得水，並且呼風喚雨，確實也是得力於錢之緣故，試看江大頭對自己的成就，還曾沾沾自喜地作如下之結論：

> 江大頭做了省議員之後，也好像做城隍一樣，不管他的地位是用錢買來的也好，靠山或靠海當選也好，人家不會去追究他的出身，到處有人奉承，隨時有人拍他的馬屁，再沒有人揭他的瘡疤。……所以江大頭暗自想：我江大頭實在有幸，不知不覺成為臺灣的代表。……想到這裏，他忽然懷疑自己能行到這種地步，似乎是靠運，或許也是靠風水厝宅的關係。他想來想去，最後得到一個結論，根本就是靠錢。錢可通鬼神，凡事都要錢，設法賺錢第一。[61]

---

[61] 語見吳濁流著，〈狡猿〉，收入於張良澤編《吳濁流作品集 3‧波茨坦科長》，頁 166-167。

當然與范漢智一樣，為惡者必將接受法律之制裁，這是吳濁流不變的信念。然而在此較為特殊的是，對於江大頭被捕動機的描述不明，是否為吳濁流刻意如此，筆者已在本論文第三章第三節中提出過質疑，故在此不再贅論。只是筆者認為揭發像范漢智及江大頭這般負面人物所為的惡事，似不只是吳濁流撰寫這些小說的單純目的。他似亦有意藉此來表明，他對當時國府治下的各項施為之不滿，故而以下即列舉在國府統治下的臺灣人，如牛皮哥般安份守已之人物，卻會遭受如此悲慘之下場，來作為其控訴國府最有力之佐證。

牛皮哥原是光復以後臺灣大多數老實善良的鄉下人，卻因為安份守已而大賠光復財之最典型人物。他努力地為人做工存錢，目的無非只是想娶一個老婆，來建造一個美滿幸福的家庭。而為了早日達成此願望：

> 於是他所賺的錢，不但不敢亂用，還盡力節儉。他節儉的方法，倒也教人佩服的，菸酒不消說，連零食都很少買。洗澡時捨不得用毛巾擦，恐怕把毛巾擦壞，他只用兩手左磨右擦，擦到沒有油垢了，才用毛巾，他毛巾不過是用來拭乾而已。這僅僅是一個例子，其他還有許多古古怪怪的節儉方法呢。[62]

因為捨不得花錢，因此也不知道貨幣天天在貶值。而且越貶值，鈔票增加的速度也愈快，相對的他所存的錢也愈多，單純的他，當然心情亦愈加地興奮愉快。這時他的夢想已不再侷限於只是娶老婆

[62] 語見吳濁流著，〈三八淚〉，收入於張良澤編《吳濁流作品集 3・波茨坦科長》，頁 202。

了，他又想買田、造房子，如此也就促使他更加努力地存錢。雖然也有人對他說錢一天天變小了，但對一個一心只想存錢娶老婆，節省到不知物價的鄉下老實人來說，他並不感受到有什麼影響，當然也更不知貨幣貶值的利害關係。

民國三十八年，政府為抑制貨幣貶值以後所無可避免的通貨膨脹，而制定的四萬舊臺幣兌換一元新臺幣之法令公佈後：

> 因為本省從來沒有經驗過貨幣大貶值的苦頭，所以統統不曉得對策，也沒有人曉得囤積，握著貨幣一直任其貶值，大都數都是這樣，尤其牛皮哥為甚。[63]

故當牛皮哥背著他一生的積蓄，也正是他此生希望的一百六十一萬元，到銀行去兌換時，萬萬也沒有想到從行員手中接過的，竟只有那四十元二角五分的新幣，於是他急於尋找那「四萬兌一」的答案。當然在他簡單的頭腦裏，四萬兌一是自盤古開天以來都不曾聽過的鬼話，但行員卻以「老兄，不要生氣，大眾三千，大家一樣，不是你一個人吃虧，你拿回去吧。」[64]這句話來搪塞。別人或許也是賠這光復錢，賠到眼淚倒流，然而牛皮哥卻是賠上他一生的希望，叫他又怎麼能不發瘋呢。

因此當曾為他作媒的阿薪嫂憐憫地勸解他：「牛皮哥，不要傷心，錢了啦人康健，還可以賺回來的。」卻得到牛皮哥如此悽厲的回應：「阿薪嫂賺什麼？四萬兌一，有一次就有第二次，有第二次就有第三次，任賺也沒有老婆本吧，我今世是沒有希望了。」的確

---

[63] 語見吳濁流著，〈三八淚〉，收入於張良澤編《吳濁流作品集 3‧波茨坦科長》，頁 203。

[64] 同上註，頁 204。

有誰能給他保證，不會再有下一次的通貨膨脹，因此阿薪嫂也只能嘆一口氣來自言自語的說：

> 天理良心，這個人明明是好人，為什麼到這個地步呢？你太老實，老實就是笨，現在的社會專騙老實人，還有什麼……。[65]

吳濁流對這國府所統治下怪異的社會現象之不滿，實已在如上述三類人物表現的論證中展露無遺。

而就以上對吳濁流筆下的社會環境及人物類型之展現，不但使我們能對吳濁流欲藉其小說記錄歷史，及針砭社會的企圖有所明瞭。筆者認為，在此不更能證成吳濁流不論光復前後的寫實主義小說，均已確實能夠傳承發展於日據時代臺灣新文學反帝、反封建之批判精神。

---

[65] 以上諸語，均見吳濁流著，〈三八淚〉，收入於張良澤編《吳濁流作品集 3・波茨坦科長》，頁 206。

第五章　吳濁流小說中的象徵手法及諷刺筆調

發展於日據時代臺灣新文學的基本精神，簡單地說，就是以客觀的寫實風格，來反映我們週遭所遭遇的種種問題，並以之迴應於歷史的真實。堀起於臺灣新文學成熟期的吳濁流小說，亦不例外地是承繼這種精神與風格的創作。因此吳濁流是歷史的記錄者，他的每篇小說也都是歷史的一個斷面，這我們在前面的分析中已加以驗證。然而雖是歷史的真實記錄，卻因為吳濁流所處的，無論是日據時代，或是光復初期，皆是強權政治左右人民思想的時代，在那執政者不能容許子民有些許異於其政治宣傳的聲音控制下，吳濁流的下筆，自然不能不無所顧忌。

因此當所處理的題材，無可避免地必需觸及當權者的政治禁忌，或危及其既得利益時，適時地採取暗喻或影射真實現象的象徵手法，及略帶責難意味的諷刺筆調，似乎就成了吳濁流寫實小說最具特色的技巧表現。雖然象徵手法及諷刺筆調，也是日據時代其他寫實作家所慣用的寫作技巧，但是卻少有人如吳濁流般用之既多且勤。以下即來看看，吳濁流是如何地運用其象徵手法及諷刺筆調，來對他所身處的不合理政治環境及社會，提出嚴正的批判。

第一節　吳濁流小說中的象徵手法

壹、篇名文字的象徵意象

吳濁流善用象徵的技巧，從他最早的一篇小說〈水月〉之篇名，即已可看出端倪。因為這篇小說所使用的意象，吳濁流即是以水中的明月，來象徵主角仁吉那一心所企盼的留學美夢，正如水中之映月般，美麗但卻不真實，這已如前述。而〈亞細亞的孤兒〉則是以亞洲的孤兒之意象，來象徵日據時代臺灣人無以為家的悲慘命運，這亦如前述。那麼在此，有必要詳論的是吳濁流最後的兩篇自傳小說，《無花果》和《臺灣連翹》[1]篇名的象徵意象。其實藉這兩種植物之屬性所傳達出的象徵意義，吳濁流早在其創作〈亞細亞的孤兒〉時，即已成型。試看他在〈亞細亞的孤兒〉中的這段描寫：

> 一切生物都有兩種生活方式：例如佛桑花，雖然美麗，但花謝以後卻不結果，又如無花果，雖無悅目的花朵，卻能在人們不知不覺間，悄悄地結起果實。這對於現時的太明，不啻是一種意味深長的啟示。他對無花果的生活方式，不禁感慨

1　嚴格說來，吳濁流寫下《無花果》和《臺灣連翹》，其開始應該沒有為自己立傳的意味，只是他想透過一個生長在臺灣的知識份子的眼及感覺，來記錄在臺灣所發生的那當時還被政府當局視為政治禁忌之二二八事件，而為了強調其記錄的可信度，於是這個擔任「知識份子」角色的任務，自然要落在自己所最熟悉的自己身上了。因此儘管他在《無花果》及《臺灣連翹》二書中的主角都託名古志宏，然而只要將吳濁流年表及其有關生平的隨筆稍加對照一讀，即可得知書中所記載的每個地方，完全是他生活的軌跡，因而在此以自傳小說稱之。

> 系之。他一面賞玩著無花果，一面漫步踱到籬邊，那兒的「臺灣連翹」修剪得非常整齊，初生的嫩葉築成一道青蔥的花牆，他向樹根邊看看，粗壯的樹枝正穿過籬笆的舒暢地伸展在外面。他不禁用驚奇的目光，呆呆地望著那樹枝，心想：「那些向上或向旁邊伸展的樹枝都已經被剪去，唯獨這一枝能避免被剪的厄運，而依照他自己的意志發展她的生命。」他觸景生情，不覺深受感動。[2]

小說中的胡太明，在見到無花果所象徵的意象時，而得到的「意味深長的啟示」，不亦如在真實生活中，深刻展示著吳濁流不為名利，只求能為歷史存證言而創作小說的文學價值觀。因此在此，不難理解吳濁流雖然清楚五〇年代的白色恐怖，在臺灣人心中所殘存的驚悸效應，至六〇年代中期尚未完全消褪。但他仍能不畏艱險，勇於突破政治禁忌地去檢討二二八事件的遠近因，並為它命名為《無花果》。而默默地期盼這本書能真像「無花果」一般，以並不眩人的花朵，躲過人間惡意的摧殘，終得以在自己意志下，結出堅實的果實。然而顯然吳濁流的這點心願，並未得到當時國府的相對認可，故就在他為這本書結集出書時，立遭當局查禁。

但受此打擊的吳濁流，卻未因而灰心失意，相反地更激起他堅定的決心與毅力，再度撰書為二二八事件，作更具批判性的陳述。並以其所認知的「臺灣連翹」之意象，來為這本《無花果》的姐妹作命名。而且這次他亦期望這本書能如《無花果》一樣，依照她自己的意志去發展她的生命。所以《臺灣連翹》的譯者鍾肇政，在為

---

[2] 語見吳濁流著〈亞細亞的孤兒〉，收於張良澤編《吳濁流作品集1‧亞細亞的孤兒》，頁233-234。

此篇名文字所呈現出的意象作詮釋時，才會如此特別地提出，臺灣連翹乃是一種常綠植物，它：

> 通常用來種植於屋前充當籬笆（俗稱活籬），為了求其美觀外狀，「屋主人」常要將之整修得方方正正，偶有不聽話或不甘屈服的枝葉，竟妄想要冒出頭來的話，「喀嚓」，一定要被剪掉，是否這即是臺灣人無可擺脫的「悲運」？[3]

因為有鍾肇政這般的說明，故筆者才敢據以論斷《臺灣連翹》的命名，與《無花果》的取名，是同樣地深具創作不自由的象徵意義的。因為試看吳濁流在《臺灣連翹》的結尾，亦是帶有深意地如此寫到：

> 年輕的作家們，民國三十八、九年以後，你們應該比我有更深的經驗；更廣的見聞才是。我相信，這些都是你們的文學資本。有那麼一天，必定會百花燦爛，競相綻放的，我就這麼堅信著擱筆吧！[4]

由此可見吳濁流在撰述《臺灣連翹》時，除擇善固執地想為歷史存證言之外，我們也可以想像，他亦抱定那臺灣人在文學創作上不得自由的悲運，是可以擺脫的，而且也是應該擺脫的信念。不要像他們一樣，辛辛苦苦創作出來的作品，卻只能「躲在別人看不到的地方開花」，而且還要時時地受著「偶有不聽話，或不甘屈服就被喀嚓剪掉的悲運」之威脅。然而值得在此慶幸的是，吳濁流這點創作與研究自由的心願，終於能在解嚴後的今天，被完全地實現。

---

[3] 語見吳濁流著、鍾肇政譯，《臺灣連翹》之書名簡介，見頁底封面。
[4] 語見吳濁流著、鍾肇政譯，《臺灣連翹》，頁 273。

因此也不枉當年他執筆為文，而借「無花果」與「臺灣連翹」之意象，來象徵其所處年代創作不自由的那番苦心了。

貳、情節內容的象徵手法

對於吳濁流小說中的情節內容，最明顯也最能夠表現其象徵手法及技巧者，筆者認為應數〈歸兮自然〉及〈老薑更辣〉這兩篇短篇小說。由於不同的時代背景，及吳濁流對小說表現技法的進步成熟，因此使得這兩篇小說之象徵意義，及表現手法均產生極大的差異。由於所處環境及背景的不同，讓這兩篇小說得以代表吳濁流在日據時期，及光復後所分別展現出不同的象徵技巧，也使得我們得以從中看出，吳濁流在此方面表現技法進步圓熟之軌跡。而以下即據此兩篇小說，所分別展現的象徵技巧及目的，來析論吳濁流在橫跨兩個朝代時，是如何藉著他的小說創作，分別來表現其高超的象徵手法。

一、〈歸兮自然〉所表現的象徵手法

在本書的第三章第三節中，曾略為介紹這篇小說在表現手法上，實較日據時代吳濁流所創作的其他小說特異，原來吳濁流對於〈歸兮自然〉這篇小說的創作動機及目的，即未有如他在日據時代其他小說般作較清楚的說明，只曾在張良澤為他所集結的其他短篇作品，而出的單行本《泥沼中的金鯉魚》之自序中，自承〈歸兮自然〉這篇小說「受日本文學影響頗深。」[5]至於如何影響，受何啟發，則在文中一概未論。因此我們只得從其內容的描述中去推知論

---

[5] 語見吳濁流著〈泥沼中的金鯉魚〉自序，收於張良澤編《吳濁流作品集6・臺灣文藝與我》，頁204。

斷，此篇小說以「歸兮自然」命名，而且情節似也不離題地借貓族的自然本性，來對比突顯人類種種自私與虛偽的面目，並藉此來號召受人類豢養的同類，回歸自然的主旨。然而筆者卻認為，只要了解吳濁流從事小說創作的一貫動機，及吳濁流當時所處的時代背景，就應該知道其本意決不會只是要藉著這篇小說，來稱頌動物世界的自由自在，進而鼓勵人類回歸自然的生活那麼簡單。

關於吳濁流創作的小說，一貫以挖掘社會瘡疤來作為其主題的訴求，前面第四章已論之甚詳。因此在此，我們只要再來探討吳濁流創作這篇小說的時代背景，就不難明白吳濁流在這篇小說中，所欲傳達的象徵本意。根據吳濁流在〈歸兮自然〉結尾的附記所稱，這篇小說脫稿於民國二十五年七月三十日，而對照其年譜的記載，此時吳濁流應該是任職於五湖公學校的主任訓導。當然早已清楚於殖民教育的意義，並且從不妥協配合，因而一再遭殖民地教育當局貶謫，而始終流落在偏遠地方執教的吳濁流，在此之前，已曾不止一次地考慮要離開這個遭嚴重扭曲本質的殖民地教育界，然而終因經濟的考量而作罷。但是我們也可由此而體會出他心中所深埋的苦痛。因此一旦尋得發抒的管道，自會毫不保留地加以渲洩。他的第一篇小說〈水月〉，不正是此現象的最好詮釋。

只是這時，他也相當清楚於殖民地之政權，是如何地以各種殘酷的高壓手段，來對付異議份子。所以僅管內心對殖民政權產生極端的反感，而且也尋到一條發抒此不滿情緒的管道，然為了避免觸及時諱的尖銳性，故仍不能太過明目張膽地直指其非，以免為自己帶來不必要的困擾。於是他所想要突顯的問題，自然就必須透過象徵技巧的包裝，藉以來寄寓他對極權政治反抗的主旨。

基於這般的認知，因此一方面見他對人類陰暗性格的無情揭露，一方面卻也藉此，而引出文中那個頤指氣使的鄉村校長，來象徵高高在上的那個殖民地統治者。而貓自然是象徵在其支配者面前，那個動輒得咎，甚至有被滅種危機的臺灣人。因此當最後認清自己悲慘命運的貓主角，在號召同類一起離開人類所營構的虛偽世界，並高喊出：「唉！離開此地吧。跟長久住慣的家和主人離別吧。而歸去本來的老百姓的老頭子家裏去吧。」[6]這句語重心長的象徵語句時，即可完全明白吳濁流撰寫此篇小說的深切用意了。

然而如果小說就此打住，則吳濁流的象徵意象可說再清楚不過，但是吳濁流卻隨即又如此地寫到：

> 不！不！人們只戴著道德和宗教的假面具，那道德也不過使用於強制弱者的。吾輩不要依賴人間了。離開人間所做的虛偽的世界吧，而歸去蒼鬱的森林裏，跟野獸同樣在青翠的草木自然中談吾輩的戀愛吧，生吾輩的孩子吧。對人，吾輩太弱了。長久做人間的家畜才會遇到這樣的困難的。不需要受任何人間的恩惠。吾輩不要忘記了很久以前祖宗傳下的本領。恢復野性則沒有甚麼東西可怕了。甚麼地方都可以。人間可以住的地方，吾輩也可以住。人可以吃的，吾輩也有權利吃，造化主統治一切生命。也一定給與享受生命的權利，所以到處都是吾輩領域，總不會餓死吧。[7]

在這段說明之後，突然使我們產生象徵混淆的錯覺。因為根據前面所見的語意，「老百姓的老頭子家」是祖國的象徵，殆無疑義。然而卻在小說結束時，令人冷不防地冒出這樣一段話，這段話的語意，雖然也能符合小說一開始對人性所作的無情批判，或甚至符合

---

[6] 語見吳濁流著〈歸兮自然〉，收於張良澤編《吳濁流作品集 2・功狗》，頁211。

[7] 同上註，頁211。

「歸兮自然」的題旨。但是如此峰迴路轉的一段結語，則除非這篇小說根本未有前述所謂的象徵意義，而只是吳濁流對人性不滿所發抒的一段牢騷話，才能說得通。可是我們卻又隨即看到，當貓主角的男朋友「白兒」被丁老師打死時，吳濁流又在小說中，作這樣的告白：

> 我慘然不語，憤怒之餘全身的毛都豎了起來。做老師的人也吃起貓，真是可惡極了。嘴巴還說博愛或人道，把吾輩的愛人殺掉，還來吃他的肉，實在仇不共戴天了。我決不是怕丁老師，但他們拿著武器，我怎能不怕呢？我只咬緊牙關把哭不完流不盡的淚水往肚裏嚥下去。[8]

在此貓如果沒有象徵臺灣人的意味，那麼何來這段類似影射殖民地統治者殘暴形象的控訴。因此筆者認為，這篇小說絕不可能完全沒有象徵意義的，然而吳濁流卻在號召臺灣人起來反抗支配者無理統治，而回歸祖國的象徵意義之後，又緊接著道出「人們只戴著道德和宗教的假面具，那道德也不過使用於強制弱者的。吾輩不要依賴人間了。」這樣一段話，言下之意，似乎也將祖國的政權摒斥在外，而大大地減低其象徵手法所能得到的效果。因此如果不是吳濁流在這時的象徵技巧之未臻成熟（畢竟這時仍是吳濁流小說的摸索階段），則另一解釋是這篇小說雖完成於日據時代，然而自譯成中文時，卻是在光復之後，基於吳濁流在光復後對國府政權的有所不滿，及曾將日文自譯成中文時，有改變原意的先例[9]。所以在此

---

8 語見吳濁流著〈歸兮自然〉，收於張良澤編《吳濁流作品集 2‧功狗》，頁209。

9 關於吳濁流將日文改譯成中文時，對日文原意有所變更的〈泥沼中的金鯉魚〉，其動機及目的，請參閱本書第六章第一節〈泥沼中的金鯉魚〉改譯中

將他所厭惡的政權，以人間來象徵，亦不無可能，只是我們沒有原日文來作佐證，只能有此猜測罷了[10]。

二、〈老薑更辣〉所表現的象徵手法

前面所析論的〈歸兮自然〉，是日據時代吳濁流運用象徵手法，來表現其對殖民地政權的唾棄，並藉以號召同受壓迫的同胞，起來反抗日本帝國統治的代表之作。而完稿於民國五十二年六月三十日的〈老薑更辣〉，則無疑地是光復後，吳濁流復運用象徵手法，所從事小說創作的最極致表現。〈老薑更辣〉原本是描寫為歡送主角金岩伯的第三個孫子阿真出國留學，而舉行的餞別宴開席前，來參加宴會的舊省長自峙識見超群，而想要以此來「教訓」金岩伯，卻反被金岩伯「守舊思想的言論」訓得「無言可對，口呆耳赤地頭也低垂下來」的一場鬧劇。

然而也就在金岩伯與舊省長這段相互對話的情節中，吳濁流相當技巧地將他對當時社會所普遍充斥的崇洋風氣，及臺灣文壇八股抄襲文風的隱憂，藉著象徵的手法，同時將它清楚地呈現在我們的眼前。如此高明的象徵技巧，遑論五、六〇年代的寫實作品，即如今日的文學創作實亦不多見。而以下筆者即據〈老薑更辣〉的情節內容，來析論其所分別象徵的兩層意象。

文後與日文原意不同的問題，在那裏有較深入的探討與說明。所以在此筆者即有理由懷疑〈歸兮自然〉在改譯成中文時，原意是否亦有所變更。

10 因〈歸兮自然〉之原日文創作在日據時代並未發表，所以在此讓我們無法獲得原日文，來作為此項論點的佐證，然待日後吳濁流原稿有緣問世之後，真相自可大白。

1. 崇洋社會的象徵意象：

毫無疑問地，五、六〇年代，出國留學一直是被臺灣的大學生視為求學的最高目標，同時也是被學生家長視為是最能光耀門楣的大事。因此〈老薑更辣〉一開始，就描寫阿狗為了其第三個兒子阿真，即將步其兩個哥哥出國留學的後塵，而興高采烈地為他舉行餞別宴。來參加這場餞別宴的所有人，也都是笑容滿面地為主人家高興，只有金岩伯孤單地坐在後堂，痛心地不斷在嘆氣。按理說金岩伯應為他家能同時出現三個優秀子弟，而慶幸不已才是，為何獨排眾議地在房中嘆息呢。這時吳濁流即時地安排，那言語足以代表世俗觀念的舊省長上場，由他來引出金岩伯之所以不苟同於世俗觀點的真正原因。

故當舊省長被接待人員，設法引導到後堂與金岩伯見面時，他便迫不及待地表現出世俗之人對於留學生的欽羨、嚮往之情，因此他才會相繼說出：

> 金岩伯，恭喜恭喜，賢孫個個都很聰明，出國去將來一定為國家、為民族爭光。」、「出國不是容易的事，去到美國深造，過幾年拿到一個博士回來，豈不是為國爭光呢？一定有所貢獻國家民族。」、「出國深造是讀書人最高目標，你還不曉得，這樣的喜事應該恭賀，應該還要做戲請客的。」、「出國不容易，不是想出國就可以出國的，大學畢業還要考試，考試也不是隨便，幾千人錄取幾百個而已，現在大學畢業生很多，大家都想出國，豈是普通人材就可以出國呢。[11]

[11] 以上諸語，俱見吳濁流著〈老薑更辣〉，收於張良澤編《吳濁流作品集3・波茨坦科長》，頁285-286。

然而卻得到金岩伯一句句的「總是沒出息」來反駁。而這樣的一句句「沒出息」，不正是吳濁流有意要對滿心功名利祿的世人，所當頭澆下的一盆盆冷水嗎。他要我們重新去思考，出國留學真的是那麼光榮的一件事嗎？真得是那麼值得慶賀與追求嗎？當然這樣簡短的呈示，自然還無法喚醒世人對留學嚮往的迷思。因此吳濁流仍立刻讓金岩伯，再度舉出他已在國外的兩個孫子之行徑，來作說明。也讓我們知道，何以金岩伯會那麼反對其孫子出國。

> 我的大孫子阿忠去了五、六年，也沒有回來一次，這還不算奇，他就地取材，拾到一個外國女郎就結婚，已經生孩子，現在在美國教書，這個沒出息，連家都不愛。第二個孫子阿善三年前去美國，還是做小使（工友）掃庭園洗廁所，聽說還要幫忙洗碗，這個下賤貨，講留學，其實還是作小使。[12]

金岩伯的大孫阿忠，我們就不用說了。可是一定會有人因金岩伯臭罵為減輕家裏的負擔，而去打工當「外國人小使」的阿善是下賤貨，而為其大抱不平。然而我們要知道，金岩伯責罵阿善的原意，絕不是見不得自己的孫子，去做別人眼中的輕賤工作。因為只要見他在責罵阿善的同時，卻又說到：

> 他骨賤到這樣，要做小使洗廁所，倒不如快快回來，代理他的爸爸擔尿桶耕田還有人說他是孝子。[13]

---

[12] 語見吳濁流著〈老薑更辣〉，收於張良澤編《吳濁流作品集 3‧波茨坦科長》，頁 286。

[13] 同上註，頁 287。

可見金岩伯眼中下賤的地方，並非洗廁所本身，而是在於他洗的是外國人的廁所。在此言下之意，金岩伯所看不起的，實在是象徵那見到外國人就卑躬曲膝，思想奴化的洋奴阿善。

而反思當時社會如阿善這般看到外國人，就好像看到自己祖宗的洋奴，究竟有多少呢。其實那些參加阿真餞別宴在場所有歡欣的賓客，包括鎮長及舊省長，皆難逃此項洋奴之指責呢。當然這其中又顯然以舊省長的行徑，更足以成為這類世俗社會普遍崇洋媚外的人物之代表。因為在他與金岩伯的對談中，我們見到他雖然句句都不離要「報效國家」、「為國家建設」、「為國家爭光」，但他的前提條件卻是「生在這個大時代，不是吸收外國文化，不能為國家建設的。」[14]的謬言。

然而當金岩伯反問他的五個孩子，在美國都已拿到博士學位了，為何均還不見其回來為國效力時，卻得到舊省長如此與本心矛盾的回答：「噢，他們要再深造。」「深造何用？」「將來為報效國家用的。」為何要等到將來，難道現在國家就不需要去報效。在此吳濁流確實是想利用如此矛盾的言論，真切地將當時那些充斥於社會各階層崇洋媚外人物的真實心態，和盤地道出。但是我們更清楚於他實也有意要讓我們明白，也就是這種心態，使好不容易由日本統治下的殖民地位爭脫出來的臺灣，卻要再度淪為「精神上的殖民地」，這叫他如何不為下一代的出路及國家的前途，而憂心忡忡呢。

2. 臺灣文壇的象徵意象：

如果讀者明瞭五〇年代臺灣文壇的實況，那麼在看到這篇小說的內容時，除感受到吳濁流對社會上那些崇洋媚外的人物之鄙視

---

[14] 同註 12，頁 285。

外，也必會對他在文中所透露出，對當時臺灣文壇表現的失望，印象深刻吧。當然這絕非是筆者無根的猜測，因為據與這篇小說略為同期的隨筆創作中，我們不止一次地看到吳濁流對五〇年代臺灣文壇現況的批評。而這其中批判最力的，不就是那些只知模仿歐美文風，而不思尋求自立的買辦文藝家[15]，及以反共八股為創作訴求的口號專家[16]。而正好我們在這篇小說的情節內容中，也能找到吳濁流對這類買辦文藝家及口號專家批評的象徵意象。

前面我們曾將阿善看成是當時社會洋奴的象徵，但如果我們繼續看下去，會發現吳濁流竟將阿善的地位，與娼妓做對等的比喻：

> 你說沒有錢就要做小使，若是女人就要當婊子，……你要知道，女子做過一回壞，人家就要嫌她下賤，當過外國人的小

---

[15] 吳濁流在〈漫談臺灣文藝的使命〉中，就有一段如此寓意深長的評論，他說：「以現在我們固有文藝，雖為我們大多數的青年所否定，可是外國人還認為有價值的東西存在，拿去補救他們文藝的短處。由是觀之，外國人對我們的文藝尚且採取科學的態度，而我們大多數的文藝家，只知追隨外國，尋新探異的態度來模仿，可是任你如何巧模也不能超過外國文藝家吧。所以我希望文藝家應該採取科學的態度，對外國的文藝要嚴密檢點，有無比我們的文藝所長的，又觀察我們的文藝缺乏那一種的要素，才可以取外國的長處來補缺，若不是這樣做，只好永遠做外國人的徒弟吧！」《吳濁流作品集6•臺灣文藝與我》，頁18。由此可見吳濁流對國人模仿外國文風，早存不滿之心，但他也提出他所認為的應先注重自己固有文藝，再尋求外國文藝之優點，來充實自己文藝的解決之道，而不應只一味模仿了事。

[16] 吳濁流在〈要經得起歷史的批判〉一文中，就如此毫不客氣地批評那些反共作家：「我一向懷疑那種『口號』背得滾瓜爛熟的什麼『家』、什麼『人』，他竟還有愛國心？做為一個文藝家，應該懂得他們從事寫作的真正使命，不是『蠅營狗苟』地去鑽求現實政治上的利益，也不是藉『玩弄文藝』以求田問舍，我們的國家，我們的百姓，都需要文藝來滋潤，俾可洗掉『文化沙漠』的恥辱，也可使因『荒漠甘泉』而產生沃野綠洲。賣弄口號，只有使『戈壁』的面積更為擴大。」《吳濁流作品集 6•臺灣文藝與我》，頁54-55。

使，你講不賤，還能保持人格。若是我老人家的見解，女子做過一回壞，人就卑視她下賤。[17]

當然，吳濁流這樣將阿善與娼妓做對等的比喻，是絕對有其深意的。因為試看他在〈我設文學獎的動機和期望〉一文中，如此說到：

五四運動之後，我們的青年崇拜西洋文化，產生奴化思想，連固有文學都被視為落後，不值一談，棄如垃圾，一切主張西化，模仿西洋文化，以致我們的固有文學停頓於唐宋時代，不能進展。[18]

又在〈詩魂醒吧〉一文中，說到：「現在新詩人的作風，不是恢復詩人的絕對自由地位，是模仿歐、美、日的詩人來騙國人。」[19] 又說：「模仿而奴化，不但詩人與作家，整個社會都是一樣。」[20] 而在〈看雞栖王的作風〉中，更將那些賣辦詩人比喻為洋娼婦了。他說：

現在的新詩作家，大多數好像好奇，好新傚顰的老處女一樣，一味模仿，見人整型她就整型，割雙眼皮、隆鼻、隆胸——無所不做，……最近他穿著最短的迷你裙，濃粧艷抹在街上徘徊。「媽媽，妳看那個姑娘穿的裙子，比隔壁酒家的

---

17 語見吳濁流著〈老薑更辣〉，收於張良澤編《吳濁流作品集 3‧波茨坦科長》，頁，頁 287。

18 語見吳濁流著〈我設新詩獎的動機和期望〉，收於張良澤編《吳濁流作品集 6‧臺灣文藝與我》，頁 31

19 語見吳濁流著〈詩魂醒吧〉，收於張良澤編《吳濁流作品集 6‧臺灣文藝與我》，頁 104。

20 同上註，頁 110。

> 娼妓更短了。」被一個小孩指出，才覺自己的身價貶落千丈，已與洋娼妓差不多了。[21]

綜合以上種種意象的聯想，因此我們可以清楚地看到阿善在這裏，又成為象徵那些抄襲模仿歐美的文藝作品，以為自創而來欺騙國人的「買辦文藝家」。因為那些買辦文藝家，不正是洋奴另一面型態的極致表現嗎。最後吳濁流顯然又以那些洋奴死後的魂魄，來象徵那些買辦文藝家，所創作出來的作品最終之下場：

> 天下若沒有中國人的天堂，基督教是西洋人的，天堂就難免有頑固的份子。……你死後的靈魂，頑固份子那肯讓給你進去呢？此時才知錯了也沒有辦法。再想要去西方的極樂世界，你又是異教徒，佛門又知道你已信基督，又不知你因何緣故，一定叫你要返回天堂，但天堂回不得，西天極樂世界又去不得，此時才曉得回祖堂吧！但因為你反逆了祖宗，祖宗雖讓你進去，此時難免蔑視你沒出息吧。兼之你的子孫變番子，無人來祭你，這時你知錯，連有應公也不肯讓你進去了，只有九重地獄可去吧！[22]

而如此的魂魄無歸處，不正說明吳濁流有意告訴我們，那些買辦文藝家所販製的仿冒品，雖然一時可以讓他們互相標榜，自我陶醉，但終究經不起內行人（天堂中的頑固份子）的嚴厲批判。因為畢竟：

---

[21] 語見吳濁流著〈看雞栖王的作風〉，收於張良澤編《吳濁流作品集6·臺灣文藝與我》，頁99-100。

[22] 語見吳濁流著〈老薑更辣〉，收於張良澤編《吳濁流作品集3·波茨坦科長》，頁290。

> 所有能模仿的東西，不過僅是手法與形式而已。其作品永遠都仰人鼻息，而不能自主。模仿「法」，模仿不了法國的知性，模仿「德」，模仿不了德國幽玄的神祕，模仿「英」，模仿不了英國典雅的現實性，模仿「日」，也模仿不了日本箱庭式的情調。[23]

這些模仿的作品，既不能歸之於法國知性的系列，又不能歸之於德國幽玄的神祕，而最後想回歸中國的傳統，卻又聞不出有任何的中國味來，那麼最後不是只有落得被丟進垃圾桶的命運嗎（正如魂歸無處，最後只有到九重地獄去一般）。

至於橫行於五〇年代，以反共八股為創作訴求的口號專家，我想又非如舊省長這位「忠君忠得好像只此一家，別無分號」的人物來代表莫屬。因為這類口號專家說過來，論過去，不都只是扛著「反共抗俄，殺朱拔毛。」那一套標語牌，任誰聽了能不厭膩嗎？無怪乎吳濁流會對舊省長的為人，作如此地描述：

> 他是一好說話的人，無論什麼場合都有很多話可說，不過，他的話是很刻板的。地方不大的鎮上，兼之他住了已經十餘年，大家已知道他那一套的內容，現在也不感興趣了。[24]

這樣的一段話，不是對那些霸佔臺灣文壇十數年的反共八股；和口號文學的一種絕妙象徵嗎。故當這位口號專家，還在喋喋不休地教金岩伯要如何愛國時，吳濁流當然要藉機而大發雷霆：

---

[23] 語見吳濁流著〈詩魂醒吧〉，收於張良澤編《吳濁流作品集 6‧臺灣文藝與我》，頁 131-132。

[24] 語見吳濁流著〈老薑更辣〉，收於張良澤編《吳濁流作品集 3‧波茨坦科長》，頁 284。

> 你見到我就教我，為國為民，你的思想底下，國家就是你自己所有，他人無份，單單你自己為國，他人所想、所做就是不為國。教人為國，你看我們像小學生，教我為國;但你自己也要檢討一下，是否真心為國，還是借其名來吃飯呢？我們耕田人，天天做活，想為國又做不到，良心話說一句，我們所做所為，都是為自己。不像你們做過官，句句為國為民。但我看你，所做所為，都沒有特別為國為民的事實，徒然用口舌來為國而已。[25]

這些話，不也正暗指「出入有關機構，蠅營狗苟，既弄文藝形式和政治口號賣錢，並以此為正業」[26] 的那些反共口號專家的文藝事業嗎。如吳濁流這般辛勤筆耕的文人，卻得落得孤坐斗室，而去憂心那象徵整個中華民族傳統文化薪傳的「香煙」之斷絕問題，想來豈不真令有心人痛心。因此在此不論是崇洋社會，或臺灣文壇的象徵，究其實這兩層意象，皆是建立在吳濁流所憂心的「下一代究竟要變到什麼樣呢？」這句充滿疑惑，卻又不失關懷的話上。故由此也令我們更明白，為何吳濁流在完成這篇小說的次年（即民國五十三年），大病一場後，仍毅然決然地創辦《臺灣文藝》，將心願化作實際的行動，以真正為延續臺灣新文學的傳統而努力。

---

[25] 語見吳濁流著〈老薑更辣〉，收於張良澤編《吳濁流作品集 3・波茨坦科長》，頁，291。

[26] 語見吳濁流著〈要經得起歷史的批判〉，收於張良澤編《吳濁流作品集 6・臺灣文藝與我》，頁 54。

第二節 吳濁流小說中的諷刺筆調

除象徵手法的展現之外，我們在吳濁流的寫實小說中，幾乎隨處可見到他對其小說反面人物行為的嘲諷，這是初次研讀吳濁流小說時，所必能獲致的較深刻之印象。而吳濁流之所以勤於在其小說中，表現出他對人性惡行或愚行的諷刺，毫無疑問地，一半出自於他那嫉惡如仇，容不下人間任何罪惡的剛烈性格。一半則應來自他的認知，他十分明白那嘻笑怒罵的諷刺筆調，遠比義正詞嚴的八股說教，更易於令人動容。所以他對諷刺技巧的偏好，連部份小說的篇名，亦都能巧妙地加以運用。

壹、篇名文字的嘲諷意象

在吳濁流所有小說的篇名中，最具諷刺意味的，自是以「功狗」一詞，來嘲諷為殖民地的教育，無私奉獻其所有心力的洪宏東之行為。因為站在殖民地統治者立場，洪宏東為支配者所盡忠的程度，以一個「功」字，來褒揚其行事作為實不為過，但若站在殖民地被支配者的立場，洪宏東的甘心服從支配者之差遣，來散播那個本質欲將臺灣母國文化連根拔除的殖民地教育，則又以一個「狗」字，來貶斥其行徑亦不為杵。因此在此，我們可以很清楚地感受到「功狗」在詞意上明顯的諷刺意味。當然尚有較不明顯地藉篇名文字所顯現的意象，來展示其嘲諷之意，如「波茨坦科長」，這個吳濁流所自創的新名詞即是。在我們的認知中，這個世界上曾出現過「波茨坦宣言」，這樣具有歷史意義的專有名詞，而並無真有所謂「波茨坦科長」這等頭銜。但是吳濁流對波茨坦的取義，卻又有意地說明兩者之間，所存在的不可析離之關係，因此如要確切了解波茨坦科長的真實含義，實不能不先了解波茨坦宣言的歷史意義。

「波茨坦宣言」原是在一九四五年七月二十六日，由中、美、英三國（後來蘇聯亦加入），為敦促日本帝國主義無條件投降，所共同簽署的公告。此宣言第八條曾重申：「『開羅宣言』之條件必將實施，而日本之主權將限於本州、北海道、九州、四國及吾人所決定之其他小島之內。」故此宣言之公佈，無異即宣告日本將退出其所侵略的一切別國領土，這當然也包括中國的臺灣及澎湖列島。而戰敗後的日本帝國，隨即在一九四五年九月二日向盟國簽字的「日本投降條款」中，亦曾明言日本必須「承擔忠誠履行波茨坦公告各項規定之義務。」如此說來，臺灣的重回祖國懷抱，自然完全要拜此宣言之賜了。

然而當你看完吳濁流〈波茨坦科長〉中的如此小序：

> 在這個世紀裏，最偉大的事物也許要算是波茨坦宣言了。因為它是正當全世界，十數億人在瘋狂地流血流淚在爭鬥的時候，被宣告出來的。因了它，著實產生了好些東西，曰：波茨坦將軍，曰：波茨坦政治家，還有波茨坦博士、板茨坦教授、波茨坦暴發戶、波茨坦社長等等。而我們的波茨坦科長正也是其中之一。他的容貌聲色雖不無有異之處，而其為可喜可賀的歷史的產物，卻是無可置疑的。[27]

相信一定會莫名其妙的，因為以我們所知，波茨坦科長在吳濁流筆下，明明是中日戰爭下所製造出來的一個典型負面人物。中日戰

[27] 語見吳濁流著〈波茨坦科長小序〉，收於張良澤編《吳濁流作品集3・波茨坦科長》，頁1。

後，他以成為漢奸的智慧，逃過祖國的追捕，並一變而為祖國來臺的接收大員，當然他在來臺後的所作所為，對臺灣人的傷害是有目共睹的。然而何以吳濁流卻要在此篇的小序中，聲稱他為「可喜可賀的歷史產物」呢？原來這又是吳濁流諷刺技巧的絕妙表現。因為當我們將小序與作品同時對讀之後，不既能立刻明白吳濁流的弦外之音，言外之意嗎。

臺灣因著波茨坦宣言而得以重回祖國懷抱，確實是多數臺人五十年來日思月夢的企盼之實現。但是又因著臺灣之光復，而得以前來參予接收臺灣事宜的祖國人士，有多少是如波茨坦科長般，只圖來臺圓其五子登科的迷夢，根本無視甫由殖民地桎梏掙脫出來的臺人，對祖國人士的孺慕之情，及對「有誠意的政治」之渴望。因此臺灣之光復，臺人未受其利，卻先受貪吏酷政之弊，而終引發光復初令人遺憾的二二八事變。縱觀當時時局發展的吳濁流，也因此而深深體會出世事上看似最美好的事物表象下，亦也同時隱藏著許多醜惡的事物。臺灣的光復雖帶給臺人美麗的願景，卻也同時展現部份來臺接收人員的醜態。玉蘭的善念卻也同時更加突顯范漢智的惡行。於是真真假假，虛虛實實的意象，就在其小說所刻意地相互錯位下，而達到吳濁流所欲傳達的諷刺效果。所以吳濁流藉著這篇小序別出新意的提示，確使我們在此篇小說所著意的諷刺訴求中，感受到它畫龍點睛的作用。

貳、情節內容的諷刺筆調

對一個有意以諷刺來發抒他對週遭所處環境及人物不滿的作家來說，諷刺的表現，確實是有必要去講究相當技巧的，而不應只是粗俗地謾罵那般的簡單。因為「直叫一個歹徒或惡棍是多麼容易，可是要有機智的叫才好！因為要使人顯得像傻瓜、愚人或騙子，而不使用這些辱罵人的話，卻是多麼困難。」然而縱觀以下吳濁流所運用的種種諷刺技巧，顯見他確實已具備這般讓讀者會心微笑，卻令被諷刺者跳腳的功力了。

一、藉語義的含混所展現的諷刺

此類的諷刺技巧，最主要是利用傳述者有意的含混語義，來達成其諷刺的效果。其中有較為簡易的，如嘲諷江大頭狐假虎威地假借鄉民代表的名銜，卻遂行其欺壓鄉民之實。即借用鄉民之口而道出：

> 噢！大頭伯，我們還不知道代表就是官？升了官，算來不是人了。[28]

短短地一句明昇暗貶的話，即鮮活地道出吳濁流對這類不配為人的人物之鄙視。

然而運用含混的語義，亦有較為複雜的，如嘲諷利用省議員選舉，而買、賣票索賄的那幫縣議員可鄙的行為。當江大頭為競選省議員而向沈、范兩縣議員商討賄金事宜時，雙方初步敲定一票三萬五千元。但又不放心於對方的誠信，於是由牽線的天生伯提議，到觀音娘娘面前立誓。而吳濁流即在這時，巧妙地安排范議員如此的誓詞：「觀音佛祖，大慈大悲……我這一票若投給別人，一家死絕。」來取信於江大頭，結果這個范議員不但拿了江大頭的定錢，還到處去發誓，一票賣給數主，得了橫財十數萬元，因而一時被人綽號為

28　語見吳濁流著〈狡猿〉，收於張良澤編《吳濁流作品集 3・波茨坦科長》，頁 76。

賣票議員。日後這個賣票議員將他到處立誓所騙得的這筆橫財，去建築成一所洋樓，樓中並奉祀觀音佛祖。於是有人便開始批評，連觀音佛祖亦會楷油，為什麼沒有責罰他。直到後來有人傳出才知道，這個賣票議員當時發誓的情形是這樣的。他說：

> 觀音佛祖，大慈大悲……他說了大慈大悲以後，就不出聲而暗念：「不可責罰我，賺了錢我起一間洋樓來奉祀你。」在旁的江大頭只聽到他停頓了一下，那知箇中還有文章。一會兒范議員復出聲接著唸下去：「我一票若投給別人，一家也死絕。」他又未指定投給江大頭，所以難怪觀音娘娘依誓，也不能責罰他了。[29]

吳濁流對這類人格卑劣之人物諷刺效果，也就透過如此的含混誓詞，完全將其顯露無遺。這樣的諷刺筆調，不但能令讀者會心一笑，筆者認為，連遭此無枉之災的觀音佛祖，恐怕也要為此，而大嘆神佛難為了。然而這樣的諷刺技巧，不論是簡易或複雜，無疑地均是最能展現出諷刺者巧思的絕妙筆調。

二、藉對比而展現的諷刺

吳濁流小說中所慣用的第二種諷刺技巧，是利用不同類的事物，來加以比較，並從比較中套出矛盾，以達到諷刺的效果。而這類諷刺技巧，吳濁流早在日據時代創作〈功狗〉這篇小說時，即已能運用自如，且頗見功力了。然而這裏所利用對比而展現的諷刺效

---

[29] 語見吳濁流著〈狡猿〉，收於張良澤編《吳濁流作品集 3・波茨坦科長》，頁 166。

果，其嘲諷的對象，不是如上述針對人性的醜惡，而是人性的愚昧。如洪宏東在因肺病被免職後，躺在床上胡思亂想時，吳濁流就藉其五歲之幼子純真之口，來敲醒他那尚陷入後藤新平特為臺灣人所鋪設的政治陷阱（追求功名的迷思）中。試看下面這一段洪宏東與其幼子的這段對話：

> 「爸爸叫我做什麼？又有糖果給我嗎？」
> 「今天沒有糖果」
> 「啊！這是什麼東西？」
> 「那是退職令。」
> 「這樣美麗，很像大鈔票，這可以拿去買糖果？」
> 「不行，這不是大鈔票，怎可以買東西呢！」
> 「噢，都是沒用處的東西，可是很美麗，爸爸這也做一個相框來掛在壁上，給人家看好囉。」
> 「這是退職令，是不能掛的。」
> 「可是，那壁上掛的統統都是一樣嗎？」
> 「不，不一樣，那些是獎狀，統統都是很寶貴的東西。」
> 「好，那麼那個獎狀可以拿去換糖果嗎？」
> 「三八，那個也是紙的。」
> 「噢，都是毫無用處的東西。」[30]

原來那褒揚他對殖民地教育盡其愚忠的獎狀，與斷送他生計的退職令，在本質的意義上並無不同。當殖民地上的統治者需要利用你的勞力時，惠而不費地提供許多美麗的獎狀來褒揚你，但是一旦他們認定你是累贅而不再需要你時，也是惠而不費地以一張漂亮的

---

[30] 語見吳濁流著〈功狗〉，收於張良澤編《吳濁流作品集 2•功狗》，頁 46-47。

退職令，來斷送你一家的生計。而且大人眼中視為生命榮耀的獎狀，竟還不值小孩眼中的一分錢呢，據此我們也可以看到吳濁流藉此對比，來達到諷刺效果的手法之高明。

三、藉類比而展現的諷刺

吳濁流第三種諷刺技巧，是藉相同或類似事物之比較，並從比較中發現虛偽或矯飾，以突顯其所欲達到的諷刺效果。而這類諷刺技巧最好的利用對象，自然是以錢新發為主的那些配合殖民地上的統治者，對於其所推行之皇民化運動的盲從。然而為了更清楚皇民化運動的這些盲從者之真實心態，以方便我們作同類的比較，因此不能不先對這類人物的代表錢新發，其生平作一簡單介紹。

〈先生媽〉中的錢新發，原是K街的一位公醫，因為懂得宣傳，又會對患者適時地表現他的偽親切、假好意，因此雖然沒有精通過人的醫術，卻能騙得人們的信任，而為他贏得萬貫家財。然而錢新發雖擁有如此的財富，卻因為少時的貧苦經驗，令他養成一種超乎尋常的愛錢癖。如干涉其母親的施米，就是這種癖性的完全顯露。但是他也有另外一種廣為人知的慷慨表現，那就是凡有關名譽地位的事，他都能夠不惜千金地捐獻。當然明白內情的人都知道，這種捐款，還不是為了其業務起見，終不出於錢新發自利的打算。但是話又說回來，那些純粹出於自利的舉動，卻也為他博得不少的好評，因此當地的如公醫、矯風會長、協議會員、父兄會長等種種名譽職的公務上，沒有一處會漏掉他的姓名。所以他的行為，就成為K街的推動力，基於此，當總督府當局為推展皇民化運動，而施行的國語家庭、改姓名運動時，自然也以他為馬首是瞻了。

然而顯然錢新發也視皇民化為擺脫殖民地上被支配者命運，成為階級高於同胞一等的難得機會，所以他的皇民化確實施行的很徹底。首先他將房子改造成日本式的格局，再將自己的姓名改為金井新助，並穿上和服，正式地過起純日本式的皇民生活。不但如此，他還選擇在每晚飯後，將一家人召集在一起，互相研究如何做個更道地的日本人。照理來說，這樣的皇民化路途，在錢新發的努力倡導之下，應該是相當平坦順遂的，可是在錢新發的心中，卻存在著二個極大的困擾，第一就是他的母親先生媽的堅持固守臺灣人生活之傳統，始終都不肯認同妥協於錢新發所熱衷倣效的日本文化。雖然錢新發也曾費盡心思地希望先生媽學說日語、穿和服、住日本房子，但總遭先生媽的強烈反對，面對如此頑固的母親，「錢新發怎麼憔悴，怎麼侷促，也難改變他母親的性情。若是強行，一定受他母親打罵。」[31]但這終究還是可以忍受的，因為只要他不去逼迫先生媽，先生媽也沒有刻意去干涉，他所從事的這種背典忘祖的皇民化運動。所以錢新發在他所能想像得到，如何成為更道地的日本人之範圍內，他還是可以努力地去實踐的。

那麼最讓錢新發虛榮的自尊心遭受嚴重打擊的，原來是原本只有他金井新助和大山金吉二位地方士紳視為專利的皇民化運動，卻隨著當局不斷地放寬限制，一下子使得皇民激增，而且不但人多，質又劣，連剃頭的、補皮鞋的、吹笛賣藝的也都改了姓名，作日本皇民了。錢新發的改名金井新助，其打的如意算盤，就是希冀藉此而自外於臺人之列，以彰顯自己的高人一等。如今則連職業最低賤的臺灣人，都能位列皇民，叫這用盡一切努力成為日本人的皇民新貴，如何不著惱地自承：

---

[31] 語見吳濁流著〈先生媽〉，收於張良澤編《吳濁流作品集 2‧功狗》，頁 109。

> 他迄今的努力，終歸水泡，覺得身份一瀉千里，如墜泥濘中，竟沒有法子可拔。沈痛許久，自暴自棄地向大山氏說：「衰，真衰，全然依靠不得，早知這樣……」不知不覺也吐出真言。他的心中恰似士紳的社交場，突然被襤褸的乞丐闖入來一樣了。[32]

當然吳濁流諷刺那些盲目參予皇民化運動的臺灣人之嘴臉，也就在這類人物的代表錢新發自覺受騙後，所不知不覺地吐出的真言中，諷刺不就已達到其最大的視聽效果了。

在吳濁流的回憶錄中，讓我們知道這篇〈先生媽〉，原本就是用來嘲諷皇民化運動的泯滅人性，及臺灣人基於現實利益，而盲目奉行的愚昧行為。並且就在小說完稿後，他也確實將它拿給日本人看，最後還在中日戰爭最激烈的時局裏，將它發表於《新生報》。而就在今日，我們在觀看文中利用高明的諷刺筆調，來對皇民化運動作全盤否定之陳詞時，真不得不佩服於這位先輩作家，所深具有的高超寫作技巧及道德勇氣呢。

四、直言諷刺

吳濁流第四種，也是最明顯的寫作技巧，是不像前面三種所採取迂迴或比較的方式，而是直接對欲嘲諷的對象，所表現的越軌行為，採取所謂的直言諷刺，其諷刺效果，也就在諷刺者的直言中被顯現出來。如吳濁流對陳大人為惡報應之敘述，即是其直言諷刺的最好例子：

---

[32] 語見吳濁流著〈先生媽〉，收於張良澤編《吳濁流作品集 2•功狗》，112-113。

> 所謂人情似紙薄，一聽到陳大人下臺，便落井下石，其中受到陳大人的虧的人們，欲雪前恨，就設法撥弄陳大人的妻女。……不多時，阿菊和陳大人前妻所生的女兒，就在後車路暗中賣淫了。[33]

阿菊本來就是陳大人的姘婦，為人作賤也是無話可說，最可憐的是陳大人與前妻所生的女兒，此女何辜，因其父親為惡，而現世報在女兒身上。吳濁流確是有意令為惡者知所警惕，然而最為諷刺的，應是描寫陳大人出獄後歸來的情境：

> 過了大約兩年，一天黃昏時候，有一個像乞丐般的中年男子，來到阿菊門前躇躊逡巡不敢直入阿菊家。這個男子散髮蓬蓬，顴骨高聳，眼色無光，在陳菊門前踱過來踱過去，徘徊良久才踏入阿菊家裏。當時嫖客滿座，阿菊艷裝嬌態，笑嘻嘻的，正在款待嫖客，與嫖客甜言蜜語，說到情長意蜜的。正在此時，闖入一個乞丐，阿菊一見，內心驚惶，呆了半响，然後假裝毫不相識，仍然繼續和嫖客說笑。乞丐看到阿菊全不理他，不禁怒氣沖天，大聲一喝。「莫迦，我是陳英慶，你們還不知道。」聲勢雖然很大，但四房的嫖客無一驚惶，大家知道阿菊是從前陳大人的姘婦，不是他的妻子，陳大人那有權利可管呢？大家看到陳大人不比從前，有似喪家之犬，不覺大笑，反而加以嘲笑一番。婊子無情，阿旦無義，婊子在嫖客面前，那肯承認像乞丐的陳大人為丈夫？為了避免嚕嗦，阿菊也不示弱，大聲喝道：「你這乞丐給我滾出去！」陳大人聽到雖然大怒，也不比

---

[33] 語見吳濁流著〈陳大人〉，收於張良澤編《吳濁流作品集2．功狗》，頁78。

從前那樣的盛氣威風，因為坐獄已久，當年的蠻威已消失殆盡，更鼓不起當年陳大人的豪氣了。過了半晌，他終於垂頭喪氣地走了。[34]

兩年後的陳大人雖然出獄了，然已淪為乞丐，想回到從前姘婦的身邊，不料卻被滿坐正要嫖他姘婦的嫖客大大嘲笑一番，又被姘婦如趕野狗般地無情逐出，末了還要被迫聽到兩個工人正要去嫖他姘婦的詼諧對話。這時已失昔時勢力與勇氣的陳大人，也只能罵一句「莫迦野郎」，不得已依然拖著重重的腳步，在黑暗中蹣跚地走了。陳大人為此情婦而倒臺，最後還遭此情婦如趨趕野狗般地逐出，當然諷刺的效果，從意氣風發的陳大人，到垂頭喪氣的陳乞丐之過程中，不是很自然清楚地被彰顯出來。吳濁流如此筆調，除令人拍案叫絕外，確實也深具啟迪的作用，使我們讀後能知所警惕，切莫成為諷刺作家下一個嘲諷的對象呢。

討論這麼多吳濁流的諷刺技巧，最後筆者想以一位西方諷刺詩人朱汶納爾的如下名言，來為吳濁流的諷刺筆調，作一「象徵」的結論：

任何題材都有被諷刺家利用的可能。諷刺家不關心事物的本身，而是關心人們對事物的態度。當人們的態度變得失卻常態，諷刺家便起而糾正之。他以使我們以恢復我們的神智清明，我們有時笑得開懷，有時笑得苦澀，我們甚至還會欣賞他的憤怒。諷刺家的糾正手法，時而不得不利用補償性的誇張或壓仰，但是，只要不太過份，我們會看得見他的目的何在，我們會欣賞他所產生的效果。[35]

---

[34] 語見吳濁流著〈陳大人〉，收於張良澤編《吳濁流作品集 2‧功狗》，頁 78-79。
[35] 語見〈何謂諷刺〉，收於顏元叔主譯，《西洋文學術語叢刊（上）》（臺北：

的確，當吳濁流見到周遭人們的態度變得失卻常態時，他必起而糾正之。而我們也就在他不論是象徵或諷刺的高明技巧下，均能會意到它所隱含的目的，並且盡情地去欣賞它所產生的效果。

黎明文化公司，1972 年)，頁 218-219。

第六章　吳濁流小說的其他問題
——政治干涉文學的反思

第一節　〈泥沼中的金鯉魚〉改譯中文後與日文原意不同的問題

我們在前面第三章第三節中介紹〈泥沼中的金鯉魚〉時，曾提到張良澤指出，吳濁流在將此篇小說從日文改譯成中文時，結尾的譯文與日文原意有明顯的出入。而依筆者所見，此出入實已影響到整篇小說原主題的訴求，因此有必要去了解吳濁流何以在自譯成中文時，要再刻意去營造不同的結局，它所代表的意義何在？這些都是本節所欲深入去探討的，但首先還是讓我們先明瞭這〈泥沼中的金鯉魚〉的故事大要。

〈泥沼中的金鯉魚〉之主角月桂，是一位生就嫩白美麗，又擁有日據時代相當難得的高女學歷之年輕女子。而這個出生在鄉下村中，端麗大方又有教養的美人，自然要成為男子欽慕與追求的對象。可惜她是生長在那個有錢就可以擁有三妻四妾，且時人又以姨太太的多寡，來眩耀身份的社會風氣裏。因此月桂的婚姻，竟似成了拍賣古董般地由一千元開始喊價，最後出價到六千元時，由其叔父作主售出。這對於受過現代教育洗禮，一心嚮往得遇白馬王子共譜戀曲的月桂來說，無疑是個極端荒謬而致命的打擊。於是在對叔父提出抗議無效後，便毅然決然地選擇離開家庭，出外去創造自己所認定的幸福。

逃出家庭獨自來到臺北尋找工作的月桂，在爭取高砂果物出口公司社員的口試中，卻偶遇學生時代心儀的男子，而這位男子竟是其應徵的這家公司之社長。這位社長似乎也對月桂有所印象，月桂即靠著這層關係，順利地取得這份工作。在這家公司平實地工作了兩個星期後，社長的狐狸尾巴終於露了出來，趁著妻子回娘家養病的機會，邀得月桂到他家去玩。月桂怕拒絕社長的好意後，將對其日後的工作有所影響，因此並非十分願意地去赴約，結果就在社長刻意安排設計下失身。而原日文與中譯，就在月桂失身於社長後，各自發展出不同的結局。故筆者認為在此，實有必要對月桂的失身事件，提出較詳實的說明。試看吳濁流在〈泥沼中的金鯉魚〉文中，對月桂失身的這段情節，是如此地描寫：

> 天天看見，心頭上就描寫著英俊有男性氣概的社長，可是今天晚上面對著他，卻使她不知所措。她垂著眼，薄嫩的臉上浮起了緋紅色，頭也暈脹，身體好像火燒似地顫抖著，社長所說的話也多半沒有聽入耳。[1]

這段情節的刻劃，顯見月桂在面對英俊的社長時，早已情動，接著我們再看情節的發展：

> 夜更闌，天空也刻刻的在變，時時有電光射滿全室。「隆」地炸烈的爆音，落電了。覺得一陣撕裂五體的戰慄襲來，同時電燈也「霍」地滅了，在黑暗中餘音隆隆響著，窗也格格地響得厲害。她像滾似地投進社長懷裏，不知不覺的互相抱緊了。近處落雷跟電擊的臭味，雖不可耐，可是不知甚麼時候

---

[1] 語見吳濁流著〈泥沼中的金鯉魚〉，收於張良澤編《吳濁流作品集2‧功狗》，頁25-26。

> 兩人已躺在塌塌米上，柔軟的肉體和肉體互相抱緊著。身體像火燒似的熱起來，喘著喘著，頭暈恍惚了。她自己不知道做甚麼，可是殘酷無情的北風已把剛要開的蓓蕾吹掉了。由狂亂的瞬間清醒後的她，只有把流不盡的眼淚往肚子裏吞。[2]

由這段描述，實可清楚地看出月桂的失身，她本身也確切地表現出了某種程度的主動性。雖然我們也知月桂的失身事件，是社長的有意安排，但是若要認真地追究責任時，則筆者認為，絕不能完全將其一味地歸咎於這位好色的社長。因為在事件發生之前，月桂顯然早已對這位社長，存有相當程度的好感，而且根據吳濁流對月桂失身那段情節的描寫，我們實在也看不出月桂有任何被迫的舉動。相反地，反而讓月桂表現了前面所分析的某種程度的主動性。因此她的失身，有部份的責任是月桂自己應該去承擔的。

然而畢竟女人在兩性的關係中，還是處於較為弱勢的地位。如果在這裏，根據日文「月桂被強暴之後，哀嘆自己竟毫無反抗的力量，正如泥溝中的紅鯉魚，到哪都喝不到清水。」的原意，月桂的聰明美麗，卻在那視女子為「菜籽」的社會環境中，成為男子滿足虛榮及發洩獸慾，卻又無處申訴的不幸犧牲者時，這樣的結局，倒可使這篇小說合於其對封建傳統下，臺灣的婚姻制度批判之題旨，且更能博得讀者的同情與共鳴。

但是吳濁流卻在改譯成中文時，一變月桂柔弱的個性，而將其塑造成一個性格堅毅的復仇使者。當她受到社長欺凌後，「內心覺得整個像泥沼的社會，非全部浚渫清淨不算復仇。」而她又體認到「像這樣不道德的社長豈止一人，千千萬萬比比皆是。要復仇的話，單單復這個壞傢伙的仇，祇不過是僅報私仇而已，這樣復仇不

---

[2] 同註 1，頁 26。

算本事。要復仇也要報復得痛快，才有目的。」因此她覺得應該貢獻她的聰明才智，「獻身為被人欺負，被人污辱，被人歧視的婦女們提倡女權運動，才有價值。」而「決心參加文化協會，和先覺女士共同奮鬥。」[3] 對於如此改寫後的結局，首先筆者想據文意而指出它的缺失。

前面我們已花了相當篇幅，去論述月桂失身的事件，她自己也須負起相當程度的責任，但是在此卻說她在事後，「忽然大怒，猛然鼓起勇氣拉起椅子向對方一擊，不意中擊倒無提防的社長要害。」[4] 繼而又急忙地要去參加文化協會，以達其復仇的目的。這種種的舉措，使我們覺得月桂幾乎將其失身的所有責任，完全推給那位社長，自己反而能理直氣壯地以婦女的解放者自居，要加入文化協會，去為全天下被欺凌、污辱、歧視的婦女復仇。這種推卸責任的作法，首先就令人錯愕，自然難以說服讀者去認同她的所謂正義行為。

當然筆者認為，這很可能是吳濁流在改寫結局時，無意中所犯下忽略細節的缺失。至於吳濁流為何要如此改寫結局呢？筆者以為，應在「文化協會」這個名詞中去尋找答案。眾所週知，作為民族主義啟蒙文化團體的臺灣文化協會，表面上雖然標榜以普及臺灣大眾之文化為主旨，實則它卻是日據時代啟蒙臺灣人的漢族意識，以對抗日本殖民統治的一個最有力的團體。然而吳濁流在此批判臺灣的婚姻制度時，何以會牽扯出臺灣文化協會呢？其實這兩者之間並非全無關聯的，我們先試看臺灣文化協會會則（定案）中綱領之如下記載：

---

[3] 以上諸語，俱見吳濁流著〈泥沼中的金鯉魚〉，收於張良澤編《吳濁流作品集 2．功狗》，頁 27。

[4] 同上註，頁 27。

> 本會以普及臺灣大眾之文化為主旨，以實行本會綱領，決議宣言為目的，須實行之綱領如左：一、提高農村文化。二、增進商工智識。三、涵養自治精神。四、獎勵青年求學。五、提高女權思想運動。六、改良婚姻制度。七、廢止抽食鴉片。八、打破惡習迷信。九、普及衛生思想。十、獎勵恪守時間。[5]

綱領之第五條載明以提高女權思想運動，及第六條以改良婚姻制度為目的，而且總則第七條亦明定：

> 本會設支部於各州，特定支部於各市及文化發達之地方，以本會婦女會員於各支部、分部內特設婦女部，分部設於各郡、市、廳，亦可聯合數郡而為一部。[6]

由以上之資料可知，吳濁流本身並非昧於對臺灣文化協會功能之理解，相反地，他對該會之於臺灣文化啟蒙的貢獻，知之甚詳。但是何以在撰寫〈泥沼中的金鯉魚〉時，不直接介紹文化協會，而要到其自譯成中文時才提出。其實只要了解吳濁流當時所處的環境，自然不難理解他的用心。代表日本統治者立場的《臺灣總督府警察沿革誌》曾明定對當時臺灣文化協會的取締方針，第一條即明白指出：

> 對於身為利權營業者，學校教職員，而與此種運動有關係者，加以訓戒後，求其反省，仍不肯就範者，則加以整頓。[7]

5　語見《臺灣社會運動史（一九一三年-一九三六年）·第一冊·文化運動》（原書為日據時代《臺灣總督府警察沿革誌·第二篇領臺以後的治安狀況·中卷》）（臺北：創造出版社，1989 年），頁 268。

6　同上註，頁 269。

7　同上註，頁 235-236。

而其中所謂的「整頓」，正如吳濁流在《臺灣連翹》中所回憶的：

> 學校在每個學期，都要做一次兒童的身體檢查。校醫羅阿謹先生，每一次都從遙遠的通霄趕到學校來。羅先生是文化協會會員，正在從事文化運動。身體檢查完畢之後，羅先生特意到我的宿舍來訪我，向我強調文化運動的必要性。那時候，教職員中，加入文化協會，做了文化運動，而受到日本當局的注目，毫不容情地遭到撤職的，相當不少。羅先生雖然沒有強要我加入文化協會，在他回去之後，卻引起了我大大的沉思。[8]

從這段話中可得知，當時加入文化協會的教職員中，有不少人是遭到日本當局的無理撤職。吳濁流雖也深切體會到文化協會之於臺灣的必要性，奈何當時所處的環境，是那種言論遭受控制，許多話都不便言明的時代。直至臺灣光復後，他才可以毫無顧忌地借文化協會的功能，明確地指出隱藏在原日文底下所欲傳達的本意：即臺灣民眾應起來打倒壓迫我們的日本帝國主義，以爭取我們應有的自由平等，而不止是簡單地只是對臺灣的婚姻制度提出批判。當然在改寫後，顯然吳濁流忽略了情節的一致性及連貫性，以至於出現筆者前面所指出的月桂失身後那一段情節描述的缺失。

第二節　遠行版〈路迢迢〉遭刪改的版本問題

如果讀者仔細的話，在閱讀張良澤所編遠行版《吳濁流作品集 2・功狗》中之〈路迢迢〉一篇時，一定會奇怪於何以吳濁流明明在前言

---

8 語見吳濁流著、鍾肇政譯，《臺灣連翹》，頁 75-76。當時吳濁流正在四湖公學校任教。

如此言明：「一九六七年三月，寫完第十三章，做為第一篇。」[9]但是事實上我們卻只見到十二章的內容，作品即結束。是吳濁流算錯自己所創作的作品之章節？還是張良澤在收編此小說時，患了大意的毛病，兩章被合為一章？亦或是印刷場在付印時漏印一章？

面對這種種的猜測，還不如將另外亦曾收錄此篇小說的民國六十年出版之林白版《泥濘》，拿出對照之後，即可還原其真相。林白版的〈路迢迢〉其中內容不多不少，正好十三章，而且份量亦明顯地比遠行版的〈路迢迢〉為多，那麼是什麼原因，使得遠行版的〈路迢迢〉，出現如此名實不符的現象呢。原來答案就在遠行版編者張良澤如下的這番話中，他說：

> 前天，我接到一張影印本公事，就是警備總部給遠行出版社的。內容說由我主編的這一套吳濁流作品集當中，有一本波茨坦科長內容不妥，違反臺灣地區戒嚴時期出版物管制辦法第三條第六款，還有同法的第八條之規定，應予查禁，轉知各學校、警察單位、圖書館以及工礦場等公私單位。至於其他各卷也有部份要刪改，哪些地方要刪改，警備總部都有很詳細的指示。[10]

至此終於讓我們明瞭，遠行版〈路迢迢〉缺篇少章的真正原因，原來是被政府的主管機關閹割了。而當筆者詳細地對照遠行版遭刪除的部份時，發現被刪除的，正是記錄臺灣光復後到祖國派人來接收時的這段歷史。為此將這些遭刻意刪除的部份，稍加整理歸納，而得出如下之情節：

9　語見吳濁流著〈路迢迢〉，收於張良澤編《吳濁流作品集2・功狗》，頁119。

10　語見張良澤策劃〈不滅的詩魂——吳濁流作品研討座談會記錄〉，收錄於《臺灣文藝》，第五十八期，頁159。

1. 揭發半山陳大中（即主角思源的叔父）違法的事實。
2. 詳實記錄來臺接管部隊素質太差，紀律鬆馳之現象。
3. 對光復後臺灣人受祖國來臺官員指斥為受奴化教育的反駁。
4. 對光復後，臺灣人竟還得忍受日據時代的差別待遇之質疑。

對於第一點，吳濁流在〈路迢迢〉中，曾有如此的描述：

> 陳大中和思源已有二十年不見，而且離別時思源還衹是個小孩，所以印象已很模糊。叔叔外表看來健碩魁梧，堂堂一個大官員的樣子。雖然見了面，可也不覺得怎麼親切，這是因為叔叔不怎麼記罣老家的一切，衹是關心眼前利益。一見面叔叔馬上就要思源替他調查市內空地和日人過去所經營最有利的事業。衹是要明白這些，便可大大地撈一票，所以要思源幫他。他們談得倒也不少，可是全都是有關賺錢和假藉接收而圖利的事。雖說血比水濃，可是在思源的感受裏，怎麼也不能覺得這人就是叔父。然而，兩人都察覺不出自己已經變了。叔父是大陸化了，而思源仍是純臺灣人。[11]

光復初期跟著政府回臺的半山們，其所作所為，至今仍然還頗具爭議性。在《臺灣連翹》中遭吳濁流點名批判的黃朝琴及游彌堅等人，也的確是由一領西裝而至巨富。因無資料佐證（或許有而同遭查禁或刪改之命運也說不定），故而我們不敢在此即驟下斷言地枉論這些人的財富問題，但光復初期貪官污吏的歪風，不也確實助

[11] 語見吳濁流著，《泥濘》，（臺北：林白出版社，1971），頁137。

長當時社會的亂相，因此我們也有理由相信，吳濁流在上列的那番描述，是決非所言無據的。

而第二點記載來臺接管部隊的素質低劣、裝備太差。此點則是當時參加祖國來臺接收之國軍歡迎會之所有臺灣人，所有目共睹的事實，也非吳濁流有意地去破壞來臺國軍之形象。至於第三、四點，在本書第五章第一節中亦有詳論，故在此不再贅述。只是警總針對以上這些情節刻意地去削刪，更使我們體認到吳濁流所描繪的這些現象，似乎正是國民政府一直不希望老一輩的臺灣人去回憶；以及令新一輩臺灣人去理解的一段歷史。而吳濁流卻不顧政府的這些禁忌，一心只期望能多為歷史存證言。而這樣的證言，又顯然明顯地對一向洋洋自得於以拯救臺胞回歸祖國之國民政府，所孜意宣傳其功勞之否定。所以在張良澤所編的遠行版〈路迢迢〉中，自然要遭政府的全數刪除。只是所幸在此之前的林白版之〈路迢迢〉，不知是警總的疎失，或是政府的一時寬大不察，竟使此書未遭任何刪改或查禁，而還能保持原貌地問世，這點雖令人不解。然而就其對遠行版〈路迢迢〉掩飾真相的處置，也足以讓我們知道當時的政治肅殺環境，對光復初臺灣文學的作家及作品傷害之大，實在難以在此用筆墨來形容。

第三節　遠行版《波茨坦科長》及林白版《無花果》之查禁問題

壹、遠行版《波茨坦科長》遭禁之探討

與前節所述〈路迢迢〉有極為相似命運的，是同樣由張良澤所編的遠行版《波茨坦科長》。只是〈路迢迢〉是被刪改的原貌難存，而

《波茨坦科長》則是整本被查禁。然而此書在遭警總查禁之前，收入該書中的各篇小說，也均曾由吳濁流分別編入於民國五十二年集文出版社所出版的《瘡疤集（下）》，及民國五十五年廣鴻文出版社出版的《吳濁流選集（小說卷）》中。這些作品在當年均未遭受質疑，何以就在吳濁流去世後一年，由張良澤為他的作品重新集結出版時，該書才遭到查禁的命運，此點的道理，也實在是令人百思難解。然而在前節中，張良澤所透露警總是以「違反臺灣地區戒嚴時期出版物管制辦法第三條第六款，還有同法的第八條之規定」而給予查禁。因此在此，我們實有必要先來分析，這個臺灣地區戒嚴時期出版物管制辦法第三條第六款及第八條，到底所言為何物，進而才得以來探討這本《波茨坦科長》，又是在那個地方觸犯這些法令呢？

根據本書【附錄二】所記載之內容，知這「臺灣地區戒嚴時期出版物管制辦法」，是民國五十九年五月二十二日，由當時的國防部所公佈，用以規範臺灣地區所有出版物之出版。根據這個公布的日期，首先在此，似乎可以解釋何以《波茨坦科長》所選錄的這些小說，可以由吳濁流安全地分別收入於上述集文版的《瘡疤集（下）》，以及廣鴻文版之《吳濁流選集（小說卷）》中。因為吳濁流在出版這些作品之前，這個「臺灣地區戒嚴時期出版物管制辦法」還尚未公布施行的緣故，所以《瘡疤集（下）》及《吳濁流選集（小說卷）》的出版，並未受到此戒嚴時期出版物管制辦法的規範限制。而至於民國六十六年，由張良澤所編的遠行版《波茨坦科長》，顯然就沒有那麼地幸運了。

而依據此出版物管制辦法第三條第六款之記載：「淆亂視聽，足以影響民心士氣或危害社會治安者。」及第八條之記載：「出版物有本辦法第二或第三條之情事者，對其出版發行人應依有關法令予以處分，並扣押其出版物。」所以在此根據警總的這些說法，張良澤所編的遠行版《波茨坦科長》，想必是觸犯了「淆亂視聽，足以影響民心士氣或危害社會治安者。」之取締標準，而遭警總的依法「扣押其出版物」。

然而平心而論，對於《波茨坦科長》中所收錄的各篇小說，雖是吳濁流在記罣國家政事的心情下之撰作，但其內心深處，卻是切望能夠藉由這些小說對事實大膽率直的陳述，盼求當政者見之，而能知所反省改進，終使臺灣變成比日據時代更好的地方。而至於內容中，對臺灣光復後社會所充斥各種病態情形的揭露與探討，其描述情節的真實無偽，在本書第四、五章中已有詳論，在此實無須再加贅述。只是對於警總所指稱的「淆亂視聽，足以影響民心士氣或危害社會治安者。」的這種查禁理由，以今日之眼光檢視之，實難令人苟同。因為歷史就是歷史，如果歷史是被刻意地曲解或偽造，那麼我們當然絕對贊成將其視為垃圾般丟棄。但如果是更詳實地反映在下位的庶民之心聲，揭露在上位的當權者之霸氣與愚昧，則如此之言論，不但不該將其查禁，反應將其視為治國之規鑑，永遠成為為政者施政之惕勵。否則只知一味地掩飾其非，反不思載舟覆舟的道理，那才真是「足以影響民心士氣及危害社會之治安」，而決不是只是區區的一本刊物，就能夠達到如此之效果。

貳、林白版《無花果》遭禁之探討
——兼論《臺灣連翹》之批判精神

在本書第三章第三節曾指出，民國五十九年出版的林白版《無花果》，隨即在民國六十年四月十二日，遭當時的臺灣警備總司令部以（六十）助維字第二三二〇號令查禁。而警總查禁此書的理由竟是「嚴重歪曲事實，挑撥民族情感，散播分離意識，攻訐醜化政府，居心叵測。」由於政府對《無花果》的這項指控，並無連帶舉出實例來加以說明。因此在這裏，我們實有必要來詳細檢閱《無花果》中的內容，看看是那些地方符合於政府的這些指控。

吳濁流在撰寫《無花果》時，一開頭就指明「對於二二八事件，卻不能不有所反省。」並且揚言要「把我所見所聞的二二八事件的真相率直地描寫出來。」根據作者的這些說明，因此認定這是一本記錄及探討二二八事件的書，應無疑義。然而筆者在審閱全書時，卻發現真正觸及二二八事件的敘述與評議的內容，僅佔全書十三章中的後三章（約只是全書篇幅的十分之三）。這種安排，除了二二八在當時還算是相當敏感的話題，而令吳濁流尚有所顧忌外[12]，然而真正原因，筆者認為，還是吳濁流帶有深意地刻意如此，因為接著如下的這段話，正足以說明他何以執意如此，他說：

> 要了解這個事件的真相，無論如何，非探求其遠因不可，沒有了解它的遠因而要捕捉事件的根本是不可能的。要知道這根本，就有檢討日本統治下的臺灣人的境遇的必要。[13]

所以他才不惜以自己的身世與經歷入文，來做為這個「臺灣人境遇」的代表。

因此《無花果》一開始，即由中日甲午戰爭、日帝據臺及臺民反抗落筆，歷數主角（以此應可代表所有的臺灣人）在日據時代，遭受日本政府各種不平等待遇的生活。及至第七章主角受日本郡視學的欺侮，才發下「人在該死時不死，恥辱就終生不能洗雪。」[14]的悲嘆，並憤而辭職。但辭職後的主角，並未拿著恩俸去過隱居的

---

[12] 鍾肇政，〈拼命文章不足誇〉，收入於吳濁流著、鍾肇政譯《臺灣連翹》之前序，頁19。鍾肇政在談到吳濁流創作《無花果》之緣由時，曾有點出此點。

[13] 語見吳濁流著，《無花果》，頁34。

[14] 同上註，頁114。

生活，而是一心想回到中國去為祖國奉獻心力。後獲同學章君的幫忙而得以如願，試看他當時的心情表白「我欣喜若狂，歡天喜地準備到大陸去跑一趟。身子裏滿溢著解放感，恨不得立刻飛過去。」[15]而這段描述，不正代表著全島的臺灣人思慕自由，日夜都在期盼回歸祖國的心情寫照嗎。

文章至此，皆是描寫日帝統治下臺灣人的生活，因此在此縱有攻擊政府的言論，也是針對日據時代的日本政府，而非今日執政的國民政府。所以《無花果》遭禁的原因，不應出自於此。

而第八章是記述主角在南京當日本報社記者的情形，雖然這時出現在他眼前的是「洪水般的野雞」、「乞丐的奔流」、「外國人都是暴君橫蠻不可理喻」，而終令他「深感做一個中國人的悲慘」，及發出「祖國啊！多麼可悲可憫，我在心中緊灑憤恨的淚水」之感慨。但縱觀主角活動的觸角，也僅及於所謂南京「汪精衛政權」之人、事、物；而且當時他眼中所見之景象，實是戰爭下所無可避免的悽慘荒涼。因此他這時的憤慨，應只能算是因時因地而發，而非真正地對祖國的一切失望，否則他也不會在得知日本偷襲美國珍珠港，中國加盟英、美陣容後，而偷偷歡喜的認為「戰爭必會轉向有利的局面」而「為之熱血沸騰，筋肉躍動」[16]了。其後主角還是看出日本必敗，為避免被當作日本人，而遭到祖國人士的報復，於是立即束裝回臺。所以這章的記載，還是不能將其視為是「嚴重歪曲事實，挑撥民族情感」吧。

然而回到臺灣後的主角，為了生活，進入了臺灣日日新報，再次從事記者之工作。因此第九、十兩章，都是記載其任記者時期的

---

[15] 同註13，頁118。

[16] 以上諸語，俱見吳濁流著，《無花果》，頁137。

所見所聞，直至臺灣光復。而對於剛光復時臺灣人民的心情，吳濁流是這樣描寫的：

> 從五十年間的殖民地的桎梏解放出來的本省人民，已經是興高采烈而得意忘形。這種自尊心的血液膨脹起來，而想到唯有熱血必定能夠建設三民主義的模範省，於是，六百萬島民都十分興奮熱切地希望能立刻把臺灣改換為比日本時代還要好的一所樂園。[17]

並挾著這樣熱切的心情，全島六百萬的同胞，都齋戒沐浴、簞食壼漿地去迎接國軍的到來。而且吳濁流還不忘提醒我們，在那歡迎國軍的行列中，「范將軍、謝將軍、哨吶、南管、北管，十多年來隱藏起來的中國色彩的東西接二連三地出籠了。至於那五十年間的皇民化運動，只僅一天就被吹走了。」[18]全島民眾這時均團結一心，真心地想將臺灣建設成一個比日據時代更美好的三民主義之模範省。至於影響臺灣五十年的日本文化，也僅止於在回歸祖國的那一天，就將其完全拋至九霄雲外了。

以上十章，大致是記述主角在日據時代的種種境遇，也即是吳濁流所言的有關二二八事件遠因之探求。然而有心人一定會問，吳濁流又何以要如此大費周章，苦心追究臺灣人在日據下所受的種種待遇呢，他真正想告訴我們的，到底是什麼樣的遠因呢？筆者個人認為，這個答案應該不難理解，即吳濁流是想要強調臺灣人的性格，早已因日據時代時、空的阻隔，而與外省人在思想觀念上，產生極大的差異了。例如在第十章中，吳濁流就藉著一位曾

---

[17] 同註 13，頁 160。
[18] 同註 13，頁 169。

在祖國參加抗日行列的學長之口，而道出這個觀念上的根本差距。他說：

> 且說中國是一個奇特的國家，和日本頗為不同。在日本，二乘二必定是一個答案：四。但在中國，二乘二會變成三，或五，甚至有時會變成六或八的時候也有。[19]

這就是吳濁流要告訴我們的，何以光復初期，本省人與外省人不論在思想或行為上，時時衝突的徵結所在了，而這不也正是造成二二八事件的確實遠因嗎。並且這樣的說法，也得到賴澤涵等中研院歷史學者的認同，根據他們在《悲劇性的開端・臺灣二二八事變》的研究報告中指出：

> 對於臺灣人在日據時期內吸收了日本文化，甚至受到日本文化「毒化」這種含混不清的主張，我們的研究並不予以認同。但是我們可以說，臺灣人在日本統治下的經歷，導致許多臺灣人在想法上與世界觀的意識上，和一般日本人的想法十分類似，而和一九四五年以後來臺的外省人所持的世界觀互相衝突。在這種衝突下，雙方展現出來的思想線都使得另外一方憤怒不滿。[20]

所以對於吳濁流這樣的說明，似也不能把它解釋為「散播分離意識，攻訐醜化政府」吧。

---

[19] 同註 13，頁 172。

[20] 語見賴澤涵、馬若孟、魏萼等合著《悲劇性的開端・臺灣二二八事變》，頁 283。

因此由以上的種種分析，可推知《無花果》遭查禁的真正原因，應該是出在觸及二二八事件的後三章了。但當筆者仔細地推敲這三章的內容時，發現其對於二二八事件發生近因的檢討，也並非完全是吳濁流主觀意識的自說自話。在文中，他是引用相當多當時官方的資料。如對事件前的社會及政治狀況的描述，他就曾引用當時任監察委員，事件後並隨白崇禧來臺協助處理善後的丘念臺之自傳《嶺海微飆》為佐證，試看《嶺海微飆》的這段記述：

> 臺灣光復之初，民間熱烈擁護政府，為什麼在長官公署接管政務的初階段，會和民間發生不很融合的現象呢？就我個人當時的觀察，不外基於下列的兩種因素：
>
> **自然因素方面：**
>
> 一、新舊法令轉變時期，省民不明祖國各種法律，因不習慣而生怨懟。
> 二、由語言的隔膜發生誤會。
>
> **人為因素方面：**
>
> 一、派來接收人員素質不齊，間有少數人員違法逞蠻，引起臺民側目。
> 二、當時駐臺部隊中，有一部份是由大陸新補充的壯丁，沒有經過嚴格的紀律訓練，到了臺灣這個新環境，竟

得意忘形地做出許多越軌的行為，也招致了臺民的蔑視和埋怨。[21]

依據丘念臺的觀察記載，與吳濁流在其《無花果》中，對二二八事件近因探求的記錄，又有多大的差異呢。

而對於事件發生當時的描述，他也引用當時政府的機關報——新生報社論〈延平路事件感言〉，來代表當時的民意導向。社論是如此談論到：

前天晚上，本市延平路發生因查緝私烟而槍殺人命的不幸事件，群情激動，人心惶惶，我們除對死者表示無限的同情外，對於這次不幸事件的發生和擴大，有如下之感想：

第一、查緝私烟，本來是專賣局的職責，但查緝工作應該根本致力，即在各港口嚴厲查緝收買，以杜絕香烟的進口。其次亦當查緝大規模批售私烟的商人，如果沒有走私的香烟進口，沒有人暗中批售，根本即不會有私烟攤販的存在。誰不想從事正當的職業？誰願來做這種偷偷摸摸的生意？私烟攤販也無非是為生活所迫，無業可就，不得已出此下策，輾轉街頭，販賣私烟，博取蠅頭微利，藉以維持個人乃至全家的生活，值得社會的同情，專賣局對於大規模的香烟走私與批售，無力查緝，獨獨對於取締街頭攤販，沒收他們的香烟，雷厲風行，不稍寬假，以致發生這次不幸事件，不能不說是捨本逐末，對於

[21] 語見吳濁流著，《無花果》，頁202。

私烟攤販，既不免失之太苛，而私烟仍源源而來，恐怕也永遠不能禁絕。

第二、臺灣的環境，是和平的環境，陳長官的作風，也是民主的作風。他屢次告誡部下，並且正式下令，警察出勤，不得帶槍，以免有意無意，滋生事端，反覆叮嚀，不知說得多少次，警察出勤，尚且不能帶槍，則專賣局的查緝人員，更無帶槍的必要。可是言者諄諄，聽者藐藐，警察和專賣局的查緝人員，不但隨便帶槍，而且隨便開槍，這次延平路不幸事件的發生，顯然是他們違反陳長官平日不准帶槍的指示的後果，不論當時傷害人命的真相如何，單就違反上峰命令隨便帶槍出來一點說，已經毫無寬恕原諒的餘地。

第三、對於這次不幸事件的處理，我們認為死者應該優加撫卹，肇禍之人應該依法嚴辦外，專賣警察兩機關的主管當局對於部下管制無力，公然違反陳長官的指示，放任部下帶槍外出，以致傷害人命，亦自有其責任。希望政府當局秉公處理，以平公憤；對於群眾的激動，尤須慎重處理，以安定社會人心，維持公共秩序，以陳長官的公正賢明，相信一定能妥善處理使本省同胞滿意的。

第四、現在我們要求民主，準備實行憲政，民主憲政離不了法治精神，法治精神就是政府與人民大家守法。政府要人民守法，政府本身就要先守法。警察和專賣局的職員隨便帶槍，隨便開槍，以致傷害人命，這就是他們不守法，不守法的人是害群之馬，應該嚴辦，人民

> 現在要求政府的，就是依法把他們嚴辦，換句話說，就是要政府守法。但反過來說，人民要政府守法，人民本身也要能守法，不能失去自己的立場。延平路的不幸事件，雖然激動大家的義憤，但我們既要求政府依法辦理，即須讓政府去依法辦理，看政府是不是依法辦理。所以大家儘管感情激越，但同時必須保持理智的冷靜，避免有出軌的行動，延平路的血跡還沒有乾，這種極其不幸的事件，絕對不能重演，我們痛心疾首於一部份公務人員的不守法，我們大聲疾呼要求政府守法，我們本身就必須以正當的方法，表達大家共同的意見和願望，而不能亦不必離開法律的立場，訴諸直接的行動。這點我想本省同胞一定能夠了解和贊同的。[22]

所以如果政府對《無花果》的指控是出在這部份的描述上，那麼是否意味著其對當時官方資料正確與客觀性的否定呢？況且《無花果》中對二二八事件的論述，當真是「嚴重歪曲事實」嗎？對此我們再來看看也曾身歷二二八其境的知名臺灣作家巫永福，其對《無花果》被查禁後的看法。

當年（民國六十年）吳濁流因《無花果》被禁，而慌忙拿著查禁的公文副本，至巫永福的辦公廳討論此事的情景時，根據巫永福自己的回憶描述，他說：

> 年老的吳濁流不知所措，一方面表示憤慨，一方面表示失落的無奈，情實可憐，我曾安慰地對他說過這些話：「……你

---

22 語見吳濁流著，《無花果》，頁 225-226。

所寫的二二八事件是歷史性的大事件，誰都不能否認的事實，並無歪曲，如果有人否認才是歪曲，雖然你對發生的來龍去脈有所批評，那是基於真實與文學應有的批評精神。二二八事件我也是身歷其境的人，與你一樣可以做歷史的見證。你的批評還算溫和善意，應該沒問題才對，現在雖然查禁，我想政府如果因此對二二八事件有所善後處理的話，不久應會解禁。」[23]

結果《無花果》不但沒有解禁，而直到民國七十五年，時任行政院長的俞國華，在面對立法委員江鵬堅對二二八事件的兩次質詢答覆時，仍一貫地將此事件的責任，完全推諉予中共的潛臺份子[24]。因此我們從政府歷年來在面對此一尚未妥善處理的歷史事件時，所採取的推責諉過的態度，就不難明白《無花果》被查禁的真正原因，其實並不是出於此書的內容有問題，而是出在政府處理此事件的偏差心態。

---

[23] 語見巫永福著，〈也為吳濁流的《無花果》辯白〉，收於王曉波編《走出歷史的陰影》，頁 151。

[24] 民國七十五年，立法委員江鵬堅先後二次為二二八事件向政府質詢時，根據俞院長第一次答詢文：「『二二八事件』實際上係民國三十六年二月二十八日，中共潛臺份子陰謀顛覆政府，企圖攫取臺灣之煽惑暴動事件。根據檔案，該事件經查係當時中共潛份子首領謝雪紅等，乘國軍調離，駐軍空虛，及日本投降後自大陸及南洋各地遣返臺籍日軍返臺機會，以臺北查緝私煙為藉口，渲染蠱惑，鼓動暴動，企圖顛覆政府。此乃中共之一貫伎倆，由於政府處置得當，故於同年三月十五日即告平息。」而第二次答詢的內容，與第一次答詢並無二致，均歸之予中共的陰謀，並言及：「此一不幸事件發生後，政府遵照當時國民政府蔣主席之昭示，不採取報復行動，『以期全臺同胞親愛團結，互助合作』、『早日安居樂業，以完成新臺灣之建設。』、『參予此事變有關人員除共黨煽惑暴動者外，一律從寬免究。』政府係以最大之寬容及誠意，療傷止痛，妥善處理。此一事件之不幸陰影，早已完全消除。」由這些答詢可知解嚴前，政府在處理二二八事件時，均將責任推諉與中共，而並未有心檢討出事件發生的真正原因。無怪乎寫作角度違反政府處理二二八事件態度的《無花果》，會遭到查禁的命運。

因為我們儘管看到《無花果》在措詞上，對當時來臺接收人員及國軍頗有微詞，但細心的讀者，應該也不會忽略到他對本省人光復後的種種表現，其所抱持的，亦是同樣批評的態度。他說：

> 這批（本省）青年人忘了理想或目的而鬧起來，並且讓愚昧的感情任意奔馳，老是在發著牢騷。如今，雖然光復了，但無法立刻從殖民地性格脫出，欠缺一種自主獨立的精神。[25]

又說：

> （本省人）被日本的「鎖國政治」所幽閉，見聞受到限制，最後應該得以發展的抱負卻不知不覺中變成一經常發出於事無補的牢騷的感情了。加上被置於三百年間殖民地的被榨取立場上的結果，患上政治渴望症了。於是把政治家當做非常偉大，並且不管張三李四，都焦急著想當個政治家。[26]

所以本省人在光復後所患的「政治大頭病」[27]，再加上當時來臺的接收人員及駐臺部隊人謀不臧，所造成的社會動盪，於是遇上只是單純取締私煙這樣的小事件，卻成為引爆二二八事件的導火線。

---

[25] 語見吳濁流著，《無花果》，頁 210。

[26] 同上註，211。

[27] 吳濁流在《黎明前的臺灣》中，即毫不諱言地告訴讀者，光復初臺灣人最需要的是有「誠意的政治」，因為在過去三百年間，臺灣人始終沒有一個可信賴的政治，因此只要有誠意的話，稍吃虧也可忍耐。但是不幸的是光復後來臺的中國官僚，眼中所見所求，多是五子（金子、房子、女子、車子、面子）。與臺灣人所祈求的「有誠意的政治」，完全背道而馳。於是各階層的臺灣人，不管對政治是否明瞭，皆欲投入政治活動，希望能憑藉自己的力量，來實現心目中的理想政治，此即是所謂臺灣人的「政治大頭病」。而也即是因為這些對祖國政治不甚明白的人所表現出對政治的幼稚和盲動，因此只是單純的取締私煙事件，而終演變成不可收拾的政治悲劇。

然而二二八事件儘管是本省的一大政治悲劇，但吳濁流在創作《無花果》時，我們卻看不出他對政府有任何主觀的指責與非難，那是因為他真切地相信：

> 歷史沒有悲觀的必要，人的社會，不問古今，總是被那些不好的政治所歪曲，把犧牲的人們當墊子之後，歷史才得以前進。所以沒有悲觀的必要，正好和河川的流水一樣，一定會流入海裏；雖然在中途碰到山的阻礙而發生逆流，但最後還是流入大海裏。人類的歷史之流也是同樣的道理，所以決沒有悲觀的必要，反正最後必定會流往人類希冀的光明的方向，也就是流入屬於真理的世界中去。[28]

因此在文中，我們還可以時時地看到他超越所謂「省籍」的智慧建言：即敦促本省人和外省人皆應不分省籍族群，而且應該真誠地團結合作，共同為建設三民主義的臺灣省而努力。而這實也即是事件後，吳濁流所採取的一貫立場與初衷。

試看民國三十六年，在二二八事件發生後不到四個月的時間，他所完成的《黎明前的臺灣》，文中他即試圖徹底檢討事件發生的原因。然而首先他還是以樂觀的態度，來鼓勵臺灣的青年們，他說：

> 我勸告本省青年們，你們不必為這次事變（即二二八）而感到灰心，你們應該選自己較好的前途邁進，你們的前途將無限地展開，廣大的祖國資源正在等著諸君去開拓。不過，為了實現將來的抱負，要先計劃如何充實自己才行。[29]

---

[28] 語見吳濁流著，《無花果》，頁 228。

[29] 語見吳濁流著〈黎明前的臺灣〉，收於張良澤編《吳濁流作品集 5・黎明前

並力言：

> 我們與其呶呶不休於那些無聊的事，還不如設法使臺灣成為烏托邦。比方掉了東西，誰都不會撿去；不關窗戶而眠，小偷也不會進來，吃了生魚片也不會有霍亂、傷寒之虞，在停車場沒有警察維持秩序，大家也很規矩地上、下車，沒有人弄髒公共廁所，做任何事都不會受到監視，走什麼地方都不會受警察責備；寫任何文章都不會被禁止出售；攻擊誰都不會遭暗算。聳聳肩走路也沒有人會說壞話！這樣努力建設身心寬裕而自由的臺灣就是住在臺灣的人的任務，從這一點說來，是不分外省人或本省人的。[30]

而後面的這段話，在《無花果》中，同時亦被引述出來。可見這樣建設臺灣成為一個烏托邦的構想，延續到民國五十六年，吳濁流在撰寫《無花果》時，仍未曾改變。但是正如本書第三章第三節所作的陳述，《無花果》中所採取的寬容建言，竟還是被當時的警總，當作「居心叵測」的言論，而加以查禁。這無異是迫使帶有極深歷史使命感的吳濁流，不得不重新去正視這個政治的現實，於是再度採取同於《亞細亞的孤兒》的創作理念，寫下更具批判精神的《無花果》續篇——《臺灣連翹》。

我們可以很明顯地看出，採取與《無花果》同樣體裁的《臺灣連翹》，其內容中，除了前九章是補充《無花果》有關臺灣人受日本統治下的血淚故事外，然而從第十章起的記述臺灣光復，至第十

的臺灣》，頁71。

[30] 語見吳濁流著〈黎明前的臺灣〉，收於張良澤編《吳濁流作品集5‧黎明前的臺灣》，頁118-119。及《無花果》，頁229。

四章交代完他創辦《臺灣文藝》的經過為止，之中關於二二八事件，及其後續發展狀況的記錄與檢討，已從《無花果》中的寬容建言，一變而成為嚴厲的控訴。《無花果》和《臺灣連翹》之寫作時間，相隔僅僅四年，何以筆觸會產生如此大之差異。這點筆者認為，似可由《臺灣連翹》後半部中所深具批判的措詞中，據以分析而得知。

首先吳濁流即：

一、指陳二二八事件的起因雖極為單純，但事件前後發展的複雜內幕，則是國民黨在臺各派系的鬥爭結果

吳濁流在《無花果》及《臺灣連翹》中，均指陳二二八的起因，只是相當單純地由取締私煙而引發，但為何事件後的發展，卻演變成對本省人的大規模逮捕和屠殺。吳濁流則在《臺灣連翹》中，套襲民國三十六年七月一日發刊的《前進》雜誌，當中有關二二八事件的內幕，和事件中由「處理委員會」所提出的三十二條提案來作分析。並以此來指控大規模的逮捕及屠殺，乃是國民黨在臺各派系的鬥爭所引起，而非由政府當時所說的，是因中共在臺大肆活動所不得不然的舉動。

如事件前，吳濁流即指稱臺灣省黨部（以李翼中為首的 CC 派）與臺灣省政府（以陳儀為首的政學系），已不能融洽相處，故經常言論相左，形成人心莫衷一是的情形。因此事件之初，陳儀曾一方面電請中央派遣援軍，並報告說事件是由潛伏在臺的共產黨，有計劃地煽動而發生，以此來規避自己失政的責任。（然而同時由 CC 派所支持的省黨部，卻向中央報告說：二二八事件完全是因政治的腐敗而爆發的，故陳儀應起全部的責任[31]。）而在另一方面，陳儀又為了安撫

---

[31] 此項指陳，由林衡道口述〈二二八事變前後的回憶〉一文可得到證實，該文收入於《二二八事件文獻輯錄》（臺中：臺灣省文獻委員會編印），頁 558。

臺灣人對其施政的不滿，而許可由各界代表所組成的「處理委員會」之設立，及關於善後處理事宜的三十二條提案之提出。但此時與陳儀相處亦不十分融洽的軍統局（以警備總司令柯遠芬為首），認為陳儀此舉對民眾有利，同時他們也看出民眾本身根本沒有組織力量，極易為其所分化。於是柯遠芬自己不出面，而促使王民寧、劉啟光和林頂立等人聯絡，組成「義勇總隊」，以擾亂及分化民眾，還藉機燒燬外省人的商店，毆打外省人等[32]。同時並向中央散佈謠言，宣稱事件當時任處理委員會宣傳組長的王添燈，將組織成立與中共為同路的所謂「新華共和國」，並以處委會的三十二條提案，作為成立「新華共和國」之證據，以此造成中央不得不派兵來臺平亂的藉口。

關於這點，吳濁流亦曾在《臺灣連翹》第十一章結尾附錄這三十二條提案，並言及這三十二條提案的內容，除依據省自治法，要求中央給予臺灣省最高自治權外，根本無任何有關所謂獨立思想之條文[33]。然軍統局為掩飾自己在此事件中處置不當的過失，加上與

---

[32] 此點即可由林衡道之〈二二八事變前後的回憶〉中證明，他說：「二二八事件還有許多不為常人所知的祕密，如攻打軍事機關等事，據事後了解是政府派臥底人員煽動青年武裝，才發生的。」，頁565。

[33] 當時二二八處理委員會所提出之三十二條提案內容如下：

一、制定省自治法為本省政治最高規範，以便實現國父建國大綱之理想。

二、縣市長於本年六月以前實施民選，縣市參議員同時改選。

三、省各處長人選應經省參議會（改選後之省議會）之同意，省參議會應於本年六月以前改選，目前其人選由長官提出交由省處理委員會審議。

四、省各處長三分之二以上，須由在本省居住十年以上者擔任之（最好秘書長、民政、財政、工礦、農林、教育、警務等處長應該如此）。

五、警務處長及各縣警察局長，應由本省人擔任，省警察大隊及鐵路工礦等警察即刻廢止。

六、法制委員會委員，須半數以上由本省人充任，主任委員由委員互選。

七、除警察之外，不得逮捕人犯。

八、憲兵除軍隊之犯人外，不得逮捕人犯。

九、禁止帶有政治性之逮捕拘禁。

半山們聯手合作，為達日後更有效地控制臺灣各界，故早已訂定欲將臺灣人菁英一舉消滅之計劃[34]，索性利用此事件處理之機會來得

十、非武裝之集會結社絕對自由。
十一、言論、出版、罷工絕對自由，廢止新聞紙發行申請登記制度。
十二、即刻廢止人民團體組織條例。
十三、廢止民意機關候選人檢覈辦法。
十四、改正各級民意機關選舉辦法。
十五、實行所得統一累進稅，除奢侈品稅，相關稅外，不得徵收任何雜稅。
十六、一切公營事業之主管人，由本省人擔任。
十七、設置民選之公營事業監察委員會，日產處理應委任省政府全權處理，各接收工廠應置經營委員會，委員須過半數由本省人充任之。
十八、撤銷公賣局，生活必須品實施配給制度。
十九、撤銷貿易局。
二十、撤銷宣傳委員會。
二一、各地方法院院長，各地方法院首席檢察官，全部以本省人充任之。
二二、各法院推事檢察官以下司法人員各半數以上由省民充任。
二三、本省陸海空軍應儘量採用本省人。
二四、臺灣行政長官公署應改為省政府制，但未得中央核准前，暫由二、二八處理委員會之政務局負責改組。用普選選公正人士充任。
二五、處理委員會政務局，應於三月十五日以前成立，其產生方法，由各鄉鎮區代表選舉候選人士一名，然後再由該縣市轄參議會選舉之，其名額如下：臺北市二名、臺北縣三名、基隆市一名、新竹市一名、新竹縣三名、臺中市一名、臺中縣四名、彰化市一名、嘉義市一名、臺南市一名、臺南縣四名、高雄市一名、高雄縣三名、屏東市一名、澎湖縣一名、花蓮縣一名、臺東縣一名，計三十名。
二六、勞動營及其他不必要之機構廢止或合併，應由處理委員會政務局檢討決定之。
二七、日產處理事宜，應請准中央劃歸省政府自行清理。
二八、警備司令部應撤銷，以免軍權濫用。
二九、高山同胞之政治經濟地位及應享之利益，應切實保障。
三十、本年六月一日起實施勞動保護法。
三一、本省人之戰犯及漢奸被拘禁者，要求無條件即時釋放。
三二、送與中央食糖一十五萬噸，要求中央依時估價撥歸臺省。

由此三十二條提案觀之，除要求落實地方自治，大量進用本省人參政外，當中並無任何一條涉及有關獨立之內容，更遑論能夠當作成立「新華共和國」之直接證據。

34 吳濁流曾據林獻堂祕書葉榮鐘的話指出：「羅萬俥當上立法委員後，有一次

其所願。遂與陳儀合作，一方面以黃國書（事件時任警備總司令部中將參議、臨時國大代表）代表政府向臺灣人民宣佈「中央無意派兵來臺」的宣言，以欺騙不知情的臺灣民眾。另一方面則又不斷向中央電告謊稱臺灣受中共潛伏份子顛覆，以編造中央不得不派兵來臺的理由。於是單純的臺灣人，終成為國民黨在臺各派系鬥爭下的犧牲品了。

二、指控二二八事件後，長官公署與警總藉機胡亂逮捕濫殺，連與事件無關的人也抓

對此吳濁流在《臺灣連翹》中，列舉了相當多的例子，如事件時與吳濁流同為記者而遭逮捕槍殺的，有王燿勳、施部生、徐瓊二等人。還有新生報總編輯吳金鍊、總經理阮朝日、臺灣信託公司董事長陳炘、新竹地方檢查官王育霖、醫生施江南、黃朝生、畫家陳澄波、律師李瑞漢、李瑞峰、林連宗、省議員王添燈、林旭屏、王石定等，也均在此事件後遭到處決。在這些人當中，有遭人挾怨報復的；有因在事件中挺身而出，參加陳儀所核可的處理委員會，而事後遭牽連的。然而內中並沒有一個是暴徒或共黨份子，卻可看出清一色地都是臺灣光復後社會的一時菁英。而來臺靖鄉的軍隊，及警備總部如此荒謬地逮捕濫殺之舉動，在當時卻不勝枚舉地一再發

到南京（當為民國三十五年），國防部的參謀給他看一份密告文件，裏頭寫到：『包括羅萬俥在內的黑名單上四十多名本省人正在策劃一項陰謀。』這也是半山蘇維熊、游彌堅等人的傑作。」（語見吳濁流著，《臺灣連翹》，頁212。）加上這些半山們與軍統局緊密的關係，因為這些半山們早先均曾參予抗戰的緣故，因此多出身這些軍統體系，所以吳濁流認為這些半山們早已與軍統局內的外省人合作，半山們負責提供臺灣各界領導者的黑名單，以求得自己的飛黃騰達，而軍統局也得以藉由消滅這些領導者，以達日後能對臺灣各界完成更緊密的控制。

生，這些無辜遭難的例子，在今日各類有關二二八事件的研究報告中，也多完全被證實[35]。可見吳濁流在《臺灣連翹》中的這些指證，並非其無的放矢，而吳濁流之所以如此不厭其詳地作這些舉證，一方面除了呼應其第一點的指控外，最主要地還是在為底下所欲證成的一點作說明。即為何事件後被逮捕屠殺的，大多是與事件無關的臺灣各界菁英，而非是在事件中真正帶頭作亂的地痞、無賴呢？

三、揭露二二八事件中，臺灣人菁英被一網打盡的真相

筆者認為，這點應也是吳濁流寫作《臺灣連翹》的真正重點之所在吧。因為任何人只要看到事件初遭難的，都是當時臺灣社會各界的菁英，而非真正殺人放火的地痞、流氓時，就不禁要懷疑，這種逮捕濫殺臺灣人菁英的舉動，其背後的真正動因為何，是否為出自陳儀和軍統局有預謀的措施？如果是，那麼是由誰來策劃；又是由誰來執行這個將臺灣人知識階級一網打盡的計劃呢？前面這個問題，吳濁流在第一點的指控中，已為我們作詳細的分析。而後面這個問題，他也給我們留下這樣的答案。他說：

> 一九七三年近尾某日，是寒冷的一天，我見了久違的P氏[36]。我取出了帶來的原稿，唸給他聽。他一一首肯之後，以亢奮

---

35 對此讀者可自行參閱由臺灣文獻委員會出版的《二二八事件文獻輯錄》，或中央研究院出版，由賴澤涵主編的《二二八事件研究報告》。

36 據《臺灣連翹》頁 213 中所記載：「順便在此略提P……二二八事件時他也被捕，正要喪命時，被一位同是客家的某參謀所救……吳國楨當省主席時，被拔擢就任省建設廳長，可是受了半山們總攻擊，僅一個月即被迫下臺。」及頁 259 所載：「吳國楨就任臺灣省主席後，立刻把二二八事件時僥倖從生命危險裏逃脫出來的蔣渭川、彭德兩人起用為民政及建設廳廳長。……半山們便利用陳誠的勢力，以為打倒土著新人的靠山，攻擊的箭頭，首先集

> 的口吻說：「這項分析遺漏了最重要的一層，那就是認為被捕的黑名單上臺灣人二百多名，全是外省人的主意，事實不然，外省人對臺灣各地各界的領導者不可能知道的那麼詳盡，是從重慶回來的半山幹的，他們是劉啟光、林頂立、游彌堅、連震東、黃朝琴等人。他們把擬具的黑名單請求丘念臺、黃中將簽名，丘念臺看後拒絕簽名，黃中將則支唔其詞，也未簽名。」……只因這份黑名單，悲劇的歷史上演了，美麗的福爾摩沙為此流血。據云臺灣省文獻會王氏[37]之言，劉啟光（原名侯××）在日本時代活躍於農民組合，除了提出上述黑名單之外，還提供了日人的《警察沿革誌》，以為檢舉共產黨員之本。背叛了本省人的這些半山們，雖有種種派別，不過在打倒本省知識階級，以求自己的飛黃騰達，卻是一致的。[38]

這段文句中所提到的 P 氏，根據筆者考證，應為彭德無疑，而王氏當是指王詩琅。此二人均曾在日據時代身赴大陸，參予祖國的抗戰活動，而熟識半山們，亦曾親歷二二八事件，彭德尚且在事件中遭逮捕而險些喪命，因此照理他們對事件的前因及後果，自必有更深一層的體認。吳濁流必也是看重此點，才去專訪他們，故他們的這些指證，應亦具有相當的真實與說服性。否則吳濁流又何必甘冒生命危險地為臺灣的這段歷史公案，留下如此珍異的一筆呢。

中在蔣渭川和彭德身上。結果兩人都從廳長寶座給移到行政院的閒職上。」將此二段記錄相互對照讀之，即可確知吳濁流筆下的 P 氏，即為彭德無疑。

[37] 這裏所提到的王氏，應為王詩琅無疑，因事件時，王詩琅正是任臺灣省文獻委員會委員，而為該文獻會編輯《臺北文物》。

[38] 語見吳濁流著，《臺灣連翹》，頁 209。

四、指控陳誠的惡政

二二八事件後，雖造成長官公署的改組為省政府，並將陳儀調職而起用魏道明為省主席，但這位文官主席，也在彭孟緝等武官派的不合作情況下，作了一年半無實權的臺面人物後黯然下臺。繼之而起的則是軍閥式的陳誠，他一就任後即自兼臺灣省警備總司令及臺灣省黨部主任，一手掌握了黨、政、軍三面大權，並開始其對臺的鐵血政策。故吳濁流在《臺灣連翹》中，毫不客氣地將陳誠在臺之作為，歸納為三大惡政。此吳濁流口中的三大惡政即：

1. 採取「以夷制夷」的中國傳統邊疆政策，讓本省人與外省人對立，以收漁翁之利

吳濁流在文中毫不避諱地指出，陳誠一上臺即起用歸自大陸的半山心腹，如游彌堅、黃朝琴、林頂立、劉啟光、李友邦、連震東、陳尚文、黃國書、鄒清之及本土派的蔡培火、羅萬俥等人，來打擊土著的富翁和日本時代的御用紳士，並「堅守『排除異己』的立場，對反對者絕不寬貸，一律被貼上紅色標籤。」[39]而這「紅的」檢舉，實即是五〇年代白色恐怖的前因。

2. 所謂「耕者有其田」即是用三七五減租，以圖打倒土著勢力

吳濁流認為「三民主義的『耕者有其田政策』是應該和『節制資本』一併施行的，兩者一如車子的雙輪，缺一不可。因耕者有其田，表面上自耕農增加了，可是農民的實際收入並未增加。」[40]吳

---

[39] 語見吳濁流著，《臺灣連翹》，，頁250。
[40] 同上註，頁252。

濁流並舉以下實例來說明其言有據，他說：「戰前只要賣出一斤谷子，便可以買回兩斤半硫安的。換一種說法，肥料的價格比戰前漲了六・二五倍。而總有『應繳田賦實物』、『附徵教育經費』、『隨賦徵購』等，全部都必須繳谷，而谷價則是『公定價格』，低廉時，以總物價指數為一百，則米價僅及四二・七，且有朝三暮四的情況。農人即使成為自耕農，生活也不會豐裕些，今日農村的窮困，便是二十幾年前這種政策所累積下來的，絕不是忽然惡化的。」[41]

3.「幣制的改革」使全省民衆皆蒙受其害

此點已在本書第三章第三節有關〈三八淚〉的介紹中談及，在此不再贅述。然在此須另加補充的是民國三十八年六月所實行的「幣制改革」（四萬舊臺幣兌換一元新臺幣的措施），原是欲以抑制通貨膨脹為目的。但實施後顯然效果不彰，因為民國三十九年臺灣的物價依然有增無減，當時通貨膨脹率仍高達百分之四百左右，直到民國四十年「美援」中的大量物資湧入臺灣，才解決了當時市場物資匱乏之情形。因此從民國四十年起，臺灣的通貨膨脹率才逐漸下降，民國四十年降至百分之六十六，民國四十一年降至百分之二十三，民國四十二年再降至百分之八・七六，直至民國四十三年，通貨膨脹率現象始真正抑制住，因為該年之通貨膨脹率僅百分之二・三六[42]。顯然「幣制改革」當時並未發揮當初制定實行以抑制通貨膨脹的效益，反倒由此資料，可證成吳濁流文中所指責「幣制改革」之結果，對全省民眾所造成的嚴重傷害之指控，並非所言無據呢。

---

[41] 同註39，頁252。

[42] 以上資料，參見尹仲容著，〈十年來美國經濟援助與臺灣經濟發展〉，該文收入於《臺灣銀行》季刊（第十二卷第一期），頁77。

五、批判民國四十六年五月二十四日，美國大使館佔領暴動事件

此事件之緣起，乃是一個叫劉自然的外省籍男子，於民國四十六年三月二十日晚上，在草山的美軍宿舍窺伺浴室，而被美兵雷諾開槍擊斃。五月二十三日中午，美軍顧問團軍事法庭對此案下二度無罪之判決。但此判決引起劉妻之不滿，手擎抗議標語到美國大使館抗議，於是吸引了許多民眾聚集。然因美國大使館不加理睬，終激起民憤，向大使館投擲石塊，打破窗玻璃，還把大使館的國旗拉扯下來撕破。這樣看似與政府之施政無關之偶發事件，而吳濁流卻對其如此斷言：「美方自然很生氣，但這是咎由自取，而且像是被飼狗咬了一口，無可發作。」[43]

六、批判民國四十九年九月四日發生的《自由中國》雷震事件，並揭露胡適的虛假面目

《自由中國》雜誌創刊於民國三十八年十一月二十日，以政治性批判為主要方向，鼓吹民主政治，著力於民眾的啟蒙。社長雷震是國民黨元老，但他向來就主張應把國民黨一分為二，形成像美國那樣的兩黨，允許反對黨的成立，此項主張紛紛獲得在野政客的響應。然而民國四十九年雷震所籌備的新黨即將成立之前夕，國民黨即以迅雷不及掩耳的方式，將雷震逮捕，於是成立新黨之計劃，也如曇花一現般的草草結束。這時與雷震是好友的胡適，卻從美國千里迢迢地趕回來，「人們錯認胡適是為了援救雷震而趕回來的。胡適一下飛機就說，

---

[43] 語見吳濁流著，《臺灣連翹》，頁 262-263。

他是為就任中央研究院院長而回來的，對雷震被捕事件則隻字未提。記者們把問題集中在雷震，連連詢問，他卻只是顧左右而言他，不予置答。」[44] 因此吳濁流相當不滿地批評胡適的人格曰：「胡適只不過是經常投靠權力的一方，但求自己飛黃騰達的人物罷了。」[45]

綜合以上所言，可以知道前三點是有關吳濁流對其所知的二二八事件內幕的陳述與揭露。但雖是記其所知，我們仍可由文中看出吳濁流在記述時，大量引用當時相當可靠的相關資料來作檢證，以期取信於他的讀者。因此觀吳濁流如此之舉措，若說不是為「歷史作見證」，又為何如此呢。然而這些的「證言」，吳濁流怎麼不在《無花果》中一併指出，何以要另寫一部性質相若的《臺灣連翹》，才在當中完全揭露呢？以下就他自己所說的這段話，似正可以為這個問題，提供一明確的答案，他說：

> 我在《無花果》裏只寫到二二八事件，以後的事沒有勇氣繼續詳細寫下。即使有這勇氣，因為把二二八事件的時候出賣本省人的半山的行為誠實地描述下來，那麼我不但必受他們的懷恨，而且還大有遭他們暗算之虞。話雖如此，但是如果不把二二八事件後的事寫下來，則我的著作《無花果》與《瘡疤集》之間缺少有力的作品，時間上有了空白，不免自覺有所不滿。平心而言，二二八事件後的民國三十六年三月起到民國三十九年初這段時間，是社會最亂的期間，最多光怪陸離的事件。此事若不寫，便是功虧一簣了。為此，我寫下了《無花果》的姊妹篇《臺灣連翹》，以為《無花果》之續，填滿上述的空白。[46]

---

[44] 同註 43，頁 266。
[45] 同註 43，頁 266。
[46] 語見吳濁流著，《臺灣連翹》，頁 258。

在這裏，也終於讓我們明瞭，為何吳濁流在《無花果》中，凡涉及此事件的人物，皆只以姓氏帶過。而在寫《臺灣連翹》時，又要以日文起草，又要遺言留待十年、二十年後出版。此舉除為避政治之諱外，怕受被文中點名到的半山之報復，當亦為重要之因。[47]

當然這樣的說明，仍不足以道出吳濁流何以在《無花果》和《臺灣連翹》中所用的措詞，會產生如此大的差異。因此我們有必要再來分析《無花果》中所無，而只存在於《臺灣連翹》中，對國府政治的批評之後三點內容。文中吳濁流曾將陳誠在臺灣的作為，歸為三大惡政，並將當時國民黨諷喻為美國所飼養的狗，又藉《自由中國》雷震事件，來揭發國民黨長久以來一黨專政的私心。

平心而論，吳濁流對陳誠土地改革的指控，及對國民黨作為美國狗的諷喻，難免有失偏頗[48]。但我們也可由此而證實前面所推

[47] 鍾肇政曾說明吳濁流的《臺灣連翹》之所以以日文起草，乃因長篇作品字數較多，需費好長一段時間，加上其年事已高，故用較熟悉的日文起草，以期省力。但在此即令筆者產生二個疑問：一是《無花果》乃由中文完稿，顯示吳濁流有能力使用中文從事長篇創作，但何以《臺灣連翹》卻堅持使用日文。二即《臺灣連翹》完稿於民國六十三年十二月，然吳濁流在《臺灣連翹》尚未完稿的民國六十二年即開始自譯該書中的一至八章，並連載於其所創刊的《臺灣文藝》第三十九至四十五期，而此書完稿至吳濁流逝世，這中間也有二年的時間，足夠吳濁流自譯全文，但何以吳濁流不再譯完第九章後的日文，而要自云「待十年或二十年後留與後人發表。」因此或許吳濁流在創作《臺灣連翹》時，其年事確實已高，故以熟悉的日文起草，較為省力，然筆者認為這僅能算是其原因之一，因為只要從以上兩個疑點去深思，自不難體會出當中的真正原因，還是在避政治之諱，及怕受其所指責的當事者之報復較為實在。

[48] 以土地改革來說，對無田的佃農採取「三七五減租」之外，並配合所謂「公地放領」政策，使得佃農漸漸能擁有自己的土地耕作，此政策對農村經濟及農民生活之提昇，確是有極大之幫助。至於將國民黨政府比喻為美國所飼養的狗，在某程度上雖不無道理，但是回到以當時的歷史眼光來看待，國府接受美國的軍、經援助，確實是有其必要的措施，因為這項軍、經援助，不僅穩固了風雨飄搖的臺海情勢，也讓搖搖欲墜的臺灣經濟得以漸漸

知，吳濁流在二二八事件後，對政府的各項施為早存不滿之心，只是他仍期待藉著他的平和之筆，來喚醒政府及早拿出魄力，對此仍懸宕的事件，做出一徹底完滿之檢討，甚或能因此而為往後政治另開一新局。但是讓吳濁流萬萬沒有想到的是，《無花果》中所採取的寬容建言，竟還是被當時的警總當作「居心叵測」的言論，而加以查禁。故對政府已完全喪失信心，甚或被激怒的吳濁流，索性另在《臺灣連翹》中，毫無保留地盡情描述他所知道的二二八史實的內幕，並兼及對專制政權提出他最不滿的控訴。如此一來得以發抒他所遭受誤解的情緒，二來又可遂行其為歷史存證言的歷史使命感。只是《無花果》的被查禁，正好提醒他，在那言論尚未完全自由的年代裏，雖是記錄歷史，還是應該正視這「政治現實」地效法《亞細亞的孤兒》般，加點保護措施吧。[49]

復甦，對整體臺灣人民的生命財產之保障，亦不無實質的幫助。

[49] 據查《無花果》乃於民國六十四年四月十二日遭警總查禁，而《臺灣連翹》亦是由同年的九月起稿，筆者認為這並不單純僅是時間上的巧合，因從《無花果》的發表到《臺灣連翹》的起稿，中間相隔有四年時間，此四年並不算短，吳濁流何以單選在《無花果》遭查禁後不到五個月，才動手撰寫《臺灣連翹》。我們再從《臺灣連翹》結尾的行文措詞中，又可相當明顯地看出吳濁流對當時政府的施政與文藝政策，所隱含的不滿情緒，最後再從《臺灣連翹》的書名的含義據以分析，自可明白《臺灣連翹》確是反映《無花果》之被禁而作無疑。

第七章　結論

我們不必諱言，日據下和光復初的臺灣，都是由執政者依恃強權來左右人民思想及言論的時代。因此生活在這樣的環境下，還能夠看清事實的真相，而不跟隨著執政者的鞭子起舞，以創作不「拍馬屁」之文學，並堅持文學應寫盡天下蒼生苦難的作家，其本身若非具有過人的道德勇氣與使命感，實不足以為之。而在日據末期才投身寫實小說的創作，光復後並全力創辦《臺灣文藝》的吳濁流，確實堪稱是這樣一位能終生為此理想，而不惜犧牲奉獻生命的作家。我們從前面的研究論述中知道，吳濁流雖然自幼就受著祖父那近乎道家隱忍避禍之處世哲學的庭訓，但是他卻：

> 是在舊文學與新文學之間長大的文人，他所受的教育雖然是日本人的殖民地教育，可是多少也接受了日本明治時代以至於大正時代的那種舊式自由主義的薰陶。我所指的舊式自由主義是還沒有同社會主義結合的那種自由主義。吳老風骨凜然，有時為真理而反對到底的大無畏精神，也大概來自這種自由主義者的信念吧。由於他是個信仰儒家思想的舊式自由主義者，所以他的懷疑精神也特別到家。非把事情的來龍去脈搞得一清二楚之前，他對任何事物都敢於存疑。因此他看人也特別尖刻，不相信一個人的表面形象，尤其對一部份特權階級，更是嫉惡如仇，常破口大罵。[1]

1　語見葉石濤著，《文學回憶錄》（臺北：遠景出版社，1983），頁 48。

由葉石濤的這段對吳濁流人格思想之剖析，配合他自幼得自於祖父口中的庭訓，正足以說明吳濁流之所以「沒有像賴和及楊逵那樣投身於民族運動的最前線，做一名勇猛的民族鬥士。」然其自身卻又不甘平淡於歷史之河的隨波逐流，雖然他也曾一度致力於漢詩的創作，但那畢竟也只能寄寓他的心情，而記錄不了他所關心的臺灣苦難大眾之生活。這時發展於民國九年，以批判性寫實為依歸的臺灣新文學，正好提供他為歷史留存證言的一個最好之表現方式。

因此在他日據時代所完成的小說中，我們可以很清楚地看到在臺灣的日、臺人民，因不同的民族思想及利益相互衝突下，而產生種種矛盾與對抗之現象。也看到臺灣人在日帝的強權壓迫下，分別所展現出的堅強、徬徨、無奈之人物性格，以及不敢採取正面回應而選擇迂迴的反抗，或甚至淪為其幫兇的各類人物之類型。而我們也能在他光復後的小說作品中，見到他以同於日據時期正氣凜然的心情與筆調，為民眾傳達他們真摯的心聲。

雖然他這時期的代言，並未得到在上位者的尊重與認同，而給予查禁的對應。但我們仍能透過他對其生平的回憶，及對時局批判的隨筆[2]，深切地感受到這些小說的創作，都是經過吳濁流「周詳的觀察、冷靜的思考、深刻的體認」[3]之結果。因此在內涵的呈現上，不論是日據時代或光復初的小說，都能較與他同時期的其他小說作家之作品，更見豐富及批判性。當然吳濁流在從事這些批判性格濃烈的小說創作時，也並未為屈從於歷史真實的呈現，而完全忽

---

2 由於吳濁流創作的文類中，包括許多記載他生平以及批評時局的隨筆，而透過這些隨筆的了解，使我們更能清楚於吳濁流所有小說的創作原由，因此這些隨筆，可以說是我們這些研究者探索吳濁流小說真面目中，不可或缺的橋樑。

3 語見鍾肇政著，〈『吳濁流選集』簡介〉，收入於《臺灣文藝》第十四期，頁 43。

略了內容技巧的表現。因此我們在他的作品中，不是也可以很明顯地看到他在象徵及諷刺手法上的努力與成果嗎。

最後我們當然還是要為吳濁流在光復後所寫的作品，不為政府所容之原因，找出較真實的答案。平心而論，吳濁流在某些觀點上，或因為所持的角度不同，或限於認知上的差異，因此對於政府的各項施為，如陳誠在土地改革上的成就，以及政府為國家安全和利益而接受美援的看法，難免有失偏頗與批評過當。但對於吳濁流因愛國而容不下社會病象，而急欲藉著小說剔出病源，以達到改革目的的心情，政府顯然也未能真切去體認，因此誤解而處置過當的情形才會不斷地發生。然而以現在這個社會自由開放的程度，也該是讓我們重新來正視這些小說的價值，並還給他一個歷史公道的時候了。

故據以上的探究分析，可以論斷吳濁流小說之價值所在，無論是在日據時期以及光復之後，皆在於其勇敢地批判受專制政權所刻意封鎖或遺忘的現實上，並且內容亦頗能掌握時代的脈動，而不枉其作為「為歷史存證言」的歷史意義。可是如果站在純粹文學藝術研究的觀點來看，也由於吳濁流太強調這個作品的社會性，並且在刻意「為歷史存證言」之前提下，而往往必須牽就於實質的證據[4]，以至於無形中忽略了作品的文學特性，而終難提高

[4] 如「穀賤傷農」的這段敘述：「我記得從前一斤米的價值，可以買三尺漂白布，現在一碼布就要三四斤米的價值，你想，了得不了得。……像我僅耕一甲地的人，雖然實行三七五減租，也賺不到這許多。一甲田在收成最好的年成，早季不過五千斤，晚季四千斤，一年收總計起來只也不過九千斤。這九千斤要納頭家租穀三千餘斤，火食要三分之一，其餘所有什費開銷樣樣都要用穀去換。現在肥料也不比從前，貴得可怕，從前一斤穀子糶出去，可買二斤半硫安，光復後有一個時期一斤肥料換過二斤半穀，你想貴了多少倍呢？現在一斤肥料還要換二三斤穀，一甲地所需的肥料就要七八百斤穀來換。不但如此，水租也要穀，公學校也要穀，三除四扣，總是阿彌陀佛，嗚呼哀哉。即使剩有三四百斤穀子，拿出去糶，能買得多少東西？」語見吳濁流著〈狡猿〉，收於張良澤編《吳濁流作品集 3・波茨坦科長》，

其小說的藝術價值。無怪乎他的文學知音張良澤，會如此評斷他的小說。他說：

> 吳濁流的作品我認為是不能稱為偉大的作品，偉大的作品除了技巧、主題外，應該是把人的精神提昇到更高的境界，看完後能令人憧憬著一個更高，更遠的未來世界。讀吳濁流的作品欠缺這種提昇的力量，我們只能和作者一樣停留在一個歷史貌的醜惡世界，沒有很大的激動力量，我認為這是他作品藝術性不夠的地方。[5]

而同樣地，葉石濤在他的〈吳濁流論〉中，也有類似的批評，他說：

> 吳濁流的小說一向建立於堅固的社會觀點上，予人以真實的感觸。我特別要提出的是他的思路清晰，他兼有堅忍不拔的文學魂。因此在他的小說裏，他從來沒有向世俗的、市儈的思想低過頭，也沒有向任何違背他立場的現實妥協過。五四運動思潮的菁華給臺灣作家帶來了許多刺激，吳濁流在時代空氣圍繞之中攝取了科學的精神，驕傲的民族意識，培養了對於日本軍閥熾烈的憎恨。由於他以科學分析的眼光，把握住社會轉變的過程，於是他小說裏的人物無一不具備血肉之軀，透露著該時代社會的氣息。他這種特質是現近年青一代

頁 112。如此精確的數字資料，這在其他人的小說中是難於見到的，但我們卻在吳濁流的小說中，時有所見，這顯然是吳濁流為了證明他的敘述是合於真實狀況的，因此像這樣數字式的論據，在〈狡猿〉、〈牛都流淚了〉及〈矛盾〉中，都被大量地使用。然而這樣的論證，雖然確可以增加其作為見證歷史之小說的真實性，但卻也因此而影響他小說的所謂藝術性。

5 語見張良澤所策劃主持之〈不滅的詩魂-吳濁流作品研討座談會記錄〉，收錄於《臺灣文藝》，第五十八期，頁 175-176。

> 的作家所欠缺的。簡而言之，吳濁流的小說有濃厚的社會性。這社會性決定了他的小說的特異風格，與眾不同的鄉土性，但多少也損害了小說應有的藝術性。不過魚和熊掌吾人不能兼而有之，我們也不能太過於挑剔了。[6]

有見於此，不禁令我們想起近代日本文藝批評家廚川白村所說的一段話，他說：

> 忠實地描繪實際事件，儘管能求得科學意義之下的真，但卻失去了藝術上的真。[7]

但是話又說回來，不也因為吳濁流的創作目標，總是努力於追求這種科學意義上的真，而終能讓他贏得這「臺灣文學史上最有力的歷史見證人」及「四百年來有良知的臺灣知識份子的代表人物」之令譽[8]。吳濁流在晚年曾自謙其文學是「拼命文章不足誇，人生如夢夢如花。」[9]但佩服於他一生均能堅持於為歷史存真的道德勇氣，於是筆者除讚以「拼命文章才堪誇」外，並期望藉著本文中為吳濁流日據時代的小說所作之介紹，及為其光復後遭查禁的小說所作的辯誣，能獲得政府及關心臺灣新文學發展的文壇先進和後輩之認同與迴響，而還給吳濁流在臺灣文壇一個應得的不朽地位。

6　語見葉石濤著，《臺灣鄉土作家論集》，頁 122。

7　語見廚川白村著、陳曉南譯，《西洋近代文藝思潮》（臺北：志文出版社，1975），頁 211。

8　語見林衡哲著，〈三讀『無花果』〉，收入於《無花果》後記，頁 231。

9　此詩本為吳濁流為悼亡其妻而作，原詩為「拼命文章不足誇，人生如夢夢如花。可憐只為山妻死，卻使心情亂如麻。」但前二句實可視為其對自己畢生文學的論評。

附錄一

吳濁流生平大事記及寫作年表

西元	中國	日本	年齡	大事記及著作概況	背景
一八〇四	嘉慶九年			廣東鎮平（焦嶺）吳氏念七公派下十七世卓官公率子慶榮公來臺，生十九世芳信公五兄弟。芳信公生秀源公。	
一八九四	光緒二十年	明治二七年			中日甲午戰爭訂馬關條約。
一八九五	光緒二一年	明治二八年			割讓臺灣。
一八九六	光緒二二年	明治二九年			六三法（法律第六十三號）公佈。
一九〇〇	民前十二年	明治三三年	一	六月二日生。父吳秀源，母朱滿妹，上有兄建能、建業及姐桃妹。住新埔鎮巨埔里十號。	
一九一〇	民前二年	明治四三年	十一	入學新埔公學校。	日韓合併。
一九一二	民國元年	明治四五年	十三	祖父芳信公逝世（享年七三歲）。	武昌起義。
一九一四	民國三年	大正三年	十五		苗栗羅福星事件。
一九一六	民國五年	大正五年	十七	新埔公學校畢業，旋即入學國語學校師範部。	西來庵事件。

一九一九	民國八年	大正八年	二十	參加畢業旅行，觀光日本十八天，國語學校改稱臺北師範學校。	中國五四運動。
一九二〇	民國九年	大正九年	二一	臺北師範學校畢業，任照門分教場主任。	
一九二一	民國十年	大正十年	二二	發表教育論文〈論學校教育與自治〉。	臺灣文化協會成立。
一九二二	民國十一年	大正十一年	二三	因論文之內容被當局認為思想偏激，四月左遷苗栗四湖公學校。	
一九二三	民國十二年	大正十二年	二四	入訓導講習所三個月。	
一九二四	民國十三年	大正十三年	二五	四月調至五湖分教場服務。九月與林先妹小姐結婚。	
一九二五	民國十四年	大正十四年	二六	二月因急性肺炎，險失一命。	
一九二六	民國十五年	昭和元年	二七	發表教育論文〈對會話教授的研究〉，受新校長穎川之賞識，十月復調四湖本校服務。	
一九二七	民國十六年	昭和二年	二八	參加苗栗詩社。	臺灣民衆黨成立。
一九三〇	民國十九年	昭和五年	三一		霧社事件。
一九三二	民國二一年	昭和七年	三三	參加大新吟社，因疑似肺結核，在家休職一年。	上海事變。
一九三三	民國二二年	昭和八年	三四	三月復職五湖公學校。	
一九三六	民國二五年	昭和十一年	三七	受同事袖川小姐之鼓勵開始從事小說創作，〈水月〉、〈筆尖的水滴〉(未譯)、〈泥	

				沼中的金鯉魚〉皆發表於《臺灣新文學》，其中〈泥沼中的金鯉魚〉並獲《臺灣新文學》徵文比賽首獎。	
一九三七	民國二六年	昭和十二年	三八	轉任關西公學校首席訓導。創作小說〈歸兮自然〉、〈五百錢之蕃薯〉、〈功狗〉。發表教育論文〈下學年數學教授的研究〉。	蘆溝橋事變。中日全面戰爭。
一九三九	民國二八年	昭和十四年	四十	因抗議日閥在臺全面實施青年訓練，與校長衝突，復遭左遷馬武督公學校主任。	
一九四〇	民國二九年	昭和十五年	四一	服務二十年獲敘勳，但因憤慨郡視學在新埔運動場肆意凌辱臺籍教員，抗議無效而辭職。	
一九四一	民國三十年	昭和十六年	四二	一月隻身歸祖國，任南京大陸新報記者。	太平洋戰爭。
一九四二	民國三一年	昭和十七年	四三	三月返臺，任苗栗米穀納入協會出張所主任。創作隨筆〈南京雜感〉，分十個月發表於《臺灣藝術》。	
一九四三	民國三二年	昭和十八年	四四	起稿小說〈胡太明〉（即〈亞細亞的孤兒〉）。調新竹支部。	臺灣實施徵兵制。
一九四四	民國三三年	昭和十九年	四五	任臺灣日日新報、臺灣新報記者。創作小說〈陳大人〉、〈先生媽〉。	
一九四五	民國三四年	昭和二十年	四六	任新生報記者。五月〈胡太明〉完稿。隨筆〈日本應往何處去〉。	臺灣光復。

一九四六	民國三五年		四七	十月任民報記者。《胡太明》出版。	
一九四七	民國三六年		四八	八月任社會處科員。隨筆《黎明前的臺灣》出版。	二二八事件。
一九四八	民國三七年		四九	任大同工學校訓導主任。小說《波茨坦科長》出版。創作隨筆〈臺灣文學的現況〉。小說〈泥濘〉起稿。	
一九四九	民國三八年		五十	任機器同業公會專員。漢詩《藍園集》出版。創作隨筆〈書呆子的夢〉。	國府遷臺。
一九五〇	民國三九年		五一	創作小說〈友愛〉。〈泥濘〉完稿。	韓戰。美軍協防臺灣。
一九五四	民國四三年		五五	發表隨筆〈新文學的氛圍氣〉於《臺北文物》。	
一九五五	民國四四年		五六	小說〈狡猿〉起稿。	
一九五六	民國四五年		五七	〈狡猿〉完稿。《亞細亞的孤兒》在日本出版。	
一九五七	民國四六年		五八	旅行日本六星期。作漢詩〈東遊吟草〉一〇二首。	
一九五八	民國四七年		五九	創作小說〈銅臭〉、〈閒愁〉。漢詩集《風雨窗前》出版。自譯〈友愛〉、〈功狗〉。	
一九五九	民國四八年		六〇	自譯〈書呆子的夢〉。六月初次咯血，不久即止。	八七水災。
一九六〇	民國四九年		六一	創作小說〈三八淚〉。小說〈路迢迢〉起稿。二次咯血，不久即止。	
一九六一	民國五十年		六二	創作隨筆〈有關文化的雜感一二〉。三次咯血，繼續六個月。	

一九六二	民國五一年		六三	創作漢詩〈芳草夢〉一二二首。六月由傅恩榮譯的《亞細亞的孤兒》由臺北南華出版社出版。四次咯血，險失一命。	
一九六三	民國五二年		六四	創作隨筆〈漫談文化沙漠的文化〉和小說〈老薑更辣〉。六月漢詩〈濁流千草集〉由臺北集文出版社出版。十一月《瘡疤集》復由集文出版社出版。	
一九六四	民國五三年		六五	創辦臺灣文藝雜誌社，出版《臺灣文藝》雜誌。創作隨筆〈臺灣文藝的產生〉、〈漢詩必須革新〉、〈歷史有很多漏洞〉、〈給有心人的一封信〉、〈關於漢詩壇的幾個問題〉、〈覆鍾肇政的一封信〉、〈意外的意外〉、〈漫談臺灣文藝的使命〉、〈一場虛驚〉、〈惜哉臺灣文藝月刊〉、〈傳記小說不振的原因〉。	
一九六五	民國五四年		六六	自臺灣機器工業同業公會專門委員職退休。遊香港、日本四十五日。創作小說〈幕後的支配者〉、〈很多矛盾〉、〈牛都流淚了〉和隨筆〈為自由詩壇說幾句話〉、〈對詩的管見〉、〈要經得起歷史的批判及對得起子子孫孫〉、〈回憶我的第二故鄉〉、〈光復二十週年的感	

				想〉、〈忘卻歌唱的金絲雀〉、〈急流勇退〉。創作新詩〈萬國文藝攤的拍賣〉。	
一九六六	民國五五年		六七	作漢詩〈東遊吟草〉一二〇首。隨筆〈評魏畹枝的『對象』〉、〈我的批評〉、〈兩年來的苦悶〉、〈悼江肖梅〉、〈東遊雜感〉、〈遊鸕鶿潭記〉、〈仰看青天〉。	
一九六七	民國五六年		六八	任栗社顧問。創作隨筆〈回想照門分教場〉、〈懷念吳新榮君〉。小說〈路迢迢〉完稿。	
一九六八	民國五七年		六九	環球旅行。創作隨筆〈談西說東〉、〈為臺灣文藝講幾句閒話〉及中文回憶錄《無花果》。	
一九六九	民國五八年		七十	創作吳濁流文學獎。寫隨筆〈我設文學獎的動機和期望〉。自譯〈泥濘〉。	
一九七〇	民國五九年		七一	創作隨筆〈回憶大同〉、〈看雞栖王的作風〉、〈回憶五十年前的母校〉、〈回想母校的今昔感〉、〈素富貴行乎富貴〉、〈羅福星的詩與人〉、〈川端康成的弦外之音〉、〈再論中國的詩〉、〈回憶五湖〉。《無花果》由臺北林白出版社出版，旋即遭查禁。	
一九七一	民國六〇年		七二	東遊琉球、日本。創作隨筆〈東遊雅趣〉、〈別人無份的世界猶之乎熄火山〉、〈贅	

				言〉、〈設新詩獎的動機〉。漢詩集《晚香》出版。日文回憶錄《臺灣連翹》起草。	
一九七二	民國六一年		七三	年初漫遊東南亞。創作隨筆〈東南亞漫遊記〉、〈既到臨崖返轡難〉、〈遊五指山記〉。漢詩〈晚霞〉一〇一首。	
一九七三	民國六二年		七四	元配林先妹女士逝世。自譯《臺灣連翹》一至八章。漢詩總集《濁流詩草》出版。	
一九七四	民國六三年		七五	四月遊南北美洲。十月患腳風。創作隨筆〈對文學的管見之一二〉、〈南美遊記〉。	
一九七五	民國六四年		七六	十月遊印尼、澳洲、紐西蘭、馬尼拉各地。創作隨筆〈印澳紐遊記〉、〈睽違三年重遊日本〉、〈重訪四湖〉、〈回顧日據時代的文學〉。	
一九七六	民國六五年		七七	三月遊印度、埃及、非洲等地。籌設臺灣文藝資料館。創作隨筆〈非印遊記〉、〈大地回春〉、〈北埔事件抗日烈士蔡清琳〉。九月十一日偶染風寒，不意併發肝疾、糖尿和白血球過多等症，病情惡化，十月七日溘然長逝，享壽七十有七。	

附錄二

臺灣地區戒嚴時期出版物管制辦法（民國五十九年五月二十二日國防部公布）

第一條　為管制出版物特依戒嚴第十一條第一款之規定訂定本辦法。

第二條　匪首、匪幹之作品或譯者及匪偽之出版物一律查禁。

第三條　出版物不得有左列各款情形之一：

1. 洩漏有關國防、政治、外交之機密者。
2. 洩漏未經軍事新聞發布機關公布屬於「軍機種類範圍令」所列之各項軍事消息者。
3. 為共匪宣傳者。
4. 詆譭國家元首者。
5. 違背反共國策者。
6. 淆亂視聽，足以影響民心士氣或危害社會治安者。
7. 挑撥政府與人民情感者。
8. 內容猥褻有悖公序良俗或煽動他人犯罪者。

第四條

1. 本戒嚴地區遇有變亂或戰事發生，臺灣警備總司令部對出版物得事先檢查。
2. 前項措施之開始，另以命令行之。

第五條　凡在本地區印刷或出版發行之出版物，應於印就發行時，檢具樣本一份，送臺灣警備總司令備查。

第 六 條　在本地以外出版之出版物，除確供自用，經港口機場檢查單位查核放行者外，應呈經主管機關核准後，始得進口。

第 七 條　凡出版物進口時，應由臺灣警備總司令部查驗。

第 八 條　出版物有本辦法第二條或第三條之情事者，對其出版發行人應依有關法令予以處分，並扣押其出版物。

第 九 條　違反本辦法第五條之規定者，得比照出版法第三十八條第一款之規定辦理之。

第 十 條　違反本辦法第六條之規定，應將其出版物扣押，在一個月內，提出申請經主管機關核准者，得於補辦進口手續後發還。

第十一條　本辦法自公布日施行。

參考書目

壹、專書

1. 吳濁流著（1988），《無花果》，臺北：前衛出版社。
2. 吳濁流著、鍾肇政譯，（1987）《臺灣連翹》，臺北：南方出版社。
3. 吳濁流著、張良澤編（1977），《吳濁流作品集 1-6》，臺北：遠行出版社。
4. 吳濁流著（1971），《泥濘》，臺北：林白出版社。
5. 吳濁流著（1966），《吳濁流選集（小說卷）》，臺北：廣鴻文出版社。
6. 吳濁流著（1967），《吳濁流選集（漢詩、隨筆卷）》，臺北：廣鴻文出版社。
7. 吳濁流著（1973），《濁流詩草》，臺北：臺灣文藝雜誌社。
8. 吳濁流著（1971），《晚香》，臺北：臺灣文藝雜誌社。
9. 吳濁流著（1969），《談西說東》，臺北：臺灣文藝雜誌社。
10. 吳濁流著（1973），《東南亞漫遊記》，臺北：臺灣文藝雜誌社。
11. 鍾肇政、葉石濤主編，（1979）《光復前臺灣文學全集 1-8 卷》，臺北：遠景出版社。
12. 葉石濤著（1979），《臺灣文學史綱》，高雄：文學界雜誌社。
13. 古繼堂著（1989），《臺灣小說發展史》，臺北：文史哲出版社。
14. 古繼堂著（1989），《臺灣新詩發展史》，臺北：文史哲出版社
15. 彭瑞金著（1991），《臺灣新文學運動四十年》，臺北：自立出版社。
16. 盧卡奇著、呂正惠著（1988），《現實主義論》，臺北：雅典出版社。
17. 李喬著（1986），《小說入門》，臺北：時報出版社。
18. 佛斯特著、李文彬譯（1973），《小說面面觀》，臺北：志文出版社。
19. 劉昌元著（1991），《盧卡奇及其文哲思想》，臺北：聯經出版社。
20. 伊格頓著、文寶譯（1987），《馬克思主義與文學批評》，臺北：南方出版社。

21.臺灣總督府編（1989），《臺灣社會運動史（原臺灣總督府警察沿革誌）》一～五冊，臺北：創造出版社。
22.王曉波編（1985），《臺灣抗日文獻選編》，臺北：帕米爾出版社。
23.王曉波著（1986），《被顛倒的臺灣歷史》，臺北：帕米爾出版社。
24.王曉波著（1988），《臺灣史與臺灣人》，臺北：東大出版社。
25.王曉波著（1986），《臺灣史與近代中國民族運動》，臺北：帕米爾出版社。
26.王曉波編（1985），《臺灣的殖民地傷痕》，臺北：帕米爾出版社。
27.王曉波著（1981），《走出臺灣歷史的陰影》，臺北：帕米爾出版社。
28.矢內原忠雄著、周憲文譯（1985），《日本帝國主義下之臺灣》，臺北：帕米爾出版社。
29.葉榮鐘著、李南衡編（1985），《臺灣人物群像》，臺北：帕米爾出版社。
30.葉石濤著（1990），《臺灣文學的悲情》，高雄：派色文化出版社。
31.葉石濤著（1992），《臺灣文學的困境》，高雄：派色文化出版社。
32.葉石濤著（1990），《走向臺灣文學》，臺北：自立報系出版社。
33.葉石濤著（1983），《文學回憶錄》，臺北：遠景出版社。
34.葉石濤著（1985），《沒有土地・哪有文學》，臺北：遠景出版社。
35.葉石濤著（1981），《作家的條件》，臺北：遠景出版社。
36.葉石濤著（1990），《臺灣男子簡阿淘》，臺北：前衛出版社。
37.陳映真著（1984），《孤兒的歷史・歷史的孤兒》，臺北：遠景出版社。
38.呂正惠著（1988），《小說與社會》，臺北：聯經出版社。
39.柯喬治著、陳榮成譯（1991），《被出賣的臺灣》，臺北：前衛出版社。
40.光復前臺灣作家作品集（1981），《寶刀集》，臺北：聯經出版社。
41.臺灣省文獻委員會編印（1991），《二二八事件文獻輯錄》。
42.林雙不編（1989），《二二八臺灣小說選》，臺北：自立出版社。
43.楊桓達編譯、丘為君校訂（1988），《小說理論》，臺北：五南圖書出版社。
44.楊碧川著（1987），《簡明臺灣史》，臺北：第一出版社。
45.吳密察著（1991），《臺灣近代史研究》，臺北：稻鄉出版社。
46.莊嘉農著（1990），《憤怒的臺灣》，臺北：前衛出版社。
47.廚川白村著、陳曉南譯（1975），《西洋近代文藝思潮》，臺北：志文出版社。
48.鍾肇政著（1991），《西洋文學欣賞》，臺北：志文出版社。
49.顏元叔主編（1973），《西洋文學術語叢刊上、下冊》，臺北：黎明文化出版社。

50.賴澤涵、馬若孟、魏萼著、羅珞珈譯（1993），《悲劇性的開端・臺灣二二八事變》，臺北：時報文化公司。
51.吳濁流編，《臺灣文藝》一～五三期。

貳、單篇論文

1. 葉石濤著，〈論吳濁流「幕後的支配者」〉，《臺灣文藝》第九期。
2. 葉石濤著，〈臺灣作家論（吳濁流、鍾肇政）〉，《臺灣文藝》第十二期。
3. 鍾肇政著，〈「吳濁流選集」簡介〉，《臺灣文藝》第十四期。
4. 子敬著，〈由「亞細亞的孤兒」談吳濁流的精神〉，《臺灣文藝》第二三期。
5. 竹內照夫著、鍾肇政譯，〈吳濁流的漢詩〉，《臺灣文藝》第二七期。
6. 張彥勳著，〈老當益壯的硬漢——吳濁流〉，《臺灣文藝》第三十期。
7. 尾崎秀樹著，〈吳濁流的文學〉，《臺灣文藝》第四一期。
8. 瀧川勉著，〈殖民地統治下的臺灣民眾群像〉，《臺灣文藝》第四二期。
9. 工藤好美，〈評吳濁流「亞細亞的孤兒」〉，《臺灣文藝》第四五期。
10.鍾肇政，〈以殖民地文學眼光看吳濁流文學〉，《臺灣文藝》第五三期。
11.龍瑛宗著，〈暝香〉，《臺灣文藝》第五三期。
12.艾鄧著，〈讀吳濁流「亞細亞的孤兒」〉，《臺灣文藝》第五三期。
13.鄭清文著，〈吳濁流先生之死〉，《臺灣文藝》第五三期。
14.丘秀芷著，〈懷念吳老先生〉，《臺灣文藝》第五三期。
15.孟佳著，〈紀念吳濁流先生——孟佳籲請當局解禁「無花果」〉，《臺灣文藝》第五三期。
16.王詩琅著，〈純樸的鄉下人〉，《臺灣文藝》第五三期。
17.廖清秀著，〈悼念濁流先生〉，《臺灣文藝》第五三期。
18.劉靜娟著，〈豐盈的生命〉，《臺灣文藝》第五三期。
19.趙天儀著，〈吳濁流先生與「臺灣文藝」〉，《臺灣文藝》第五三期。
20.尹雪曼著，〈悼吳濁流先生〉，《臺灣文藝》第五三期。
21.林釗誠著，〈談胡太明的悲涼世界——試析「亞細亞的孤兒」〉，《臺灣文藝》第五八期。
22.黃竹芳著，〈吳濁流小說論〉，《臺灣文藝》第五八期。
23.彭瑞金著，〈吳濁流的殖民地文學〉，《臺灣文藝》第五八期。

24.高眾望著，〈「老薑更辣」中的幽默筆調與象徵手法〉，《臺灣文藝》第五八期。
25.魏志英著，〈談民族文學——讀「臺灣文藝與我」有感〉，《臺灣文藝》第五八期。
26.黃金清著，〈吳濁流的自由詩觀〉，《臺灣文藝》第五八期。
27.張良澤主持，〈吳濁流作品研討座談會記錄〉，《臺灣文藝》第五八期。
28.陳映真著，〈試析吳濁流「亞細亞的孤兒」〉，《臺灣文藝》第五八期。
29.鍾肇政著，〈看！吳濁流文學〉，《臺灣文藝》第七七期。
30.彭瑞金著，〈追尋・迷惘與再生——戰後的吳濁流到鍾肇政〉，《臺灣文藝》第八三期。
31.林梵著，〈從迷惘到自主——第一代到第四代的文學旅程〉，《臺灣文藝》第八三期。
32.黃娟著，〈憶吳老——寫於濁流先生去世十週年〉，《臺灣文藝》第一〇二期。
33.陳千武著，〈吳濁流十年祭——談「笠」的創刊〉，《臺灣文藝》第一〇二期。
34.巫永福著，〈吳濁流與我〉，《臺灣文藝》第一〇二期。
35.顏元叔著，〈臺灣小說裏的日本經驗〉，《中外文學》第二卷・第二期。
36.張良澤著，〈吳濁流的社會意識——就其描寫臺灣光復前的小說探討之〉，《中外文學》第三卷・第九、十期。
37.宋冬陽著，〈朝向許願中的黎明——試論吳濁流作品中的「中國經驗」〉，《文學界》第十期。
38.黃娟著，〈再讀「亞細亞的孤兒」〉，《文學界》第十三期。
39.彭瑞金著，〈吳濁流・陳若曦・亞細亞的孤兒〉，《文學界》第十四期。
40.巫永福著，〈詩魂醒吧！——併悼吳濁流先生〉，《笠》第七六期。
41.黃靈芝著，〈我所認識的吳濁流〉，《笠》第七六期。
42.林外著，〈吳濁流先生的漢詩〉，《笠》第七六期。
43.陳秀喜著，〈悼念吳濁流先生〉，《笠》第七六期。
44.鍾肇政著，〈鐵血詩人吳濁流——敬悼吳濁流先生〉，《夏潮》第八期。
45.白素英著，〈從文學作品看日據時代的民族心理——楊逵、吳濁流作品之探討〉，《文苑》第三三期。
46.紫浪著，〈我讀「晚香」書後〉，《中華日報》1973.2.15，第十版。
47.張良澤著，〈懷念吳濁流先生〉，《臺灣新生報》1976.12.3，第七版。

48.江春男著，〈談「亞細亞的孤兒」〉，《自立晚報》1977.6.5，第三版。
49.王文龍著，〈看吳濁流遺事‧哀歲月之消逝〉，《自立晚報》1977.10.23，第三版。
50.鐵英著，〈吳濁流遺事〉，《自立晚報》1977.12.26，第九版。
51.阮問天著，〈艱難兄弟自相親——由吳濁流的民族情感說起〉，《中國時報》1979.12.29，第八版。
52.南方朔著，〈書評「臺灣連翹」〉，《中國時報》1990.2.26，第二十版。
53.吳密察著，〈以詩心寫臺灣史〉，《自立晚報》1990.10.18，第十四版。
54.鍾肇政著，〈臺灣文學裡的客家作家〉，《自立早報》1990.12.18，第十九版。

國家圖書館出版品預行編目

吳濁流及其小說之研究 / 褚昱志著. -- 一版.
-- 臺北市：秀威資訊科技, 2010. 04
面； 公分. -- (語言文學類；AG0128)
BOD 版
參考書目：面
ISBN 978-986-221-420-6(平裝)

1. 吳濁流 2. 臺灣小說 3. 文學評論 4. 臺灣傳記

863.57 99003743

語言文學類 AG0128

吳濁流及其小說之研究

作　　者 / 褚昱志
發 行 人 / 宋政坤
執行編輯 / 林泰宏
圖文排版 / 陳宛鈴
封面設計 / 蕭玉蘋
數位轉譯 / 徐真玉　沈裕閔
圖書銷售 / 林怡君
法律顧問 / 毛國樑　律師
出版印製 / 秀威資訊科技股份有限公司
台北市內湖區瑞光路 583 巷 25 號 1 樓
電話：02-2657-9211　傳真：02-2657-9106
E-mail：service@showwe.com.tw
經 銷 商 / 紅螞蟻圖書有限公司
台北市內湖區舊宗路二段 121 巷 28、32 號 4 樓
電話：02-2795-3656　傳真：02-2795-4100
http://www.e-redant.com

2010 年 4 月 BOD 一版
定價：300 元

讀　者　回　函　卡

感謝您購買本書，為提升服務品質，煩請填寫以下問卷，收到您的寶貴意見後，我們會仔細收藏記錄並回贈紀念品，謝謝！

1.您購買的書名：____________________

2.您從何得知本書的消息？

□網路書店　□部落格　□資料庫搜尋　□書訊　□電子報　□書店
□平面媒體　□ 朋友推薦　□網站推薦　□其他__________

3.您對本書的評價：(請填代號　1.非常滿意 2.滿意 3.尚可 4.再改進)

封面設計____　版面編排____　內容____　文/譯筆____　價格____

4.讀完書後您覺得：

□很有收穫　□有收穫　□收穫不多　□沒收穫

5.您會推薦本書給朋友嗎？

□會　□不會，為什麼？____________________

6.其他寶貴的意見：____________________

____

____

____

讀者基本資料

姓名：____________________　年齡：______　性別：□女　□男

聯絡電話：________________　E-mail：____________________

地址：____________________

學歷：□高中(含)以下　□高中　□專科學校　□大學
□研究所(含)以上　□其他______________

職業：□製造業　□金融業　□資訊業　□軍警　□傳播業　□自由業
□服務業　□公務員　□教職　□學生　□其他__________

請貼
郵票

To：114

台北市內湖區瑞光路 583 巷 25 號 1 樓

秀威資訊科技股份有限公司　　收

寄件人姓名：

寄件人地址：□□□

(請沿線對摺寄回,謝謝!)

秀威與 BOD

BOD（Books On Demand）是數位出版的大趨勢，秀威資訊率先運用 POD 數位印刷設備來生產書籍，並提供作者全程數位出版服務，致使書籍產銷零庫存，知識傳承不絕版，目前已開闢以下書系：

一、BOD 學術著作—專業論述的閱讀延伸
二、BOD 個人著作—分享生命的心路歷程
三、BOD 旅遊著作—個人深度旅遊文學創作
四、BOD 大陸學者—大陸專業學者學術出版
五、POD 獨家經銷—數位產製的代發行書籍

BOD 秀威網路書店：www.showwe.com.tw
政府出版品網路書店：www.*gov*books.com.tw

永不絕版的故事・自己寫・永不休止的音符・自己唱